MADO LE PRINCE

MADO TAXI DE NUIT

AVENTURES, MYSTÈRES, PASSIONS DE LA NUIT

CARRERE

Direction technique : 9 bis, rue de Montenotte, 75017 Paris
Siège social : 27, rue de Surène, 75008 Paris

 Traduction de « Indecent Exposure » publié à la suite d'une entente entre l'éditeur original William Morrow and Co., Inc., New York USA et les Éditions La Presse Citée.

ISBN 2-86804-328-3

A mes enfants
A mes petits enfants
A mes arrière-petits enfants.

LA NUIT
DES NOUVEAU-NÉS

J'ai accouché deux enfants dans mon taxi. Pas les miens. Les miens, je les ai eus confortablement, tranquillement. J'aime bien être organisée, prévoir, savoir où je vais et ce que je fais. Mais les deux mômes dont je vais parler, ils me sont en quelque sorte tombés dans les mains. Un rêve réalisé ! Moi qui depuis toute gosse me disais : « Tu seras sage-femme. » Je l'ai été.

Imaginez l'hiver, imaginez la nuit. Et les nuits d'hiver ne sont pas comme les autres. Ce sont des nuits oppressantes, contraignantes, qui dressent autour de vous des murs noirs, opaques, qui ferment l'horizon, qui font de votre taxi une espèce de bunker isolé. Nous reparlerons de la nuit. Moi je vis uniquement la nuit. Ma vie depuis que je fais le taxi est une succession de nuits vécues pleinement, passionnément, coupées de jours ensommeillés. Mais j'y viendrai plus tard : pour le moment c'est décembre, onze heures du soir ; un brouillard à couper au scalpel derrière mes vitres. Sous les pneus un verglas qui les fait glisser, gémir et crisser. J'attends le client. J'ai sur moi mon gros tricot. Je gèle.

Seul taxi-radio-femme-parlant-couramment-l'anglais, je reçois un appel. On me demande si je comprends la langue de Shakespeare. Je réponds oui.

— Bon. Filez sur Enghien, à tel endroit, un Anglais

vous y attend. Sa femme est sur le point d'accoucher. Vous les conduirez à l'hôpital de Courbevoie.

— O.K., sir.

Facile à dire. Pas facile à faire. Il me faut entrer dans des zones aussi claires que des tunnels, à peine éclairées par des réverbères que le brouillard transforme en fantômes surmontés d'un halo. On se croirait à Londres un soir de « fog ». Je traverse le pont de Bezons en battant le record des courses de lenteur par peur de caramboler un autre taxi, et j'arrive à Enghien à l'adresse indiquée — qui n'était pas le Casino, dommage, on a toujours le temps de mettre une thune sur le tapis — et là, spectacle : un homme en pyjama, battant la semelle, pieds nus, me dit en anglais ; « Montez vite ! vite ! ma femme, etc. »

Je grimpe quatre à quatre dans l'appartement, j'y découvre une femme en pleurs qui commence à perdre les eaux.

— Pas question d'aller à Courbevoie, madame ! Ça n'est pas prudent ! d'une minute à l'autre le bébé peut venir au monde ! Je vais vous emmener à la clinique la plus proche !

— Il n'en est pas question ! Absolument pas ! sanglote la dame.

— Vous plaisantez ? C'est une question de minutes ! Votre enfant...

— Non, non, je veux aller à Courbevoie !

— Par ce brouillard ? C'est de la folie !...

Rien à faire, elle tient à Courbevoie, le mari ne voit que Courbevoie, Courbevoie devient le seul lieu au monde où une Anglaise peut accoucher.

J'appelle mon standard, je demande deux motards pour m'aider à strier la nuit à toute vitesse, ils s'amènent, nous descendons la dame, nous partons en emportant en prime le mari dans son pyjama, il s'assied à mon côté en se tournant sans arrêt vers son épouse que j'ai recouverte de mon gros tricot, et c'est le début d'une course effarante, les motards ouvrant la route à quelques mètres de mon capot. Et me revoilà au Pont de Bezons.

Crac ! le bébé manifeste clairement l'intention d'arriver sur cette planète dans mon taxi. Il passe la tête, puis le corps. Taxi arrêté, les motards se penchant aux portières, le mari affolé, je fais appel à tous mes esprits, je coupe le cordon ombilical avec ma lime à ongles, j'enveloppe le nouveau citoyen dans le tricot, et nous repartons.

Je passe sur l'état dans lequel se trouve la banquette arrière. Ce qui compte, c'est que l'hôpital reçoive le bébé. je fonce vers le bureau d'accueil. Le père porte le précieux paquet. Une infirmière me dit : « Où est la maman ? »

— Dans ma voiture !

— Où est l'enfant ?

— Sous le pull-over.

Elle soulève le tricot.

— Mais qui a coupé le cordon ?

— C'est moi.

Indignée, elle grogne :

— Vous ne pouviez pas le couper plus près du ventre ? Il a une trompe d'éléphant à la place du nombril ! Nous allons arranger ça !

A mon tour de m'offusquer :

— J'ai fait ce que j'ai pu avec les moyens du bord !

On emporte le papa, la maman et le bébé. Quelqu'un vient offrir du thé aux motards et à l'accoucheuse-amateur. Les chevaliers casqués plaisantent pour me détendre. Ils me proposent même leur pèlerine pour remplacer mon pull. Je vois venir à moi le papa britannique, et je lui pose la question qui me brûle les lèvres depuis le début de cette aventure.

— Mais enfin, pourquoi l'hôpital de Courbevoie, qui était au diable, au lieu d'une clinique à Enghien à deux pas de chez vous ?

— Because nous sommes protestants, répond le monsieur, **et l'hôpital de Courbevoie est gratuit pour nous !!!**

Parole ! A ce degré d'inconscience et d'avarice, au point de risquer la vie de sa femme, il devait être Ecossais ! Je ne le saurai jamais, mais sur le coup l'ahurissement m'a clouée au sol. J'ai téléphoné à mon standard pour l'informer que je laissais le taxi à l'hôpital ; l'intérieur était dans un sale état, et je croulais de fatigue.

J'habitais à l'époque à Villiers-le-Bel. Les motards m'ont ramenée chez moi en brûlant les feux rouges comme si j'étais une reine (d'Angleterre). Nous avons pris un grog ensemble et ma nuit s'est terminée ainsi.

Je voulais à propos de cet événement vous parler de mon enfance, mais il me vient en tête un autre souvenir semblable à celui-là. Un autre accouchement, dans mon taxi. Soyez tranquille, la bagnole de Mado n'est pas devenue pour autant la succursale d'une maternité, mais deux hasards heureux m'ont permis de vivre en deux nuits ce dont j'aurais voulu faire mon métier toute mon existence. Bien sûr, je ne regrette pas d'avoir été cette femme-taxi nocturne qui m'a permis de rencontrer, d'étudier, de juger une faune diverse allant du voyageur bavard à la vedette pressée, en passant par le drogué, la bourgeoise infidèle et le mac flingueur, mais ces deux bébés, quelle miraculeuse aventure !...

C'était un quinze août. La nuit, évidemment. Un Paris

aussi vide qu'un discours de ministre. De longues enfilades d'avenues et de rues sans voitures. Je maraudais dans le 14e, quand je vois une dame me faire de grands gestes d'appel.

— Arrêtez-vous ! Merci. Voulez-vous conduire ma fille à l'hôpital ? Elle va accoucher.

Immédiatement je pense au bébé écossais. Je me dis :

— Ça n'arrive qu'à moi.

Je fais remarquer à la dame qu'elle aurait pu appeler une ambulance et que nous, chauffeurs, nous ne sommes pas obligés de prendre en charge une créature prête à accoucher, mais mon attendrissement tord le cou à mon règlement et nous voilà parties à trois en direction de l'hôpital Broussais. Là-dessus, la jeune parturiente se met à crier :

— Non ! non ! non, maman, je ne veux pas ! Je ne veux pas !

Le temps de me dire :

— Allons bon, en voilà encore une qui veut choisir son hôpital aux Antipodes !

Et elle s'explique. Je ne veux pas qu'il vienne ! Je ne veux pas qu'il sorte de moi ! J'ai peur !

Je pique une colère froide et je lui lance par-dessus mon épaule : « Ecoute, tu l'as bien fait rentrer, maintenant tu vas le laisser sortir ! Faut qu'il sorte ! Tu vas pas nous emmerder ! »

Silence sur la banquette arrière. Ma logique a coupé le sifflet à la jeunotte. Nous parvenons à Broussais. Je sors du taxi à toute vitesse, j'annonce à la préposée aux admissions que les eaux de Versailles sont en vue et la prie de se dépêcher.

— Nous ne pouvons vraiment pas prendre cette

personne, l'hôpital est plein comme un œuf. Allez à Baudeloque.

Baudeloque, c'est à Port-Royal. Pour ceux qui connaissent Paris, cela n'a rien d'une promenade, même en taxi.

Dans la nuit claire, rallye-auto jusqu'à Port-Royal. Même réponse, à croire que toutes les femmes accouchent du quinze au seize août. On nous conseille de voir du côté de Saint-Antoine. Encore heureux que la circulation soit nulle ; à force de sillonner la capitale, je craignais que l'on arrive juste avant la communion solennelle du bébé.

Accueil encore plus dur à Saint-Antoine qu'à Port-Royal. (« Vous avez retenu un lit ? Non ! Alors, allez mettre bas un peu plus loin. ») Je m'insurge :

— Ecoutez-moi bien : vous allez prendre cette personne immédiatement. Si vous ne le faites pas c'est moi qui la descends du taxi.

— Désolé. Impossible. Il n'y a aucun lit de libre.

— Elle est en train de souffrir. Elle risque d'accoucher dans des conditions catastrophiques. C'est inhumain.

Je vais vers ma voiture, je fais sortir la jeune femme, je prends un chariot qui traîne dans l'entrée, je la dépose dessus, je recommande à la mère de tenir bon et d'insister jusqu'à ce qu'on fasse entrer sa fille, mais pendant mon discours celle-ci accouche. Devant ce spectacle, comme je ne me voyais pas couper une fois de plus le cordon avec ma lime, j'ameute l'hôpital et j'obtiens qu'on s'y conduise comme en pays civilisé. Point à la ligne pour « mon » second bébé.

LA NUIT DES CAMÉS

J'ai transporté tellement de drogués, de nuit — ils préfèrent la nuit — car la moitié d'entre eux sont honteux d'avance à l'idée de se montrer en plein jour — j'en ai tellement vu et j'ai tellement souffert de l'avoir vu que je ne sais par quoi commencer : ces visages effarés, ces gueules crispées, ces faces moites dégoulinantes de sueur, ces corps secoués par la fièvre, ces lèvres qui tremblent, ces mâchoires crispées, ces yeux grands ouverts sur le vide, ces monologues bredouillés, balbutiés, sans queue ni tête, ces appels au secours non prononcés mais qui sont des véritables hurlements même quand le drogué se tait, tout ça je le ressens et je le reçois comme un cauchemar effroyable, comme un souffle de peste et de mort, comme quelque chose d'intolérable et en même temps comme quelque chose d'**inévitable,** d'inguérissable.

Comment les soigner ? Comment les avertir qu'ils se suicident debout ? Comment les récupérer ? Quand vous les prenez en taxi, vous ne savez même pas s'ils ont l'argent pour vous payer. J'en ai eu qui me donnaient une adresse et qui, ensuite, plongeaient leur main dans leur poche, comptaient leurs billets et leurs pièces de monnaie avec l'air de se dire : « Est-ce que j'aurai assez ? » (Ceux-là, à la rigueur, étaient récupérables : je les emmenais chez Olivenstein ou dans un Centre de désintoxication). Mais il y en avait d'autres qui s'asseyaient sur le siège, derrière moi, et qui ne savaient même pas quelle adresse donner. J'attendais quelques secondes pour ne pas les brusquer, puis je me faisais toute douce et je les interrogeais. Ils rejoignaient des copains, ou bien ils allaient se réfugier chez des amis. Leur âge dépassait rarement vingt ans. Et s'ils prenaient un taxi plutôt que le métro, c'était pour dissimuler leur allure, cette allure chaloupée, qui est aussi l'allure de l'ivrogne à la limite du déraisonnable. Celle allure-là, les « dealers », — les petits vendeurs de came — ont l'œil assez lucide et assez habitué pour la repérer. Ils emboîtent le pas au drogué, l'alpaguent, lui proposent leur « sucre », leur « merde », leur « blanche », — il y a d'autres termes mais je ne suis pas là pour vous faire un inventaire d'argot — et réussissent en général à leur soutirer un peu d'argent frais en contrepartie d'un petit sachet.

J'en ai vécu des histoires de drogue, et ça ne me rend pas fière pour notre société ! Les drogués n'ont pas honte : pour eux, se camer est devenu une seconde nature ; mais moi j'ai honte d'un monde qui en arrive à enfanter des citoyens candidats à la mort lente (ou à la mort subite quand il s'agit d'overdose).

Métro Anvers, à deux doigts de la rue de Steinkerque. C'était la nuit. Les premières heures. On était plusieurs taxis à la file. Il y a pas mal de touristes qui dévalent du Sacré-Cœur ou de la Place du Tertre, d'où ils sont allés contempler Paris. Ils regagnent leur hôtel. Comme c'était calme, je discutais hors de ma voiture avec des copains chauffeurs.

Je vois sortir du métro deux gamines — pas plus de seize ans chacune — elles se tenaient par le bras, pas du tout par amitié, mais parce qu'elles pouvaient à peine avancer. J'ai reconnu l'allure molle et tanguante des drogués. Confirmation, au cas où j'aurais eu un doute : une des filles tenait aux doigts une sorte de mégot.

Elles se sont immobilisées à côté d'un kiosque à journaux fermé, et celle qui n'avait pas de mégot s'est appuyée sur la paroi du kiosque comme si elle allait vomir. Je les voyais avec précision sous la lumière d'un reverbère. Elles étaient jolies, frisottantes, mais leur air égaré ne trompait personne. Celles-là avaient leur dose.

Je n'avais encore rien signalé aux camarades. En moi-même je me disais :

— Qu'est-ce que je fais ? Je les sauve du dealer ?

Je savais qu'immanquablement une petite fripouille allait sortir de l'ombre et leur faire des propositions.

Ça n'est pas du tout ça qui s'est passé. J'ai remarqué un grand balèze basané, moustachu, cheveux bouclés, la trentaine mais avec un bedon déjà proéminent, type moyen-oriental, voyez ? Libanais ou quelque chose comme ça. Il ne bougeait pas plus qu'un cobra avant l'attaque. Il regardait fixement les petites. Elles étaient **déjà** sa proie. Et celui-là n'était pas un dealer. Ou peut-être si. Mais je le situais plutôt dans la catégorie de ces canailles qui recherchent des adolescents et des adolescentes pour te les envelopper, les saouler, puis les proposer à des spécialistes de la prostitution enfantine.

Ça n'a pas manqué. Les deux gamines marchent comme elles le peuvent en direction de Pigalle par le terre-plein. Et le bonhomme les suit. Il les abordera quand le moment sera favorable, habilement, galamment, — et la suite.

Je mets au parfum très rapidement un des chauffeurs,

tout en ne quittant pas des yeux les deux petites. Je lui dis : « Vas-y, harponne-moi ce truand ; moi je suis une femme, je ne saurai pas me battre s'il faut se battre. Mais va jusqu'au bout. Au besoin casse-lui la gueule puis tu prends les deux mômes sous le bras et tu me les ramènes ici. »

Le gars me connaissait. Il est allé sur le terre-plein, et au lieu de risquer une bagarre qui aurait peut-être mal tourné, il a devancé le suiveur et a abordé les deux shootées. Et il leur a carrément dit :

— Excusez-moi, vous ne me connaissez pas, mais vous vous rendez pas compte qu'un mec vous suit pour vous mettre le grappin dessus ? N'ayez pas peur de moi, je suis chauffeur de taxi. S'il le faut et si vous êtes un peu paumées je vous ramènerai chez vous.

Elles ont à peine réagi. Celle qui avait l'air le moins atteinte a dit :

— On sait pas où on est. On devait descendre à Jaurès.

— C'est là où vous habitez ?

— Non. C'est là où on rencontre un ami à nous qui nous donne de quoi fumer. Où on est ? Qui vous êtes ? Qui c'est qui nous suit ?

Le « Libanais » s'est avancé et a parlé comme s'il était lui, le défenseur de la jeunesse. Il a dit au chauffeur :

— Qu'est-ce que vous leur voulez ?

— Et toi ? a rétorqué mon camarade. Tu veux que j'appelle les flics ?

L'autre n'a rien répliqué. Il a tourné bride. Il a rejoint un petit groupe de trois, bouclés comme lui. Ils ont parlé entre eux en regardant le camarade qui revenait vers moi avec les deux gamines. En d'autres circonstances ils lui auraient sauté dessus pour le dérouiller, mais il y avait trop de monde.

J'ai expliqué longuement aux fillettes que si elles voulaient se droguer ça les regardait, mais que ça n'était pas si simple, et que si elles se retrouvaient entre les pattes d'individus comme celui qu'on venait de court-circuiter, elles se réveilleraient dans une chambre sordide, soumises plus que jamais à cette drogue dont elles avaient besoin, et trombonées à longueur de journée par des vicieux. Elles feraient partie des quelques centaines de disparues de leur âge, dont on voyait pendant trois ou quatre semaines le portrait dans « France-Soir » à la rubrique « Avis de recherche », puis on ne parlerait plus d'elles.

— A présent, je veux bien vous conduire à Jaurès. Mais à Jaurès et à Belleville, je vous préviens que des éperviers de ce genre il y en a encore plus qu'à Pigalle ou Anvers.

— On ne se laissera pas faire !

— Tu parles ! Vous n'êtes pas de taille !

Elles habitaient au diable : Meudon. Je les ai raccompagnées, elles étaient voisines. J'ignore si leurs parents étaient du type démissionnaire ou si elles ont reçu chacune une bonne trempe, mais je crois que si j'ai perdu le prix de ma course je n'ai pas pour autant perdu ma nuit.

Autre histoire. Bonjour les scénaristes. Si celle-là ne vous inspire pas un film, c'est que vous n'avez aucune imagination. (Je vais quelquefois au cinéma et je regarde souvent la télé. Franchement, j'y vois des scénarios tellement tordus que je me demande si leurs auteurs ne sont pas cliniquement malades.)

Je charge un soir une petite blonde pétillante — pas plus de vingt-cinq ans — type danseuse de ballet, cheveux tirés, de jolis yeux en amande dans un ovale parfait, assez petite mais bien proportionnée, le genre de demoiselle qu'on imagine trottinant sur ses talons hauts et ravissant le regard des passants.

C'est sûrement ce qu'elle devait être voilà seulement quelques semaines. Mais son pépiement d'oiseau, son humour sont déjà alourdis par ce que je connais bien pour l'avoir remarqué chez les alcooliques ou les drogués : la langue embarrassée, les yeux cernés de violet, le regard vacillant, les mains qui tremblent un peu. Elle me lance l'adresse d'un studio où on tourne des clips, puis elle appuie sa tête de poupée Barbie sur le dos du siège arrière et ferme les yeux.

— Ça ne va pas ?

— Si, si, merci, ça va aller. Il faut que ça aille.

— Vous passez une audition ?

— Mieux que ça. C'est mon second film publicitaire ; on m'a remarquée dans le tout premier : c'était pour un savon ; un réalisateur m'a téléphoné chez moi ; si je réussis ce second film je crois qu'il me donnera ma chance dans un vrai rôle. Mais faudrait que je m'arrête. Vous comprenez ce que je veux dire ?

— Oh là là ! Si je comprends !...

Je la dépose devant les hangars du studio. Elle sort, me paye et s'éloigne, puis revient avant que j'aie redémarré.

— Vous pourriez venir me chercher à minuit ?

Je promets. A minuit je suis là. Je la vois revenir, elle prend place, me demande de la conduire chez elle et éclate en sanglots.

— J'ai tout raté. Je me suis fait insulter. J'ai fichu toute une production en l'air, ils vont me boycotter, jamais plus on me reprendra quelque part !

— Qu'est-ce qui s'est passé ?

— Je devais entrer dans une baignoire. J'étais censée être une reine. Manteau de velours sur la peau, que des esclaves m'ôtaient pendant que j'entrais dans l'eau. Puis je me frottais le buste, les épaules, dans la baignoire, vous voyez ? Et une couronne descendait des cintres et se posait sur ma tête. Et j'élevais la savonnette au-dessus de l'eau pour que la caméra la prenne en gros plan. C'est très long à régler, tout ça. Au bout de deux heures j'étais en manque, il fallait absolument que je me pique, et pour ça pas moyen de faire autrement que de sortir de la baignoire. Je commençais à bouger, j'étais pas tout à fait dans les places que le metteur en scène me donnait — et c'est très strict, la pub, c'est des gros plans, c'est à un centimètre près. Le chef opérateur criait : « Qu'est-ce qu'elle a ? Bouge pas, nom de Dieu ! » Puis j'ai commencé à avoir la fièvre, j'étais couverte de sueur et l'eau autour de mon corps refroidissait. La maquilleuse avait beau essuyer mon visage, les gouttes de sueur revenaient. Une douleur insupportable au plexus, des vertiges, un désastre. J'ai demandé qu'on interrompe les prises de vues, je me suis sauvée, je suis allée dans ma loge et je me suis piquée.

Quand j'ai été calmée et que je suis revenue ils m'ont appris qu'ils avaient téléphoné à une autre fille pour le rôle. Elle est arrivée très vite, ils n'ont pas pu tourner avec elle tout le film, — trop peu de temps — va falloir qu'ils recommencent un autre jour. La dépense est double pour le producteur.

Sensibilisée par son histoire, je lui donne l'adresse d'une clinique de désintoxication et mon propre numéro. Elle m'appelle vingt-quatre heures plus tard pour que je vienne la chercher. Elle paraît, triste à pleurer, et je la conduis à la clinique en lui promettant de venir la voir. Puis, vous savez ce que c'est, on a autre chose à faire, je l'oublie, et je n'aurais plus repensé à elle si je ne l'avais vue dans un magazine. Elle allait tourner dans un grand film : le second rôle féminin, rien que ça ! Elle souriait sur la photo, j'avais rarement vu une fille aussi mignonne. Je me suis dit : « Tout de même, ça y est, elle est remontée du puits, elle est guérie. »

Je me trompais.

Par curiosité, j'ai continué à prendre ce magazine pour suivre son ascension. Quelques semaines plus tard j'apprends qu'elle ne fait plus le rôle, qu'une Kaprisky ou une Béatrice Dalle quelconque est dessus. Du coup, je fais le numéro de la petite et je tombe sur deux voix d'hommes, la langue embourbée, qui me grognent des obscénités, puis je reconnais sa voix à elle, molle, imbibée de drogue : « Qui vous êtes ? Qu'est-ce que vous voulez ? » et bizarrement on raccroche.

Je sors mon taxi et je roule en direction de son immeuble. Je monte, je tape à la porte, personne ne répond, j'entre. Dans une grande pièce d'atelier, la petite faisait l'amour avec un garçon, elle, à peu près inerte, lui la forçant en hahanant comme un vieillard. Un autre garçon les regardait, et quand je suis entrée ce garçon disait à l'autre :

— Dépêche, c'est à moi.

Dans un coin, une masse faite de deux filles lovées et endormies d'abrutissement. Tout ce petit monde, à poil ou presque, évidemment. Un troisième garçon est venu vers moi, il s'habillait, il sortait d'une salle de bains. Lucide.

— Qui vous êtes ? D'où venez-vous ?

J'avais en moi une telle colère que je lui aurais dévissé la tête s'il m'avait répondu de travers.

— Je viens la chercher.

— Pour... ?

— Je viens la chercher, ne discutez pas.

— Mais de la part de qui ?

— Ça ne vous regarde pas, et ne commencez pas à m'emmerder : tirez-la de dessous ce macaque et remettez-la debout.

— Pourquoi ? ricane le garçon. Elle est bien où elle est. Et y a encore un de mes deux copains qu'a pas eu son tour.

Alors une rage énorme me prend, j'empoigne aux épaules le baiseur forcené, je le tire à moi et je l'envoie dinguer. Je relève la petite comme je peux, car elle a beau être menue, elle est comme un poids mort, elle a les yeux clos et les membres mous, elle ne s'aperçoit même pas de ma présence. Je lui mets un imperméable sur le corps et je l'emmène sans que personne ait réagi.

Elle se réveille dans mon taxi, mais elle n'est pas encore en état de me parler quand je la remets à nouveau entre les bras des infirmiers de la clinique.

Vous pensez bien que je suis allée la voir, cette fois-ci. Quoique je ne fusse rien pour elle, je m'étais mis dans le crâne que je l'empêcherais de retomber.

Je la trouve relativement fraîche, à demi allongée sur un canapé. Face à elle, dans un fauteuil, un homme avec un visage très beau, fort, quarante ans. Je refais « connaissance » de la petite, qui me remercie et me présente son visiteur : Son nom me fait « tilt ». Il est responsable de quelques films passionnants. Il me dit : « Ça va aller. Elle a juré qu'elle serait sage. Et moi je lui ai juré que personne d'autre qu'elle, ne tournerait le rôle féminin de mon film. »

On parle un peu du scénario. La petite est d'une beauté à couper le souffle. Un peu pâle. Les yeux immenses et encore un peu vacillants, mais elle sourit, elle regarde son interlocuteur avec espoir et tendresse, et moi avec amitié. Le tournage est prévu dans deux mois. Une très belle histoire, un rôle déterminant pour une carrière. Quand le metteur en scène apprend que j'ai un taxi, il me dit : « Je repartirai avec vous. » Et quand nous repartons, dans le couloir il glisse son bras sous le mien et me parle à l'oreille : « Si vous avez de l'influence sur elle, aidez-la. Tout ce que je fais c'est de la frime. J'ai effectivement ce film à tourner et je voudrais vraiment que ce soit elle ma vedette, parce qu'elle est géniale, elle enfoncerait de loin toutes les Sophie Marceau ou Emmanuelle Béart du monde. Mais j'ai le sentiment que c'est trop tard. Même ici, dans cette clinique, elle triche. Elle joue bien la comédie. Elle jure qu'elle ne se drogue pas, et elle... Ah ! je ne sais plus. Je l'adore. Je voulais tout risquer sur elle. Mais si elle rechute en cours de film c'est la fin de sa carrière et c'est aussi la fin de la mienne. Plus personne ne veut d'elle sauf moi. Le producteur m'a fait confiance, il ne faut pas que je le déçoive... Je crois que je ne peux plus prendre de risque. »

Il m'a serré la main. Il avait les larmes aux yeux. J'avais promis à la gosse de venir la voir sous quarante-huit heures. Mais le lendemain, je reçois un coup de fil de la clinique. Mon numéro et celui du metteur en scène, c'est tout ce qu'ils avaient découvert qui reliait ma protégée à la vie. Ses parents ? Inconnus au bataillon.

Je l'ai trouvée dans un lit, blanche, immobile à jamais. Elle s'était ouvert les veines dans sa baignoire.

Cela s'est passé voilà peu de temps. Un dimanche en fin de matinée, je stationnais en taxi, Champs-Elysées. Client ou pas, j'allais mettre fin à mon attente pour me rendre chez mon fils qui m'avait invitée à déjeuner, et je démarrais lorsqu'un très jeune homme me fait signe.

Je m'arrête, je le prends en charge.

— Quelle direction ?

— Je... je ne sais pas. Vous qui connaissez bien Paris... je cherche une pharmacie ouverte.

J'en trouve une. Il descend, revient apparemment bredouille, preuve qu'il ne voulait pas de l'aspirine, et m'oblige à le conduire à deux, trois pharmacies, dont il ressort les mains vides, et dans un tel état de nervosité croissante que j'ai fini par l'interroger.

— Je voudrais une seringue.

Sur le coup, j'avoue ne pas avoir pensé au pire. Il y a des seringues bien intentionnées. Mais il n'a pas tardé à m'avouer qu'il se droguait. Je l'ai questionné jusqu'à plus soif. C'est ma spécialité de vider mes clients de leur contenu. C'est aussi ma spécialité, vous allez vous en apercevoir, de respecter la personnalité des gens jusqu'à entrer dans leur jeu, même si ce jeu est truqué, même si un individu joue à côté du terrain. Toujours le mépris des normes. Toujours le hors-cadre. Il lui fallait une seringue, à celui-là ? Il en avait besoin pour se prouver qu'il existait ? J'allais la lui trouver, sa seringue. Je ne me voyais pas lui faire la morale. Au nom de quoi ? De ma propre morale ? N'avais-je pas fait des entorses à la morale de ma caste ? Est-ce que je ne recherchais pas ma satisfaction, mon épanouissement ? Chacun son opium. La frontière entre le Bien et le Mal, désignez-moi du doigt où elle est, vous ne la trouverez pas.

— Bien — je lui dis — vous savez ce qu'on va faire ? Dans l'état d'hypernervosité où vous êtes, même si un pharmacien a dans ses tiroirs la seringue idéale, il ne vous la vendra pas, parce qu'il devinera que vous ne voulez pas vous en servir pour piquer des hannetons. Je vais aller en acheter une. A moi on ne me la refusera pas.

— Non, non, pensez-vous !

— Si. Cela dit, vous devez bien avoir gardé une vieille seringue.

— Heu... Je ne crois pas. Je les jette.

— Réfléchissez.

— Oui, peut-être que j'en ai gardé une. Oui !

— Dans ce cas-là, rentrez chez vous.

— Mais je...

— D'accord, une vieille seringue c'est dangereux. Mais si vous la passez à une flamme vous l'aseptisez. Vous pourrez vous en servir et vous ne courrez plus aucun danger.

— Sûr ?

— Sûr.

Il m'a remerciée.

Je ne sais plus si je l'ai reconduit chez lui ou pas. Il m'a payée — largement — mais ce dont je me souviens, c'est de ce regard étonné par ma compréhension. Il disait :

— Alors, comme ça, tu ne juges pas, tu fais comme si tu avais pigé mes problèmes, tu es avec moi, tu partages mon angoisse et mon mal de vivre ?...

Cela le stupéfiait tellement qu'il m'a demandé si « je

n'étais pas de la police », tant il craignait d'être floué.

Bizarre. J'étais heureuse. J'avais le sentiment intime que, en l'aidant à résoudre son problème, j'évitais un coup de tête, un acte de désespoir, peut-être un délit.

Arrivée chez mon fils, je raconte cette anecdote. Il rit largement :

— Faut t'accepter telle que tu es !... C'est ta conception de la vie ! Elle en vaut une autre. Et puisque ça te rend heureuse, que demander de plus ? Tu es intervenue dans une destinée. Ce garçon-là se souviendra de toi. Tu ne l'as ni méprisé, ni lâché. Mais je pense à grand-mère dans le même cas ! Quel savon elle lui aurait passé !

LA NUIT
DES ASSASSINS

Un 14 juillet, à la station Saint-Michel, je charge deux Nord-Africains. Polis. Gentils tout plein.

— Madame, vous pouvez nous conduire Porte d'Ivry ?

— Bien sûr.

Pas causants, en cours de trajet.

Comme je l'ai dit, une de mes spécialités, c'est de tirer des gens le maximum. En général, ils se confient à moi. Si leur existence me paraît digne d'intérêt, ou s'ils m'exposent leurs phantasmes avec autant de confiance que si j'avais la barbe de Sigmund Freud, je pille leur cœur et leur crâne et ça me fait des souvenirs. Mais certains sont aussi prêts à me livrer leurs secrets que le Sphynx, et dans ce cas j'abandonne. Ces deux-là, derrière ma nuque, avaient sûrement un secret, mais n'étaient prêts à me le livrer qu'un quart d'heure plus tard.

Nous voici Porte d'Ivry. Arrivés là, ils m'indiquent leur chemin. Je tourne à droite, à gauche, première rue c'est pas celle-là mais l'autre... En fin de compte, moi qui connais pourtant Paris, je ne sais plus où je suis, mais je fais confiance. De moins en moins confiance. Et puis plus du tout confiance, car le quartier devient aussi désert qu'un coin du Nevada. Brusquement nous arrivons dans un cul-de-sac.

J'ai compris : il va se passer quelque chose. Adieu Mado ! Je crève de peur avant de crever tout court.

L'un des deux individus me dit d'une voix douce :

— Madame, vous avez fait tomber une pièce de cinq francs.

Drôle de phrase. Instinctivement je me penche, la glotte bouchée. Pas de pièce, bien entendu, mais en me relevant le contact relativement froid d'un revolver sur l'occiput.

— Bougez pas ! me dit celui qui tient l'arme.

Tu parles si je vais bouger ! Un camion de quinze tonnes se déplacerait plus facilement que moi. L'autre Nordaf' ouvre ma portière et se saisit de mon sac.

Trente secondes plus tard ils se sauvent dans la nature, je fais marche arrière pour sortir de l'impasse et je repars, encore tremblante de peur, et enfin secouée par une rage impuissante. Se laisser braquer comme une idiote !... Ah la la, Mado ! Mais que fallait-il faire ? Que pouvais-je faire ? « Non, messieurs, s'il vous plaît, braquez donc la Société Générale ! je ne suis qu'une pauvre femme !... »

Je roule vers un commissariat. Je pense à des collègues braqués par le même genre de malfrats, ou froidement abattus à leur volant. Je pense à toutes les protestations qui réunissent les collègues après chaque crime qui nous prive de l'un des nôtres. Je pense à toutes les idées qui ont été suggérées pour nous prémunir contre des attaques de ce genre : vitre à l'épreuve des balles séparant l'avant de l'arrière ; port d'arme légalisé, etc. Mais en attendant j'ai été délestée du produit de mon boulot, et, à tout hasard, je vais déposer devant un inspecteur.

On ne m'envoie pas à la PJ comme on m'y a envoyée quand j'ai entr'aperçu Mesrine. Mais ça, je vous le raconterai plus tard. Non, là au contraire, pour un peu les flics auraient déroulé un tapis rouge sous mes panards et appelé Potel-et-Chabot pour me requinquer de mon émotion avec un homard Thermidor. On prend ma situation en pitié. C'est tout juste si on ne fait pas une collecte. « On les retrouvera, ces minables !... »

Moi, je suis sûre qu'ils courent encore, et qu'en dépensant mon fric ils ont fait une bouffe terrible avec leur fatmas même si c'est en période de Ramadan. Pourtant, l'accueil des poulets a été si cordial que, dès le lendemain de cette aventure, j'ai fait imprimer des tracts à l'éloge de la Police avec l'argent qui restait dans mon tiroir, et ils ont été distribués dans tous les commissariats de Paris et banlieue.

Ce qu'il y a de bien avec moi, c'est que je suis épouvantablement fair-play. La gentillesse, d'où qu'elle vienne, m'étonne et me ravit, car c'est une denrée fort rare.

« Vive les agents, ma mère ! Vive les agents ! »

J'étais du côté de la place Cambronne.

Je commençais ma soirée.

C'est vraiment ce genre d'heure où l'on ne pense pas qu'il puisse se produire un événement important. En tout cas, pas **déjà.** C'est une heure mauve, où celui (ou celle) qui a prévu son délit s'accorde deux ou trois heures supplémentaires. Dans la pègre, dans la prostitution, dans les corporations aussi diverses que celles des jaloux, des cocus, des vicelards, des tarés, des camés, des timides, des fugueurs, des tueurs, des travelos, des transsexuels, des sadiques, des masos, on attend la pleine nuit pour agir.

Pas de raison, par conséquent, de me méfier d'un client qui se pointe vers 19 heures, qui n'est même pas l'heure où on se rend à dîner chez un copain. C'est une heure neutre, en liaison entre la fin du travail et le début des nouvelles régionales à la Télé. Au cinéma, c'est le milieu du film. Chez les bébés, c'est le dernier biberon de jour pour fiche la paix aux parents après avoir éructé le rot obligatoire.

C'est dans ce contexte presque bucolique, dirais-je, que je m'apprête à emmener un client d'aspect ni chair ni poisson. Aucun signe distinctif. Pour moi, tout au moins. Mais en deux sauts trois culbutes une meute de flics entoure le client et la voiture, et j'entends : « Madame, sortez, sortez, vite, vite ! » Je descends, sans rien comprendre, pendant qu'à l'intérieur du taxi un assaut en règle a lieu et transforme ma tire en cabine des Marx Brothers. « Ne restez pas là, éloignez-vous ! » me hurle-t-on. « Il est armé !... »

On ceinture le type, on consent à me donner quelques explications : mon bonhomme est un criminel qui s'est échappé le matin de la prison. Toute la journée, les policiers tentaient de le localiser. Ils y étaient parvenus et voulaient l'arrêter sans trop de grabuge.

Pendant qu'on l'emmenait, j'ai appris qu'il n'avait pas un sou sur lui. Et je me suis demandé, avec un frisson rétrospectif, comment il m'aurait payée si je l'avais conduit quelque part. Une balle entre les deux omoplates, peut-être. Pour une course qui serait revenue au minimum à cinquante balles, évidemment ce n'était pas payer cher.

Mesrine. Un certain mois d'août...

Mais nom de nom, où va-t-elle les chercher ? se dit mon lecteur.

Je n'y peux rien. C'est comme ça. Et je ne vais pas « les chercher ». C'est eux qui viennent à moi. Je parie une thune contre un dollar que si les taxis avaient fonctionné à l'époque d'Henri IV, le nommé Ravaillac aurait pris le mien et se serait fait les ongles sur ma banquette arrière avec son poignard pendant que je le conduisais sur les lieux de son crime.

C'était l'époque où toute la police parisienne croyait être sur la trace de Mesrine. On recevait à la PJ dix coups de téléphone par jour. « Je l'ai vu à tel endroit — je vous signale qu'il est entré dans tel immeuble — qu'il est sorti de tel trou... », etc. Et en vertu de la chanson « Il est passé par ici, il repassera par là ! » les flics se démultipliaient d'arrondissement en arrondissement, et le moindre pékin qui ressemblait à Mesrine était interrogé.

Pour ma part, ce monsieur devenait un mythe. Je n'avais de ses nouvelles que par les journaux. Ce que je pensais de lui n'a aucun rapport avec l'admiration passionnée que lui portaient certains bourgeois et même certains artistes. Je savais qu'il avait commis quatre ou cinq crimes, qu'il se servait plus facilement d'un revolver que d'un stylo et qu'il ne faisait pas bon d'être dans son secteur quand il s'y trouvait lui-même.

J'étais du côté de la Bastille. J'ai chargé un client qui voulait aller Porte des Lilas.

J'emprunte la rue de Charonne. Arrivée au carrefour de la rue Saint-Maur, je stoppe à un feu rouge. A ce moment précis, je vois un homme venir vers mon taxi. Il se penche à ma portière, l'air tendu et péremptoire, comme certains agents quand ils ont à vous reprocher une infraction. Son visage m'est connu, mais je ne parviens pas tout de suite à le...

— Police ! me dit-il. Et il fait mine d'ouvrir la portière.

Je réponds.

— D'accord. Je vais me ranger sur le côté pour ne pas troubler la circulation.

A peine ai-je démarré que, dans mon dos, mon client hurle :

— C'est Mesrine !

Alors je le reconnais ; affolée, j'appuie sur mon accélérateur et je fonce. Mesrine a reculé tout de suite et s'est perdu dans la foule sur le trottoir. Moi je dépose mon client et je file jusqu'au plus proche commissariat. Haletante, j'explique aux poulets ce qui vient d'arriver. Je pensais qu'ils allaient s'envoler hors de leur poste avec un bazooka chacun sous le bras, eh bien pas du tout. Avec un flegme qui m'étonne et un sens de la hiérarchie qui fait honneur aux Français, ils me disent :

— Ce n'est pas nous que ça concerne, mais la PJ.

Bonne citoyenne, je me rends à la PJ pendant que Mesrine a tout le temps de changer de quartier, de se payer un bon steak dans un restau et de lire le Code Pénal à l'envers et en breton. Pas croyable ! Je leur avais sorti l'épingle de la meule de foin, à messieurs les flics, et ils venaient de me dire « Non, non, remettez-la dans la meule, ça sera plus drôle pour la retrouver !... »

Totalement écœurée, je fais ma déposition à la PJ, et là, autre chanson. Des gens très gentils me disent après m'avoir fait signer :

— A présent, restez à notre disposition.

Je me rebiffe immédiatement :

— Je crois que vous faites erreur. Ce n'est pas moi, Mesrine, mais l'autre.

— Bien entendu, mais nous vous gardons.

— Vous me garderez une autre fois. J'ai fait mon devoir, à présent débrouillez-vous. Moi je dois partir en vacances avec ma fille et mon gendre.

— Excusez-nous. Nous avons besoin de renseignements supplémentaires.

Je ne me voyais pas « glander » à la PJ, à moins qu'ils ne creusent dans le parquet une piscine spécialement pour moi et qu'ils dessinent à même le mur des palmiers sur fond d'océan Pacifique. C'est ce que je me suis permis de leur suggérer. Mais vraisemblablement, ça leur serait revenu trop cher, et ils m'ont relâchée.

A mon retour de vacances, on m'apprit que Mesrine avait été tué.

LA NUIT HELVÉTIQUE

Une fois terminé son service militaire, mon fils Jean-Pierre, pour gagner son pain quotidien, a été pendant une courte période chauffeur de taxi.

Nous avions pris la bonne et douce habitude de casser la croûte ensemble, en compagnie d'autres chauffeurs, mes collègues et amis.

Nous nous retrouvions donc, vers une ou deux « plombes du mat' » (comme on dit en très vieux français), soit dans un café encore ouvert place du Chatelet, soit rue du Colisée dans un restaurant de nuit, où les hommes se payaient un plat et moi un drink.

J'étais toujours à l'heure à ces rendez-vous nocturnes. Ils ont une curieuse saveur : le demi-silence de la capitale, sa fraîcheur ou sa touffeur, les propos échangés autour de la table, la chaleur humaine retrouvée qui contraste avec cette chape de solitude qui nous recouvre pendant la maraude ou l'attente. Tout ça vous pousse à mieux goûter, à mieux apprécier les retrouvailles, même si on n'y échange que des lieux communs.

Cette nuit-là, au moment même où je me décide à rejoindre le fils et les potes, le standard m'appelle et m'envoie Rue du Helder prendre une cliente.

— Elle a un problème, ajoute le standard. J'y ai rien compris, mais tâche de le régler. Aide-la.

Moi non plus je n'y comprenais que « pouic ». Mais je râlais d'avance. Régler un problème après minuit, comme un psychanalyste ? Et quel problème ? Je n'avais pas assez des miens ?

J'arrive Rue du Helder. J'y vois une dame d'une très grande élégance. Elle monte et s'installe.

— Quelle adresse ?

— Euh, hé bien, je ne le sais pas. Je veux dire... je ne le sais pas encore... J'ai d'abord un problème à régler.

— Le compteur tourne.

— Ça, je le sais. Tant pis pour moi. Vous pouvez peut-être m'aider, madame.

Le temps que je réalise qu'elle a un délicieux accent helvète, chantant à souhait, et elle s'explique :

— Voilà... Je suis représentante de la maison Christian Dior en Suisse, et de passage à Paris pour quelques jours...

Elle s'arrête, semble gênée, puis continue, la voix oppressée.

— J'ai fait la connaissance d'un monsieur, un monsieur... bien, qui m'a invitée à dîner avec lui dans un excellent restaurant. Ce n'est pas du tout mon genre d'accepter, mais je me sentais seule, un peu cafardeuse. Nous avons fait un très bon repas, nous avons bu de très bons vins, et ma foi... nous avons éprouvé ensuite le désir de nous retrouver euh... comment dire ? dans les bras l'un de l'autre. J'étais un peu...

— ... pompette.

— Oui, peut-être. Nous sommes allés à la recherche d'un hôtel de rendez-vous, et nous... nous...

— Compris, madame. Je devine que vous n'avez pas

passé votre nuit à lire « le Journal de Mickey ». Ensuite ? Je ne vois pas bien où est votre problème.

— J'y viens. Quand nous avons quitté la chambre, je me suis aperçue que j'avais oublié mes bijoux. Tous mes bijoux. Quand je m'étais couchée je les avais tous déposés sur...

— Oui, je vois. Dans le lit vous n'aviez sur vous que du Numéro 5 de Chanel, comme Marylin. Alors ?

— Alors je me suis affolée. Ce sont des bijoux d'une très grande valeur. Le monsieur m'avait fait ses adieux après une dernière promenade. Je me suis retrouvée toute seule, dans cette ville immense...

— Je ne vois toujours pas où est votre problème. Fallait tout simplement retourner à votre hôtel !

— Mais je suis incapable de vous dire l'adresse !

— Vous savez combien il y a d'hôtels à Paris ? Nous en avons pour un mois ! Et je vous rappelle que mon compteur tourne !...

— Champs-Elysées ! Tout ce dont je me souviens, c'est que l'hôtel est Champs-Elysées ! Ou pas loin. Ou autour.

— J'ai eu peur que vous me disiez « autour de Saint-Lazare ». Votre bonhomme est correct. Bon. Réfléchissons. Le cercle se resserre. De jolis hôtels discrets, aux environs de l'Etoile, il y en a. Nous allons voir Rue Chalgrin, Rue Arsène Houssaye, etc.

Nous faisons ainsi quelques établissements intimes, dont la classe trois-étoiles est évidente, et qui refuseraient pourtant d'accueillir la famille Niarchos. Ce sont d'anciens hôtels particuliers, style 1880-1900, qui se sont spécialisés dans l'accueil de couples irréguliers (je signale aux couples réguliers qu'ils peuvent y aller, mais c'est beaucoup plus économique de faire ça chez soi, car l'addition qu'on vous présente dans ces bonnes maisons après une nuit d'amour contient plus de sel que de miel). Petit détail : à chaque arrêt, c'est moi qui descends de mon taxi pour savoir si on a trouvé des bijoux sur la table de chevet ; la dame, elle, reste rencognée dans l'ombre sur son siège arrière, tant elle a honte. On lui offrirait une voilette, elle la porterait.

Après avoir essuyé plusieurs réponses négatives, je tombe enfin sur une réceptionniste qui m'annonce sur un ton suave :

— Oui, nous avons recueilli des bijoux. Mais nous aimerions bien voir la dame, pour être sûrs de remettre à la vraie propriétaire ce qu'elle a perdu.

Normal. Je vais quérir la Suissesse dans sa pénombre. Sa joie enterre sa honte, elle entre dans l'hôtel, récupère les trésors d'Ali Baba, remet un large pourboire à la direction de ce nid d'amour et regagne mon taxi dont le compteur tourne inexorablement.

— Et si nous fêtions cela ? me dit Mme Guillaume Tell.

Quand quelqu'un veut arroser quoi que ce soit, je suis toujours d'accord. La dame n'avait pas dit nommément « arroser », mais dans toutes les nations du monde sauf chez les Arbis, « fêter », c'est « arroser ». Et le plus simple pour mêler plaisir et travail, c'est que je rejoigne les copains et mon fils avec la dame pour « arroser » en chœur l'événement. Les chauffeurs de taxi sont très arroseurs de nature. J.-P. était très inquiet de mon retard, rue du Colisée. Je lui présente Mme Guillaume Tell, je lui explique le cas. La petite bande ne laisse pas traîner son oreille et quand ma cliente crie « Champagne ! » ils font chorus. Quelques minutes plus tard, le Moët coule à flots, la Suissesse raconte en détails son aventure avec le monsieur et sa mésaventure avec les bijoux. Nous nous sentons une petite faim, nous soupons, nous portons des toasts à la santé de Paris et de Genève, puis la dame dit à mon fils :

— Je ne veux pas en rester là. Je suis trop heureuse d'avoir récupéré mes bijoux. C'est une petite fortune que je dois à votre maman. Je voudrais la récompenser.

— Payez-lui simplement sa course, et ajoutez-y un bon pourboire, répond J.-.P. C'est suffisant.

— Non, non, ce n'est pas assez.

Là-dessus elle écarte les verres, les assiettes, les couverts et les plats pour extraire les bijoux de son sac et les étaler sur la table. Les yeux de ces messieurs étaient éblouis. Il ne leur manquait plus que des lunettes de soleil. Je ne sais combien cela pouvait représenter d'argent, mais j'aurais pu passer certainement quelques semaines à Honolulu avec, en y ajoutant un bel Hawaïen musclé en prime.

— Choisissez, dit la dame, comme s'il s'était agi d'un camembert à 7 francs 25.

J'ai choisi une bague, une bague relativement simple, — en fait la pièce la plus simple du lot — comportant une très jolie monture en or sur laquelle est enchâssée une très belle perle blanche.

La dame s'est attendrie.

— Vous savez, cette bague est un très vieux bijou. Elle appartenait à ma grand-mère. Elle a pour moi une très grande valeur sentimentale.

Du coup, j'ai voulu refuser le cadeau.

— Absolument pas ! a riposté la dame. Je vous demande seulement ceci : ne la vendez jamais, et promettez-moi de la garder jusqu'à la fin de votre vie.

Très émue, j'allais promettre, lorsque mon fils, qui a

les pieds sur terre et n'emballe jamais son accélérateur, a dit :

— Madame, c'est très gentil à vous de récompenser maman de cette façon-là, mais qui nous prouve que demain matin vous ne porterez pas plainte pour vol ?

Il avait raison, le bougre.

— Je signe tout ce que vous voulez dans la minute et devant témoins, a dit la dame.

Ainsi fut fait. La table du restaurant a vu naître une Déclaration des Droits unique au monde. Le premier traité franco-suisse depuis Bonaparte. Et nous nous sommes séparées les larmes aux yeux, cette dame et moi.

Elle m'a donné son adresse.

Par discrétion, je ne l'ai jamais contactée.

Quant à la bague, je l'ai à mon doigt depuis ce soir-là, et elle ne m'a jamais quittée.

Faut dire que je n'ai pas encore eu d'aventure dans une maison de rendez-vous, et ce n'est pas demain la veille.

LA NUIT DES CLANDESTINS

A l'époque où le travailleur français répugnait à se salir les mains en empoignant un marteau-piqueur ou en fixant des essuie-glaces, nous importions à la pelle des Arabes, des Yougoslaves, des Noirs, des Arméniens. Ils étaient — et sont toujours, quand on ne les a pas mis dehors pour les remercier d'avoir fait nos autoroutes — payés au minimum car il n'y a pas de petites économies, et certaines entreprises les employaient au noir car il n'y a pas de petits bénéfices.

Il existe encore aujourd'hui des négriers de bonne mine et en complet veston, chargés de recruter des pauvres gars qui crèvent de faim dans leur pays et croient qu'ils vont faire fortune en deux sauts-trois culbutes au pays de la liberté. Ces négriers sont en cheville avec des passeurs, sur les frontières. Ces passeurs sont en cheville avec les trafiquants de chair humaine, qui font payer le prix fort aux pauvres gars venus d'ailleurs pour entrer chez nous.

On les passe par grappes. Comme la police, la douane et les gardes-frontières veillent, tant pis pour ceux qui se font chiper. Ce qu'ils ont payé pour passer en fraude ne reviendra jamais dans leurs poches.

Il arrivait à des radio-taxis d'être appelés pour se rendre en banlieue afin d'y recueillir des clandestins. Ceux-là avaient franchi les barrages et en étaient à leur avant-dernière étape avant d'entrer dans la gueule du loup, ce loup qui s'appelait Paris. Curieuses équipées ! On partait à cinq ou six voitures vers les points de rencontre des Portugais, par exemple. Et une fois engouffrés par paquets dans nos bagnoles, on les déversait directement sur les chantiers.

Chacun de nous, évidemment, savait qu'il risquait gros, tout en n'étant pas payé plus cher. Mais le danger m'a toujours stimulée. Et puis, je me disais qu'il y avait quelque chose de profondément inhumain à refuser de participer à ces étranges sauvetages.

Une certaine nuit, en plein hiver, mission est confiée à plusieurs de se rendre à Villeneuve-le-Roi pour y récupérer des clandestins, arrivés tant bien que mal, après des tas de péripéties, du pays de Linda de Suza et d'Inès de Castro.

L'obscurité était épaisse, le froid très vif, et la gadoue si molle sur le lieu de rendez-vous, que les pneus patinaient avec un grondement d'enfer. Dans la nuit à peine striée par les faisceaux des phares, un comité nous reçoit ; c'est du moins ce que nous croyons en avançant sur le terrain du rendez-vous. Il y a là des ombres qui s'agitent, et nous nous attendons, comme ça nous est arrivé plusieurs fois, à ce que des mains se tendent vers nous, à ce qu'un dialogue franco-portugais s'échange, etc...

Pas du tout. Au bout des mains nous apercevons des fusils.

On nous fait sortir sans ménagement de nos tires ; nos interlocuteurs nous parlent sans connaître un mot de français, nous répondons sans connaître un mot de portugais, et il faut des heures pour éclaircir la situation. Les arrivants étaient des Portugais parvenus en France après avoir grassement payé des passeurs. Ils étaient certains de trouver du travail. C'est ce que les trafiquants (payés eux aussi) leur avaient promis. Or, une fois sur place, pas plus de travail que de beurre en broche. Et sans travail, pas de permis de séjour. Et sans permis de séjour ces pauvres bougres risquaient d'être refloués. Comment l'idée avait pu germer dans leurs cervelles que nous étions partie prenante, nous les taxis, de cette gigantesque arnaque au pigeon ?

Tout ce que nous savions, c'est que des fusils étaient braqués sur nous, que nous devions repartir sans demander notre reste, et que nous risquions encore de recevoir des pruneaux dans notre carrosserie quand nous aurions fait machine arrière. Formidable ! Une vraie séquence de western ! Je vous jure que j'ai vécu ça comme un western. Quelques confrères en ont été un peu refroidis. Moi, tout au contraire, j'ai une espèce de fascination pour le danger et j'ai « remis ça » peu de temps après. Cette fois-là il n'y a pas eu de problème. Dommage. Un petit frisson de temps en temps ça active la circulation du sang dans les valvules.

LA NUIT DU CANCER

Tous les chauffeurs de taxis vous diront qu'ils ont conduit plus d'une fois des grands malades à l'hôpital.

C'est là un des aspects du métier les plus hallucinants. Les misères morales, nous ne les connaissons que si le client se livre, mais la misère physique, nous avons le nez dessus à longueur d'année. Et si j'ai parlé au tout début de ce récit des deux accouchements que j'avais vécus, c'est qu'il me semblait normal d'ouvrir sur la vie, mes premières pages. Et parler de morts prestigieux comme Michel Simon et Brasseur c'est encore évoquer la vie. Et raconter les putes ou les travestis c'est toujours décrire la vie. Mais prendre sur le seuil d'un hôpital un fantôme vacillant qui n'a plus que le souffle pour vous murmurer « Ramenez-moi chez moi » ou déposer à l'entrée d'un Broussais ou d'un Beaujon quelqu'un dont le visage reflète l'épouvante, c'est toucher du doigt la mort. Et que de fois, venant de conduire un de ces condamnés, je n'avais plus du tout envie de charger un couple rieur ou un cadre musclé, comme s'ils étaient une sorte d'insulte à celui ou celle qui avait occupé le siège arrière avant eux !

Que de fois j'ai entendu ceci : — T'inquiète pas. Ça ira.

— Oui, mon chéri, on va arriver bientôt. Tu as mal ? Ça te fait mal ?

— C'est une opération comme une autre, tu sais! A présent, « ils » font ça très bien. La médecine a fait des progrès.

— Mais bien sûr, ton petit viendra te voir. Dans des circonstances pareilles on se réconcilie. On va lui écrire.

— N'aie pas peur. De quoi tu as peur? Le toubib t'a dit qu'en une seule fois il...

— Je resterai près de ton lit.

— Tous les amis téléphoneront demain. Tu vas être très demandé.

Une seule anecdote.

Une seule entre des centaines.

J'étais en station devant l'hôpital de Villejuif.

Bon, vous avez déjà compris. Vous savez ce que c'est, Villejuif. Pas la peine que je prononce le mot, je suppose. Le terrible mot. Ignorer ce qu'est Villejuif, c'est n'avoir jamais jeté les yeux du côté où les souffrances des hommes atteignent leur point culminant.

Si je ne relate que cette anecdote, c'est qu'à travers tous les malades que j'ai transportés, je ne suis jamais allée aussi loin dans la découverte de la douleur.

Nous disions : Villejuif.

Une femme et un enfant sortent de l'établissement. Plusieurs taxis attendent. Régulièrement, tout client doit prendre le taxi de tête. La maman et son enfant — qui porte de grosses lunettes — se dirigent donc vers la tête de station, lorsque le petit arrête sa mère, parcourt du regard tous les taxis, et désigne mon taxi. Je comprends de loin qu'il dit : « Je préfère prendre celui-là. » Je comprends aussi, la mère n'élevant aucune protestation et se dirigeant vers moi, qu'elle en est à ce point où l'amour maternel ne peut rien refuser.

Ils entrent tous deux. L'enfant ôte ses grosses lunettes, et mon rétroviseur m'offre l'image de deux yeux gonflés démesurément, exorbités. J'ai un frisson. On sait où mène le cancer des yeux. En avoir un à cet âge, ce n'est plus un crime de la part de Dieu, c'est faire douter de son Existence. Je serre donc les dents. La dame me dit doucement : « Il n'est pas toujours très sage. Il veut se faire conduire par une femme, j'ai accepté. Ah, les hommes !... »

Elle a un pauvre rire. Je l'observe dans le rectangle du rétro. Manifestement, elle aussi préfère que ce soit une femme qui conduise. Elle se sent mieux comprise. Et c'est vrai que je lance une antenne invisible vers elle. Nos regards s'échangent. Nous nous comprenons. Je la sens moins désespérée. Et le taxi commence à rouler vers sa destination.

Au bout de quelques minutes, l'enfant se tourne vers sa mère.

— Maman, quand est-ce qu'on va en Israël? Tu m'avais promis.

La voix chargée d'émotion contenue, la pauvre femme répond, en essayant de sourire : « Mais je tiendrai ma promesse, mon chéri... Dès que tes soins sont terminés je t'y emmène. »

Alors j'entends cette réplique effrayante, dite d'une petite voix calme, presque sereine : « Maman, il faudrait peut-être se dépêcher d'y aller... Tu sais très bien que je n'en ai que pour un mois... »

Un mois avant d'être aveugle? Ou un mois avant de... ? Est-ce que le médecin avait dit la vérité à cet être aussi jeune ? Est-ce que l'enfant avait surpris une conversation ? Ou bien, est-ce qu'**il avait deviné ?**

J'ai serré les dents pour ne pas pleurer. Pour éviter de crier devant l'injustice. Il est des fois où l'on se demande pourquoi on croit en Dieu.

LES RATÉS DE LA NUIT

Certains aiment le jour. Je veux dire « la lumière ». Ils ne clignent pas des yeux au soleil. Ils arborent une barbe à la Gainsbourg qui mange leur visage et fait ressortir leurs yeux bordés de violet, gonflés, striés, embués d'alcool. D'autres se foutent qu'il fasse soleil ou clair de lune. L'important, c'est la bouffe et la boisson. Il y en avait aux Halles du temps du « Pied de Cochon ». Toute la nuit, ils piochaient dans les déchets de légumes et se débrouillaient même pour chouraver un litre de rouge. Leurs assises, c'étaient le Pont-Neuf, la Contrescarpe, les bancs du fond de la place Saint-Michel, les bouches de chaleur de l'esplanade du Panthéon. — J'oublie le métro, où ils dorment mieux l'hiver —. Je me suis demandée souvent comment ils étaient tombés au fond de leur trou. Pas facile d'avoir une explication. Quand je les regardais, depuis mon taxi immobile, traverser la nuit d'un pas traînant, remettant en question l'univers dans leur saoulographie, ou traînant dans la boue ceux qui ne leur donnaient rien, je me disais :

— Ils ont été gosses, comme moi. Ils ont eu une mère, comme moi. Tout au moins au départ. Mais après ?... Quel drame, quelle suite d'événements a fait qu'ils sont entrés dans leur cauchemar, jusqu'à cette hargne, cette solitude, cette mort lente ?

L'un d'eux, un jour, me tend la main.

J'ai connu des gens qui engueulaient les clochards. (« Vous n'avez pas honte de faire la manche ? Les secours, ça ne manque pas ! Allez à la mairie, demandez au service social ! ») Pour ma part, j'ai toujours estimé qu'il était trop tard. Qu'il valait mieux donner à un clodo ses dernières parts de rêve, plutôt que de tenter de le réinsérer dans un ordre social qui à priori le rejetterait sans tenter de « savoir ». Quand j'ai vu cette main tendue, cette gueule ravinée, quand j'ai entendu cette voix pleine de gravats murmurer :

— Z'auriez pas un franc, pour manger, siouplait M'dam' ? j'ai sorti un billet :

— Raconte pas d'histoire. C'est pas pour manger, c'est pour boire un coup. Je te donne des sous si tu me promets que tu n'achèteras pas de l'eau de Vittel, mais du pinard.

— C'est du pinard que j' veux. Y a pu qu' ça qui me plaît.

— Alors voilà de quoi te payer du pinard.

Au cours de mes nuits, j'ai lié connaissance avec un autre clochard. Depuis longtemps j'avais renoncé à vouloir extraire de ces épaves le moindre renseignement sur leur passé. Moi qui aime tant entrer à l'intérieur des êtres, je n'osais plus passer un certain seuil, par crainte de réveiller des douleurs, de provoquer de nouveaux déchirements.

C'est mon clochard qui s'est ouvert à moi.

Il avait une quarantaine d'années. Il portait une barbe bien taillée, contrairement à ses confrères, et un costume élimé mais propre. Il vivait avec d'autres malheureux, mais ne buvait pas, — en tout cas il ne s'enivrait pas. Il se permettait de siroter une boisson sur le zinc de « l'Oasis », un café où parfois je prenais un expresso de nuit avec des collègues. C'est toujours là que je le retrouvais. Nous avions fini par échanger des bonjours et des bonsoirs, mais rien de plus. Il était digne, silencieux, beaucoup trop silencieux pour ne pas avoir quelque chose à cacher. Rien de veule, rien de dévoyé. Il est rare qu'un cafetier accepte un clochard du type de ceux que j'ai évoqués plus haut. Mais que dire à ce fantôme qui ressemblait à un pauvre et se taisait ? Le bistroquet avait bien froncé le sourcil quand, rencontrant pour la première fois cet homme dehors, j'ai dit :

— Patron, il ne vous gênera pas, il ne fera jamais de scandale, acceptez-le.

Puis il avait cédé. Sans doute mon mystérieux personnage éprouvait-il quelque reconnaissance à mon égard car il m'attendait parfois sur le seuil du café quand j'étais en retard.

— Je suis normand comme vous, m'a-t-il dit une nuit.

J'avais dû par hasard citer mon origine à voix haute, dans des propos échangés au comptoir avec mes camarades chauffeurs. C'est le harpon qu'il a saisi pour se confesser.

Il habitait Caen.

Il était médecin.

Il reçoit un jour dans son cabinet la visite d'une dame qui exige de lui la discrétion la plus absolue. Elle a une riche ferme dans les environs. Elle ne vient pas le consulter pour son propre compte, mais pour sa fille, qui est enceinte.

A l'époque où se déroule l'histoire, l'avortement est illégal. On ne s'en tire qu'avec des « faiseuses d'ange », ou en se rendant en Suisse, ou en franchissant le Channel pour se faire « opérer » à Londres. La dame a choisi, elle, de rester en France et de payer grassement un docteur. Il veut savoir quelles sont les raisons de l'avortement.

— Ma fille a couché avec un valet.

Le médecin ne veut rien entendre. La dame alors double et triple la somme ; c'est là où se situe la faute à ne pas commettre. Mais le médecin est tout jeune. Il vient de s'installer. Il a des frais. Il s'apitoie aussi sur le sort de la pécheresse victime d'une morale stupide. Il lutte un certain temps, faisant appel à sa propre morale d'homme dont le métier consiste à donner la vie. La dame pleure, le supplie, se mettrait à genoux si elle osait. Il accepte de pratiquer l'avortement.

La dame respire. L'honneur de la famille sera sauf. La jeune fille pourra épouser quelqu'un de sa classe (riche si possible). On ignorera toujours l'enfant de l'amour.

Lui, le médecin, il est marié. Il a un enfant. Il ne dit rien à personne. Et toute cette affaire ne serait qu'un épisode un peu trouble (et regrettable) dans son existence, si le pire n'était arrivé.

Au cours de l'avortement, des complications se présentent. Lesquelles ? Il ne me le dit pas. Toujours est-il qu'un peu plus tard la jeune fille meurt.

Alors la dame fait fi du scandale, oublie l'immoralité de sa propre démarche et attaque le jeune médecin en justice. Il est condamné à une lourde peine de prison. A sa sortie, l'ordre des médecins lui interdit d'exercer sa profession. Il quitte la ville, et en même temps abandonne femme et enfant. Tout en se reconnaissant coupable, il est submergé par un sentiment d'injustice tel qu'il n'a plus de réaction, se partage entre la honte et l'amertume, et finit par chercher refuge parmi des ratés comme lui.

De nos jours — et depuis la loi légalisant l'interruption

de grossesse — cet homme aurait accompli sa destinée sans heurts. Et de toute façon, dans un cas semblable, d'autres que lui auraient partagé leur peine, trouvé consolation et appui au sein de leurs familles, changé de métier et gagné de haute lutte un bonheur qui leur était dû. Quand on a payé sa dette à la société, toute faute est lavée, effacée. Même si c'était un crime. Et ce n'en était pas un.

Vivre parmi les clochards fut un choix délibéré. Il y a des tas de façons d'expier, de se racheter. Jusqu'à ce qu'il m'avoue sa triste histoire, cet homme s'était moralement enfermé dans une citadelle de silence, et il s'y est replongé ensuite. Notre amitié — quasi muette — a duré un an. Je n'ai pas réussi à le décider à ne plus vivre en marge, à rejoindre sa femme qui vieillissait sans lui, son enfant qui grandissait loin de son papa. Il s'obstinait à rester dans l'ombre. Comme les autres clochards, il cherchait sa nourriture où il pouvait la trouver. Contrairement à ses compagnons de misère, il n'acceptait aucun argent. Je lui en ai proposé cent fois. Je me heurtais à un refus très doux, mélancolique, constant. Personne, parmi les délaissés avec qui il vivait, ne se moquait de lui. Nul ne lui posait de questions. On ne connaissait même pas son nom. Je ne suis pas non plus parvenue à le savoir. Et c'est bien dommage : telle que je me connais, je ne me serais pas limitée à enregistrer mentalement son identité ; j'aurais traversé ciel et mer pour retrouver les siens, leur donner des nouvelles du disparu et les pousser à le récupérer. Quarante ans ! Il avait devant lui autant d'années à vivre ! Nous avons parlé musique, littérature, arts plastiques. Il était cultivé, riche intérieurement. Il eût suffi d'un rien pour qu'il flambe de passion et retrouve la joie.

Depuis, chaque fois que je vois autour de moi un

ménage qui casse pour quelque raison que ce soit, une famille qui se détruit par la décision imbécile de l'un de ses membres, je pense à mon clochard et c'est un peu de moi-même qui s'en va.

J'aimerais que cet inconnu, s'il est toujours vivant, lise mon livre. J'ai de lui un trésor que je conserve religieusement : un poème qu'il m'avait écrit. Quelqu'un capable de créer des vers aussi remarquables n'est jamais tout à fait perdu.

Il fait jour, docteur. Il fait jour sur Caen, votre ville. Il fait jour pour deux êtres qui ne vous ont pas oublié, qui portent votre nom, qui souffrent de votre absence.

Sortez de votre nuit, docteur. Il est encore temps !

Un couple de clodos. Ceux-là, ils surgissent de la marmite de Hugo ; le Hugo qui a décrit Clopin Trouillefou, qui a mitonné la description de la Cour des Miracles. En même temps, ils rappellent à eux deux Milord l'Arsouille — en admettant qu'il ait existé une Milady l'Arsouille.

J'ai eu le temps de les étudier, ce qui ne m'arrivait pas forcément. Un chauffeur de taxi, ça passe souvent très vite et quand ça stationne, il n'est pas obligatoire que ça tombe sur un mouton à cinq pattes.

Le mouton à cinq pattes, le voici.

Disons plutôt le mouton à deux têtes, à cela près qu'un mouton se laisse tondre la laine sur le dos alors que ces deux-là n'avaient pas leur pareil pour tondre les autres.

Unis autrefois devant Monsieur le Maire pour le meilleur et pour le pire, et n'ayant vécu que le pire, ils s'étaient décidés un beau jour à collaborer pour le meilleur. Ce qu'ils étaient avant d'arpenter la rue de Berri, je n'en saurai jamais rien, et je le regrette. On ne nait pas clochard ; pour arriver à l'être il faut avoir reçu de terribles gnons sur la gueule, à répétitions, pendant des années, jusqu'à dire « Pouce ! Ça va ! J'arrête de croire à la destinée ! Dieu veut que je m'écrase ? Bon, je m'écrase, je renonce à faire un métier, à vivre un amour, à avoir une ambition, je me laisse glisser. »

Ces deux-là avaient certainement décidé ensemble que leur glissade serait pavée d'or.

Donc, ils s'étaient partagés le trottoir de la rue de Berri. Pardon : **les** trottoirs. Trottoir impair : Madame. Trottoir pair : Monsieur. Et tout le jour et une partie de la nuit ils sollicitaient les gens, mais d'une façon si habile, si pressante, si insinuante, si convaincante, que le passant d'habitude réticent y allait de sa pièce. Et pas d'une petite pièce. Je n'ai jamais assisté à la démonstration de Commedia dell'Arte que devaient donner ces deux zèbres, mais certainement des élèves de cours d'expression dramatique auraient pu en prendre de la graine, — et même des acteurs connus — car le résultat de cette politique de la main-tendue était là : ils se faisaient à eux deux, sur une durée de quinze heures, l'équivalent de quatre cents francs par jour. Multipliez par trente, ça vous grimpe le revenu à la hauteur d'un million deux cent mille centimes. (Je dis trente parce que pour eux, y avait ni week-end ni jours fériés : la retape du charitable citoyen fonctionnait non-stop.)

Comme ils ne payaient pas là-dessus d'impôts sur le revenu, ni ne cotisaient à la Sécurité Sociale, et dépensaient le minimum pour la bouffetance, ils devaient mettre de côté un million de centimes par mois. Qu'est-ce que je dis « Ils **devaient** ». Ils **ont** mis. Apprenez, braves gens — et restez assis — que mes bougres de clodos avaient leur villa sur la côte. Et quelquefois, ôtant leurs nippes et se sapant en capitalistes qu'ils étaient, ils se payaient un beau voyage vers le Sud pour bronzer aux frais du bon et doux et tendre populo de France qui leur avait fait l'aumône.

Il faut souligner, à leur décharge, qu'ils n'étaient pas avares de cet « argent des autres » : ils nous payaient à nous chauffeurs d'excellents repas, comme ça, pour l'amitié, et croyez-moi, les restaurants qui avoisinent les Champs-Elysées ne sont pas des soupes populaires, l'addition y est plutôt salée. C'était là leur côté Milord l'Arsouille. Quant à leur côté Clopin Trouillefou, ils avaient dû le travailler à fond comme Séguéla travaille une campagne publicitaire, comme Tapie relève une entreprise, c'est-à-dire en alignant le maximum d'atouts pour attirer le chaland et vendre la marchandise.

Pourquoi n'ai-je pas eu la curiosité de connaître la façon de faire de ce couple diabolique ? J'y aurais sûrement découvert le secret des Niarchos, des Ford, des Hearst et des Rockefeller ; et au lieu d'être un gagne-pain qui attendait la monnaie du client ou le pourlèche de la boîte de nuit avec laquelle j'étais en cheville, j'aurais aujourd'hui moi aussi ma villa au bord de la mer et la considération du Conseil Municipal de Sainte-Maxime.

Je suis passée tout dernièrement rue de Berri — en taxi, évidemment. — « Ils » n'y sont plus. Ils n'ont vendu leur façon de procéder à personne. Tous les clodos que je croise sont des navires perdus. Je pense à ceux de la Contrescarpe, je pense à ceux de Bercy.

Tiens, je pense à cette extraordinaire bonne femme qu'on appelait la Comtesse du Pont-Neuf. Une espèce de folle de Chaillot enrubannée, fardée, grande allure, la soixantaine, qui toute l'année « habitait » dans un des nids-de-poule du célèbre Pont (l'hiver, elle se réfugiait dessous).

Quand elle se déplaçait, elle portait à bout de bras deux cabas lourds comme la mort. Mais la plupart du temps elle **recevait,** oui, elle **recevait** dans son nid-de-poule à l'air libre, elle recevait comme dans un salon. J'ai vu des gens au maintien modeste venir la consulter gravement. Qu'est-ce qu'elle leur disait ? Quels conseils leur donnait-elle ? Certains « clients » ôtaient leur chapeau ou leur casquette avec respect, l'air soulagé (peut-être aussi soulagés de leur fric, qui sait ?)

J'ai vu la Comtesse du Pont-Neuf, un soir, côté Samar, ses cabas aux bras, son turban bien planté sur le chef, son maquillage outrancier faisant de son visage une vieille poupée à la Marguerite Moreno ; c'était le début de l'été. Elle interpellait les automobilistes arrêtés au feu rouge : « Vous m'emmenez ? Je vais à Deauville ? »

Deauville ! Au Casino ? Ou dans sa villa, comme les deux autres ?

LA NUIT
DES CONFESSIONS

Je me suis trop souvent plainte (on dit plainte ou plaint ? Ça s'accorde ou pas ? Voir « Petit Robert ») du manque de communication entre le client et moi pour ne pas accueillir comme la manne céleste toutes les confessions qu'on a bien voulu me faire, la nuit aidant ; — et souvent le taxi arrêté, les phares éteints —. Le passager n'est plus qu'une voix dans le noir. Il se livre d'autant plus sincèrement, d'autant plus profondément qu'il sait qu'on ne se reverra plus. C'est comme s'il se rendait dans une église inconnue, qu'il y trouve un curé et qu'il lui parle dans le secret d'un confessionnal.

Faut-il que les gens soient seuls ? ! La plupart de mes « pénitents » étaient pourtant en âge d'être entourés d'amis, ou de parents. Mais justement : les amis et les parents sont probablement les derniers à qui on peut se confier, quand on est dans un cul-de-sac sentimental, ou quand on a honte, parce qu'ils vous opposent la morale de la société et de la famille. Et si on se confesse, n'est-ce pas qu'on a **enfreint** la morale ?

— Conduisez-moi au Park St James, à Neuilly.

Dix heures du soir. Un homme de quarante ans. Un visage ingrat, boursouflé. Qu'est-ce qu'il me rappelle, ce visage ? Ah oui, j'y suis. Mirabeau. La tête-de-lion-piquée-par-des-guêpes de Mirabeau. Une espèce de puissance par tout le corps. Rablé, large, fort des jambes. Cent kilos, le bonhomme, au moins cent kilos. Une belle voix, très grave. Complet veston gris. Il porte un attaché-case. Il est sorti du Palais, dans l'Ile de la Cité. Moi je parquais à dix mètres de là. Avocat ? Je décide qu'il est avocat.

On traverse tout Paris. Il est muet jusqu'à ce que je lui demande à quelle adresse exacte je dois le déposer Park St James. Il me dit :

— « Arrêtez-vous » d'une voix essouflée par l'émotion.

Je m'aperçois que nous ne sommes pas loin de la maison de Jean Anouilh.

— Eteignez les phares, s'il vous plaît.

Il observe une fenêtre éclairée. Il est tellement tendu, tellement ému que je le sens rien qu'à sa respiration.

— Le compteur tourne, monsieur.

— Laissez tourner. Qu'est-ce que c'est que l'argent ? Est-ce que ça compte ?

— Moi, vous savez... (je m'énerve un peu à cause du ton très sec qu'il a eu) moi, vous savez, je reste ici toute la nuit si ça vous chante. Mais je veux être payée.

— Vous allez l'être, tout de suite, payée ! Et au-delà de ce que ça me coûterait si je restais jusqu'au matin ! Tenez ! Tenez ! Et encore !!! Et encore !!! Trois mille, ça vous va ? Nous allons rester ici jusqu'à ce que la lumière s'éteigne ! Comme ça je serai sûr d'être le plus grand cornard de Paris ! Vous ne me reconnaissez pas ? Mais si, bien sûr ! Si vous me reconnaissez ça sera encore plus drôle, vous pourrez en parler à vos copains !

Alors je le reconnais : avocat, j'avais bien deviné. Un des quatre ou cinq grands avocats d'assises. Sa tête de lion est si crispée, elle révèle une telle rage, une telle douleur que je prends peur.

— Vous n'allez pas faire une bêtise, maître ? Surtout pas vous.

— Non, soyez rassurée. Pourrir en prison pour quelqu'un qui n'en vaut pas la peine, pas question. Je veux seulement aller au-devant d'une vérité que je m'obstinais à nier, c'est tout. Par aveuglement. Par orgueil. Elle est très belle, vous la connaissez, vous l'avez vue dans des magazines. Elle est tellement belle que je me suis dit quand je l'ai voulue pour femme : « Si c'est toi qu'elle choisit avec la gueule de bouledogue que tu as, alors qu'elle est entourée de play-boys, c'est qu'elle t'aime d'amour, parce qu'enfin, à part ta réputation de grand maître du barreau, tu n'as pas de fortune et tu n'attends aucun héritage. » Et je crois qu'effectivement elle m'aimait...

Il se tait. La respiration est plus calme. Il a l'air d'aligner dans son cerveau les images de son bonheur passé. Le silence dure, dure. La fenêtre est toujours éclairée. Il la regarde. Il parle d'une voix calme, amère.

— Je suis plus bête que nature. On peut très bien faire l'amour la lumière éclairée. Au contraire. **On se voit** faire l'amour. Moi, par une pudeur imbécile, parce qu'elle était la Belle et moi la Bête, j'éteignais dès que nous... En réalité, si elle est dans les bras de ce minable ce soir, c'est parce qu'il est beau. Minable, mais beau. Parce qu'il est minable. Ou alors c'est qu'il fait mieux l'amour que moi.

La fenêtre s'est éteinte.

— Nous allons repartir, Madame. Il faut que je sois chez nous quand elle rentrera. Elle est censée revenir de l'Opéra. Elle mentira à la perfection, parce qu'on joue la « Vie de Bohème » avec Pavarotti et elle connaît l'œuvre par cœur. Conduisez-moi boulevard de Courcelles, s'il vous plaît.

— Elle peut très bien se trouver réellement à l'Opéra en ce moment.

— Non. Il s'est vanté de la recevoir un soir. Il est si fier d'avoir dans ses bras une des reines de Paris qu'il n'a pas pu s'empêcher de le dire. C'est ainsi que je l'ai su. Je vous remercie.

— Vous me... ?

— Oui, je vous remercie de m'avoir écouté. Si je ne vous avais pas parlé, j'aurais peut-être pénétré de force dans l'immeuble, pour casser la gueule à ce... ou la battre. Elle. Ou... Mais ça m'a fait du bien de sortir de moi toute cette amertume. Je vais proposer le divorce. Elle sera stupéfaite.

— Elle peut vous revenir.

— Madame, je vais vous accorder une dernière confidence : je fais partie de cette race d'hommes entiers qui ne « composent » pas avec la vérité. Ni dans la vie, ni dans la profession. Aucun compromis. Je ne pourrai plus, quand elle rentrera, toucher sa peau alors qu'en ce moment elle se laisse caresser par un autre, pénétrer par un autre. Et je ne veux pas non plus qu'elle m'embrasse, ni même qu'elle me serre la main. Je suis comme ça.

Arrivés boulevard de Courcelles, je veux lui rendre la monnaie de ses trois mille francs.

— Je m'en fous, dit-il.

Il disparaît sous une très belle porte cochère. Un homme qui a réussi magnifiquement sa carrière, qui a de l'argent autant qu'il en faut.

Et qui est cette nuit aussi pauvre que Mado.

A moi de vous faire une confidence : j'ai gardé

longtemps ces billets dans une boîte à biscuits, comme si j'allais les rendre un jour — moins le prix de ma course — c'est totalement idiot. C'est un peu comme si je m'étais dit :

— Il m'a payée pour apprendre qu'il était cocu.

Autre histoire de confession. (Si l'on veut. Ce n'est pas tout à fait une confession. C'est le report d'une confession.)

Vers le début de la nuit, place Montparnasse, je charge deux jeunes filles qui sortent d'un café. Elles ont dix-huit, dix-neuf ans à peine. L'une des deux est d'une beauté surprenante, chevelure fauve, des yeux de saphir. On dirait qu'elle a pleuré pendant des heures. Son amie la tient sous le bras. Elles me donnent une adresse à Auteuil.

Pendant le voyage, comme la beauté vient d'éclater en sanglots, l'autre la gronde :

— Mais tu veux t'arrêter ! Qu'est-ce que tu y peux ? Je ne comprends même pas que tu aies du chagrin !

La beauté sanglote de plus belle. J'entends — ou plutôt je devine :

— Il est mort ! Il est mort !

Et l'amie ne cesse de lui répéter, comme un leitmotiv :

— Mais tu n'y peux rien ! Je ne comprends même pas que tu te sentes coupable ! Et d'abord pourquoi tu y es allée ? Tu ne lui devais rien ! Rien ! Il a une famille, il a ses enfants !

— Tiens ! se dit Mado. Une fille amoureuse d'un homme marié, et l'homme est mort.

J'avais misé bien loin de la plaque. Pour une fois, cette psychologie dont je suis si fière était diablement en défaut.

Mais l'explication que je me donnais me suffisait. C'était selon moi une histoire d'une banalité à pleurer (le cas de le dire !)

Arrivés à Auteuil, la beauté débarque. Son amie l'embrasse, lui redit « Oublie tout ça », et reste sur le siège arrière. La beauté veut payer sa part de la course. « Non, laisse » dit l'autre.

J'allais redémarrer quand je vois, juste en face de l'immeuble où vient d'entrer la beauté, une porte tendue de noir.

— Ah ? Il habitait là ?

— Ce n'est pas du tout ce que vous croyez, me dit la jeune fille. Ce n'était pas son ami. Elle ne le connaissait pas. Elle ne connaissait même pas son nom.

— Et alors, pourquoi elle le pleure ?

— Il est mort à cause d'elle.

— J'y suis. Elle se noyait, il l'a sauvée, mais lui-même s'est...

— Non. Il est mort de chagrin. Il s'est laissé mourir.

— A cause d'elle ?

— A cause d'elle.

— Et elle ne le connaissait pas ?

— Non.

On n'est jamais trop à court d'histoires. Cette confidence est la plus étonnante que j'ai entendue.

Lui, c'était un bon bourgeois bien établi, bien rassis, confortablement installé dans ses cinquante ans. Ingénieur-conseil, si j'ai bonne mémoire, ou géomètre, peu importe. Deux ans avant, il n'habitait pas Auteuil. Il était quelque part dans Paris, avec une épouse et trois enfants. Heureux, vraisemblablement. Pas d'aventures amoureuses en dehors de la famille. Elle, étudiante en Fac de Pharmacie du côté du quartier Latin. Pour étoffer son petit budget, elle est serveuse de restaurant le soir. C'est là que le monsieur la voit pour la première fois. Il est venu dîner avec les siens, et c'est une espèce de coup de foudre définitif, d'une violence inouie, qui remet en cause toute son existence. Il ne peut pas la quitter des yeux, il est ébloui, il est malade, il n'ose pas le lui dire quand il revient seul au restaurant pour la revoir et il n'osera jamais le lui avouer. C'est un homme timide, qui adorait sa vie de famille. Elle ne remarque même pas qu'il est là au moins cinq fois par semaine, elle le sert comme un autre client, et il la dévore des yeux, et il n'en guérit pas.

Un jour, elle le rencontre dans sa rue à deux pas de chez elle. Elle lui sourit, il ose l'aborder : « Quelle coïncidence ! » En fait, ce n'en est pas une. Il habite à présent en face de chez elle. Il lui cache soigneusement qu'il a acheté l'appartement de l'autre côté, qu'il s'est presque ruiné, car il l'a surpayé pour pouvoir la regarder entrer et sortir et paraître à sa fenêtre. Il est presque heureux comme ça. Puisqu'il n'y a rien d'autre de possible, qu'elle ne sera rien pour lui qui est trop âgé, il se contente de la situation absurde qu'il a provoquée.

De toute cette folie, il ne lui en dit pas un mot. La seule fois où ils se seront parlés longuement, c'est cette fois-là. Simplement ils se sont serrés la main et il a continué à se faire servir par elle au restaurant.

Le « drame » qui a causé sa mort est survenu l'été dernier. C'était fin juin. Sa femme et ses enfants sont partis en vacances. Il a pris un prétexte pour rester à Paris. Puis c'est au tour des parents de la jeune fille à quitter leur appartement pour quelques semaines. Elle demeure sur place, et le monsieur se dit que peut-être il va oser lui parler. Mais au moment où il allait le faire (allait-il réellement le faire ?) il comprend la raison pour laquelle elle est restée. Il y a un garçon dans le coup. Elle le ramène à la maison. La fenêtre est toujours ouverte à cause de la chaleur. Il n'y a personne d'autre que les deux jeunes dans cet immeuble, de même qu'il n'y a pratiquement que lui dans l'immeuble d'en face.

Et puis, un beau jour, un dimanche, c'est pour lui le coup de massue, le coup de tonnerre mortel. Il les aperçoit tous les deux de derrière ses volets clos. Le garçon est en jean, torse nu. Il la tient dans ses bras, elle est dévêtue. Ils ont certainement passé la nuit ensemble. Ils s'embrassent avec passion. Elle s'agenouille devant le garçon, dénoue la ceinture du jean, tire la fermeture Eclair, et fait (croyant ne pas être vue) ce que Marushka Detmers a remarquablement exécuté dans « Le diable au corps » façon Bellocchio.

Le pauvre homme mourra de chagrin à cause de ça. Il ne va plus se nourrir, ne plus bouger de chez lui, rester étendu. Ça durera des mois. Sa famille reviendra, son médecin n'y comprendra rien. Il est dans son lit, le visage ravagé de pleurs, muet, il crève du plus épouvantable des chagrins d'amour, il se laisse couler dans la mort. Il a maigri jusqu'à devenir squelettique. Les derniers jours, comme il sent ses forces l'abandonner, il demande de quoi écrire, rédige une longue lettre d'une écriture tremblée, et la confie à un ami pour être remise après sa mort à la belle jeune fille. C'est cette lettre qui explique tout. Dès qu'elle l'a, elle est affolée en voyant juste en face d'elle le rideau noir, le corbillard, la famille et les proches partir pour le cimetière Montparnasse.

Elle se rend elle-même au cimetière avec sa copine.

En sortant du cimetière elles entrent dans un café place Montparnasse, où je les cueille. La boucle est bouclée.

— J'ai lu cette lettre, dit l'amie que je conduis chez elle rue Jean-Bologne. C'est la plus formidable déclaration d'amour que je connaisse. Pour lui, elle était la femme idéale, mais elle arrivait dans sa vie avec vingt ans de retard.

Quelqu'un, l'autre jour, à qui j'ai raconté ça, m'a dit :

— Ce brave homme est mort d'autre chose, voyons ! Il a bluffé, pour se rendre intéressant même dans son cercueil ! On ne meurt pas d'amour, c'est un truc d'intellectuel !

Moi, je crois qu'il est réellement mort d'amour.

Faut dire que malgré mes airs de femme avertie, j'ai gardé un cœur candide.

Je suis certainement passée juste à côté d'aventures fantastiques.

Je ne me plains pas, j'en ai vécu plus qu'il n'en faut pour mon propre compte. Mais je regretterai toujours de n'avoir pas su grand-chose au sujet de cette troisième confession que j'ai reçue de façon incomplète. Cette confession — ne souriez pas — je l'ai reçue d'un prêtre. D'un prêtre et d'une sœur. Ça se passe il y a pas tellement longtemps. J'attendais aux abords de l'Hôtel-Dieu. Un jeune prêtre en soutane vient vers mon tacot. Il me donne l'adresse d'une communauté religieuse. Jusque-là, rien de particulier. Il m'aurait dit « Emmenez-moi au prochain sex-shop » ça m'aurait paru moins catholique. Mais un couvent !

Comme j'ai transbahuté pas mal de prêtres, reconnaissables à leur col blanc sous le pull (ou à une petite croix épinglée sur le revers de la veste) et que les ecclésiastiques en soutane ne courent pas les rues, je ne peux m'empêcher de dire à celui-là :

— Tiens ! C'est curieux, mon père ! On voit de moins en moins de soutanes !

Il rougit, se trouble, et balbutie :

— Oui, c'est vrai... Mais... je préfère.

Pendant quelques secondes mon crâne est traversé par l'idée que c'est un faux prêtre, mais comme c'est du roman pur et simple je fais taire mon imagination et je conduis mon jeune homme à robe noire jusqu'à l'établissement religieux en question.

Il me dit :

— Attendez-moi !

Comme toujours en pareil cas je fais confiance pendant que le compteur tourne, mais au bout d'un quart d'heure je commence à me payer une petite colère rentrée. Ça m'est arrivé quelquefois de « poireauter » quand un client est soi-disant allé chercher de la monnaie ; dans ce cas, j'abandonne en haussant les épaules, tant pis pour moi.

Là, pas question. Je me prépare à quitter mon siège pour entrer dans le couvent et réclamer mon dû quand j'en vois sortir mon jeune abbé avec une toute jeune sœur en uniforme gris, la tête moulée par sa coiffe. Dès qu'ils sont sur le trottoir il lui donne la main et l'entraîne vers le taxi.

— Gare de l'Est, s'il vous plaît.

Sur le siège, ils sont très écartés l'un de l'autre, ils ne disent pas un mot, mais la main du jeune homme est allée chercher celle de la religieuse et ne la lâche plus.

Gare de l'Est, ils descendent, il me paye, puis, tout pâle, il se penche vers moi.

— Par pitié, si vous entendez parler de nous dans la presse, ne dites rien. Vous ne nous avez pas vus, vous ne nous avez pas conduits. Je vous en supplie ! Pour l'amour de Dieu !

« Pour l'amour de Dieu ! » Il en a de bonnes ! Où est Dieu là-dedans ? Dix secondes plus tard je les vois courir vers la consigne et de nouveau mon cerveau bâtit un roman : ils vont troquer leurs costumes contre des vêtements civils, et fuir pour cacher leurs amours ! Elle est religieuse malgré elle et il n'est pas prêtre. Ou bien il est prêtre et elle est religieuse et ils sont malgré tout tombés amoureux l'un de l'autre, etc.

Peu importe. Mon taxi, pendant un éclair, est devenu confessionnal et j'ai gardé le secret de cette confession. Pendant quelques jours, je dévore « France-Soir » pour y découvrir un titre sensationnel du genre : « Une religieuse enlevée par un prêtre. » Mais rien de rien, le silence. (Ce ne sont pas des choses qu'on révèle à la police facilement, faut dire !)

C'est tout.

Scénaristes, à vos plumes !

LA NUIT DU PASSÉ

Je suis née à Bayeux, cité normande, qui renferme entre autres beautés la plus grande tapisserie du monde. Disons la plus longue. On y voit des centaines de guerriers anglais et français, à pied, à cheval et en bateau, s'assassinant les uns les autres à Hastings, de l'autre côté du Channel.

Mon père était chef de gare. Chef de gare à Bayeux, cela sonne bien. Mais le titre de ma mère sonnait encore mieux : directrice d'école libre. Ceci pour souligner que je ne suis pas née à la sauvette dans un taxi, mais au milieu d'une famille bourgeoise, qui sans être riche ne manquait pas d'aisance.

La date : 1918. J'aurais pu dire en arrivant au monde : « La guerre est terminée, moi je commence ! » Mais mes commencements étaient peu glorieux : je pesais 950 grammes. Un peu de vent d'ouest, une fenêtre ouverte, et je m'envolais vers le plafond. En une époque où les futures mamans avaient forcément souffert de privations, beaucoup de nouveaux-nés se présentaient en poids-plume.

Maman a accouché chez elle : en tant que responsable d'un établissement privé, elle aurait dû bénéficier normalement d'un logement de fonction, hé bien non. Dès que mon frère aîné est venu au monde, on a signifié à Madame la

Directrice que les hommes n'avaient pas place dans une Ecole où le mélange des sexes constituait un péché. Je souligne que nous n'étions pas au seizième siècle mais au vingtième. Et cette mesure imbécile, cette étroitesse d'esprit, cette inhumanité foncière qui a obligé ma famille à habiter hors de la ville m'a toujours révoltée.

Faute de trouver un appartement dans la cité même (et un grand appartement) pour les deux, trois, quatre puis cinq enfants qui se sont succédés, les Le Prince ont vécu à trois kilomètres de Bayeux, dans un pavillon ; mes deux frères, mes deux sœurs et moi nous avons dû pendant toute notre enfance, parcourir à pied la distance qui nous séparait de l'Ecole ; et ce, quatre fois par jour, car nous n'avions pas droit à la cantine, et ma mère se refusait à nous voir chaque matin emporter des gamelles, avec un vague frichti à l'intérieur, comme des enfants de prolos. On a sa dignité, et c'était très bien. Dur, mais bien. Humiliant, mais bien.

Du reste, quand nous étions à la maison, peut-être nous jugions-nous plus heureux que les enfants de la ville, enfermés entre quatre murs, avec le ciel normand entr'aperçu au-dessus des toits. Nous, nous disposions d'une vaste maison de pierre de taille, d'un jardin tout autour, d'un verger où s'épanouissaient salades et radis, d'un clapier pour les lapins de mars échappés d'« Alice au Pays des Merveilles », d'une chèvre qui était la cousine de celle de Monsieur Seguin, de poules que Monsieur Rostand avait glorifiées dans « Chantecler » : bref, nous n'étions pas malheureux, mise à part la corvée qui consistait à aller tour à tour chercher de l'herbe pour nourrir la petite ménagerie ; mais je trouvais toujours un prétexte pour y couper, protégée par mon père qui aimait certes ses autres enfants, mais qui me préférait sans raison particulière.

Si. Peut-être y avait-il une raison. Et peut-être vous en parlerai-je, un peu plus tard, au cours de cette confession, si j'en ai le courage. Car ce que je vous confierai alors pourrait être une explication à ma rebellion permanente, à ma soif de vivre, à mon goût du combat et au fait que je vois les hommes avec aussi peu de complaisance. Mais pour le moment, imaginez-moi toute petite, couvée par un homme d'une tendresse démesurée, d'autant plus démesurée qu'il savait ses jours comptés : engagé à vingt ans dans cet épouvantable meurtre collectif qu'a été la guerre de 14, il en était revenu gazé (La Somme ? Ypres ? L'Yser ? Je ne me souviens pas) donc, diminué physiquement, ce qui explique cette grande silhouette un peu voûtée et ce regard plus mélancolique qu'un regard d'homme dont tout l'avenir est ouvert. Lui, dans sa gare de Bayeux, il voyait chaque jour partir des trains qu'il ne prendrait jamais.

J'avais autant d'admiration pour lui qu'il manifestait d'amour pour moi. Il disait : « **Ma** Madeleine ! » et je disais « Pâpââ ! ». Je crois qu'il a été frappé très vite par mon désir précoce d'indépendance absolue. Ce qui faisait sa préférence était, paradoxalement, ce qui faisait la dureté de ma mère à mon égard quand elle me punissait — et c'était toujours elle qui me punissait, pas lui — ; il prenait systématiquement ma défense.

Il n'a pas eu à la prendre longtemps. Il est mort tout jeune. J'avais douze ans. Il a dit à ma mère, en ses derniers instants :

— Je te recommande Madeleine. Tu auras du mal avec elle. Mais justement à cause de cela, soutiens-là autant que tu le peux.

Madame Le Prince — je ne prononce pas « Madame Le Prince » avec amertume, à la façon dont Poil de Carotte prononçait « Madame Lepic », mais avec une espèce de distanciation involontaire, subconsciente — Madame Le Prince portait très bien le nom que lui avait légué son mari : grande, mince, brune aux yeux bleus, assez belle, dotée d'un fort caractère, elle régnait sur son intérieur en marchant à cinquante centimètres au-dessus du sol (façon de parler, vous voyez très bien ce que je veux dire !) Elle détestait les tâches domestiques et s'appuyait entièrement sur les employées de maison. Elle aimait beaucoup son métier, et lisait ouvrage sur ouvrage. Ai-je hérité d'elle l'amour de la lecture ? Sans doute. Je la voyais ouvrir un livre dès qu'elle disposait d'un tout petit peu de temps. Elle conversait plus facilement avec Montaigne ou Stendhal qu'avec nous, mais je ne lui en veux pas quoique cela m'ait personnellement manqué ; je comprends très bien, avec le recul, qu'une jeune femme condamnée à élever seule cinq enfants n'ait pas eu le temps de faire des fioritures. D'où cette sévérité, cette coupure entre elle et sa progéniture, cette froideur qui n'était sans doute qu'une façon de ne pas se laisser aller et d'aborder les problèmes comme un mâle et non une femelle.

Nous la respections et l'admirions, mais comme elle n'était pas de la race des mères-poules, sa couvée en a souffert. Pour ma part, très tôt, je l'ai bombardée de questions sur tout, sur rien, souvent, avec avidité, avec une curiosité énorme et un désir de **savoir**, absolument démesuré. Savoir, savoir, qui, quoi, comment, pourquoi, où, et je n'ai pas changé, à soixante ans de distance je continue à m'interroger passionnément et à interroger passionnément le monde, qui, quoi, comment, pourquoi, et j'ai été si frustrée de réponses pendant mon enfance que même si aujourd'hui j'étais à la fois Einstein, Léonard de Vinci et

Pic de la Mirandole réunis, je crois que je serais encore frustrée de ce que je ne sais pas. « Plus on en sait, plus on s'aperçoit que moins on en sait », a dit quelqu'un dont je ne sais même pas le nom.

Notez tout de même que ce que j'ignorais, je cherchais à le savoir. Quand j'allais à la ferme pour prendre le lait (la cousine de la chèvre de M. Seguin ne nous en a pas fourni pour l'éternité) j'avais une raison précise de le faire : cela me permettait de lier connaissance avec d'autres animaux que ceux de mon clapier ou de mon poulailler : ces animaux étranges qu'on appelait garçons, par exemple. Nous nous abordions avec des joues rouges de confusion, le souffle coupé : ils n'étaient pas audacieux comme ceux d'aujourd'hui ; ils n'étaient pas grossiers. Je crois qu'ils avaient peur des filles tout en désirant les connaître, tout comme nous avions peur de les approcher, et au cours de ces flirts innocents nous ne parlions pas de coucherie mais de mariage, et il m'est arrivé de revenir rêveuse chez nous, mon pot de lait à la main (quand je l'avais pas renversé par distraction) pour m'entendre gronder par maman furieuse de mes trois quarts d'heure de retard. Et c'était souvent !... Et comme Perrette, je quittais un garçon, mariée, propriétaire, maman de toute une nichée, pour me retrouver sous le vent d'une engueulade qui bousillait mes projets d'avenir.

Il n'y avait pas que les garçons. Il y avait les champs, les bois, la rivière, les bleuets, les mûres, l'odeur de l'herbe. Pour ce qui est des vacances, faute d'argent, maman les passait chez nous, et nous envoyait chez une parente qui habitait Granville. J'aurais dû me montrer ravie ; mes frères et sœurs s'en contentaient, écumaient la plage et la nature alentour, profitaient du changement, du soleil et de l'iode ; moi je piaffais, allez un peu savoir pourquoi, où que je sois je voulais être ailleurs, et la tante Valentine exaspérée finissait par téléphoner à ma mère pour lui dire : « Jeanne, je t'en prie, viens chercher Madeleine, elle ne fait que des bêtises. »

Des « bêtises », ah ouich, vingt-guieux comme disait Gabin dans ses rôles de normand, des bêtises j'en faisais ! Et pas des bêtises de filles, mais des bêtises de garçons, qui justifiaient le surnom qu'on m'avait donné : « le garçon manqué ». Plus tard on m'en a donné un autre : « le désespoir de la famille », et cela était dit sans ironie, croyez-moi. Il est évident qu'à l'âge où mes consœurs adoraient jouer à la poupée, à la marelle ou à la marchande, je préférais grimper à tout ce qui ressemblait à un tronc d'arbre, quitte à déchirer mes culottes et ensanglanter mes cuisses. A Athènes, j'aurais escaladé le Parthénon (par la première colonne face droite, la plus facile).

Mes institutrices n'osaient trop rien dire de mes réactions sans nuances, à cause de la situation de maman. Lorsqu'elles s'aventuraient à faire une réflexion — en mettant des gants — maman répondait toujours, de l'air consterné d'une Clytemnestre qui souhaiterait qu'Iphigénie fut égorgée pour lui foutre la paix : « Eh ! Je sais ! Je sais !... (traduction : « Elle est comme ça ! que voulez-vous que j'y fasse ? »).

Et sur mes carnets de notes, on marquait régulièrement ces deux phrases hallucinantes : « NE FAIT RIEN, MAIS PEUT BEAUCOUP FAIRE. »

On aurait pu en dire autant des Rois Fainéants, ou de Caligula, ou de Louis XVI. J'étais inclassable. J'espère que je le suis toujours. Ceci pour vous dire que pour quelqu'un qui se veut hors des normes, j'ai commencé tôt.

Autre exemple : j'ai été « Enfant de Marie ». — Pôvre Marie ! Elle qui a eu tant d'ennuis avec son rejeton, on lui a collé cent trente millions deux cent cinquante-sept mille neuf cent vingt-huit enfants de Marie de par le monde l'année de mes treize ans — et quoique enfant de Marie, c'est-à-dire condamnée à la chasteté morale (au moins !) je donnais rendez-vous à des garçons, dans l'église même, oh pas pour faire le mal, mais pour se chuchoter des choses vaguement excitantes, se murmurer des aperçus qui n'étaient même pas sexuels... Voilà-t'y pas que le curé nous surprend, nous accuse de tous les vices, nous menace des foudres de l'enfer et nous punit d'une quantité industrielle de « Confiteor ». Furieux, les garçons accusés et moi nous sommes allés chercher des hannetons dans la campagne, et en pleine messe nous les avons lâchés dans la nef, où leur bourdonnement a interrompu la messe royale de Dumont.

Patrem omnipotentem
z-z-z-z...
Factori caelum et terrae
z-z-z-z...
Visibilium -z-z-z- **omnium**

Un scandale ! De quoi être excommunié !...

Bien entendu, j'ai été punie, et ce n'était que justice.

Mon merveilleux père s'extasiait de ce genre de délit plus qu'il ne s'en offensait. J'aurais cassé le vase de Soissons, qu'il en eût expliqué les raisons à Clovis pour m'excuser. La preuve en est qu'un jour, j'ai brisé à l'école un carreau de la serre.

— Qui a fait ça ? a dit le chœur antique.

— Madeleine, a répondu la rumeur publique.

Et une délégation de cafardeuses est allée le dire à la directrice.

Je rentre à la maison, les yeux rouges de pleurs. Je raconte l'incident. J'informe mon père de la sanction : il me faudra payer le carreau. Alors mon brave homme de papa, qui me soutenait toujours, a réglé le problème comme un Salomon l'eût fait : « Dis-leur que si le carreau est inutilisable, j'aimerais en récupérer les morceaux pour m'en faire une jolie paire de lunettes. Ce sera tout profit. »

Tête de ma directrice, quand, le lendemain, devant toute la classe, je donne à l'accusation la solution de mon père. Je bravais je ne sais quoi d'injuste alors que j'étais coupable. Je sentais papa derrière moi. Mais l'Administration n'a pas le sens de l'humour. (Heureusement ! Sans quoi, où irait-on ?) Et la dirlo a tendu dramatiquement le doigt vers la cour de l'école.

— Sortez !

Les imprécations de Camille n'étaient pas loin.

C'est pour ça que je n'aime pas Corneille.

Ce n'est pas par méchanceté que je « faisais des bêtises », que je provoquais, que je me rebellais, on le voit bien, on le comprend. C'est parce que, déjà, oui déjà, à douze-treize ans, et même avant, je n'ai pu supporter aucune contrainte, que je me sentais **quelqu'un d'autre** que tous ces moutons de Panurge. Suivre les règles établies, non. Cela ne me convenait pas.

Rejetée par les collèges et lycées pour indiscipline, j'ai été placée par maman dans une nouvelle école à treize ans, après mon certificat d'études.

J'ai cru alors que j'allais être un peu plus libre de « m'exprimer ». Mais il s'agissait d'une école privée. Je me suis donc trouvée, autant qu'avant, punie pour mon indiscipline, et ma seule échappée était la messe. Or, la messe, on l'a vu, n'était pas pour moi synonyme de sagesse. Il n'y avait donc pas de solution.

Si.

Si, au fait, Il y avait des solutions. Une solution. Une solution d'adolescente qui ne ressemble en rien à cette fuite en avant de nos jeunes d'aujourd'hui. Ma drogue à moi, ma drogue douce, cette drogue dont j'use encore aujourd'hui et qui me procure tant de jouissance. La musique.

De toute façon, et même si je n'avais pas adoré la musique, le rang social de ma mère m'aurait obligée à apprendre un instrument. C'était obligatoire. Une demoiselle appartenant à une certaine classe bourgeoise se devait d'être musicienne et de jouer soit du piano, soit du violon (le mirliton et l'ocarina étant réservés aux prolétaires). En fait, cette convention idiote n'a pas varié depuis le dix-septième siècle, où les filles de famille s'estimaient déshonorées si elles ne pratiquaient pas au moins l'aquarelle ou la broderie.

Mais ça n'a pas été une corvée pour moi que de jouer du violon. J'aimais la musique et pendant dix ans j'ai râclé les cordes de mon archet. Aujourd'hui j'ai une collection de disques classiques enviable. Je me paye des overdoses de Beethoven à Gershwin, à longueur de soirée.

Rebellion, hargne, refus, appétit de vie et de liberté, goût de l'action, une certaine violence, un sentiment certain de frustration sentimentale. Encore aujourd'hui, quand je m'interroge et rentre en moi-même, quand je fais mon inventaire, je m'aperçois qu'il y a une ligne toute droite de ma petite enfance à ma vie d'adulte. Mado la fille-garçon-manqué, appelle Mado-du-bout-de-la-nuit.

Il me revient un épisode frappant, qui explique bien des choses.

Au moment des moissons normandes, toute la famille se rendait à Vire (ne souriez pas en pensant aux andouilles du même nom, sinon je vous claque !) chez mon cousin Albert, qui y possédait une ferme. J'avais dix ans. Je suivais la tribu, en renâclant, mais je suivais. Je ne pouvais pas faire autrement : les moissons à l'époque étaient le prétexte de grandes fêtes villageoises ; mieux que des fêtes, des festivités où les batteuses, les moissonneuses-lieuses et autres machines avaient le premier rôle.

J'en avais un également, car malgré mon sale caractère j'étais la chouchoute du cousin Albert, et c'est moi que l'on désignait toujours, depuis toute môme, pour hisser le « drapeau » au sommet d'une machine qu'on avait briquée et pomponnée comme un caniche pour l'occasion.

Ce « drapeau » ne représentait pas la France agricole comme on pourrait le croire. Les paysans se foutaient de la France comme de leur premier baril de cidre ; il y avait d'abord la tradition normande, et la tradition voulait qu'une belle gerbe composée d'épis de blé, d'avoine, de coquelicots, d'orge et de bleuets ornât la machine. C'est ce beau mélange qu'on appelait « drapeau ».

Ma participation se limitait à ça. Pour le reste, je me limitais à assister (où à ne pas assister, car c'est un spectacle qui n'est pas aussi captivant que la « Traviata ») à l'assassinat du cochon. Tant qu'on y était ça avait lieu le même jour — les adultes n'ont pas si souvent l'occasion de se distraire ! — la plupart du temps, vite écœurée de voir ce brave animal hurlant de trouille puis proprement égorgé, je me réfugiais où je pouvais, je regardais les cousins et cousines dresser sur le pré une immense table couverte d'une nappe éblouissante de blancheur ; la vaisselle la plus décorée sortait des placards, on débouchait les bouteilles, on mettait l'eau à rafraîchir, on surveillait la cuisson des meilleurs plats, on allait chercher sur leur étagère les pâtés les plus succulents qui sommeillaient depuis une année entière en vue d'être consommés ce jour-là. Il régnait une atmosphère de contentement, d'humour ; tous les problèmes étaient oubliés ; tous les ennuis domestiques, tous ces petits frottements qui gâchent les rapports dans les familles les plus unies passaient au second plan ; les gestes étaient fraternels, vivaces, tendres, les yeux brillaient, les plaisanteries grasses fusaient ; c'était du Maupassant revu et corrigé, quoi. Il n'y manquait même pas les clins d'œil des hommes aux femmes et les histoires de chasse au dessert.

Moi, c'est au hors-d'œuvre que j'ai choisi d'agir et de flanquer une frousse mémorable à tous ces braves gens. Pourquoi ? Je me suis longtemps posé la question, et je n'ai toujours pas de réponse, sinon dans mon rejet des normes établies. (Or, le rejet, c'est en général entre quinze et dix-huit ans qu'il s'exprime ; mais qu'une momignarde de dix ans prenne ce genre d'initiative pour exprimer son ras-le-bol, c'est rare comme une perle de culture dans un camembert.)

Et donc, pendant le petit quart d'heure où toute l'assistance posait ses fesses autour de la table, j'ai décidé de me planquer dans la grange. Comme ça. Gratuitement. Pour qu'**ils** s'aperçoivent de mon existence grâce à mon absence. Etre la petite reine qui place le « drapeau » ne m'avait pas suffi.

Les plats commençaient à circuler, les pâtés subissaient

des assauts répétés, le cidre coulait dans les verres, et pas de Mado !... Pendant quelques minutes, mes parents et le cousin Albert ont supposé que j'avais de toutes petites raisons de m'attarder. Après quoi on a commencé à m'appeler sans bouger de table, puis on s'est inquiété, et au bout d'une demi-heure on s'est franchement angoissé. Déjà quelques membres de la tribu avaient abandonné la tablée pour visiter la maison pièce par pièce, y compris la cave... et la grange, bien entendu, mais j'avais prévu le coup et je me suis enfoncée dans le foin pour n'en bouger pas plus qu'une enclume quand on y est venu. Et dès les visiteurs partis j'ai suivi depuis une fenêtre, d'un œil féroce, toutes les recherches.

La table était déserte ; on appelait Mado par-ci, Mado par-là, Mado où es-tu, Mado ne fait pas l'idiote montre-toi ! Mon père, ma mère, le cousin, la cousine, les cousins etc. couraient les prairies, se rendaient chez les voisins, revenaient malades d'angoisse en faisant des gestes de découragement, et moi derrière la vitre de la grange je me marrais.

Ça a duré des heures, et personne n'a ni mangé ni bu ; la table attendait en vain des convives dont l'estomac n'aurait pas supporter une bouchée de tous ces mets délicieux. J'aurais pu avoir un atome de pitié, ou obéir à ma propre faim qui me grattait le ventre, mais non. J'avais décidé de pousser le plus loin possible cette provocation inouïe, et non seulement je n'y avais fixé aucune limite, mais j'ai ri encore plus fort quand mon cousin Albert, épuisé, désespéré, s'est tourné vers le puits et l'a désigné du doigt.

Car il n'y avait plus que le puits.

Et le puits, c'était le pire. Pas la peine de se faire un

dessin. Toute la famille est devenue aussi blanche que la nappe, et voilà qu'on va chercher des échelles, une corde, un grappin, bref le nécessaire pour retirer de l'eau le cadavre d'une fillette de dix ans.

Le cousin Albert est descendu jusqu'au fond du puits pour en remonter bredouille. De mon observatoire j'ai suivi toute l'opération et c'est peut-être à ce moment-là que j'aurais pu crier « coucou », quitte à recevoir la plus belle râclée de mon existence. Je n'avais pas pensé au puits. C'était assez formidable d'assister à ce film-là. Je me demandais ce qu'**ils** allaient encore imaginer, à part appeler la maréchaussée.

Ils l'ont peut-être fait, je ne me rappelle pas. Tout ce dont je me souviens, c'est que la nuit est tombée sans que je bouge un orteil, et plus je m'enfonçais dans le drame — ou plutôt, plus j'y enfonçais les autres — plus j'étais fière de moi. J'acquérais ainsi une célébrité : limitée, certes, mais effective. Et la famille s'est calfeutrée dans la grande salle pour commencer la veillée funèbre. J'entendais les voisins tenter de consoler tout ce petit monde. « C'est une fugue. Elle reviendra. Demain matin il fera jour, on poursuivra les recherches un peu plus loin... »

Quant à la fugueuse, elle se portait bien, mais tout de même un peu moins bien qu'au cours de l'après-midi et de la soirée. D'abord il lui manquait le spectacle : le film en couleurs avait cédé la place à un film en noir et blanc avec beaucoup plus de noir que de blanc. Ensuite, le silence prenait à la gorge ; après le départ des voisins, tout le monde s'était tu. Enfin, ce qui fait sortir le loup du bois commençait à me travailler à hauteur du nombril.

Et j'ai quitté la grange pour me présenter à tous les miens dans toute ma splendeur. Quelle entrée !... Le film interrompu recommençait. La bande son n'a pas fonctionné tout de suite, d'ailleurs. Moi de mon côté je ne voyais pas ce que j'aurais pu dire à part « Ne vous inquiétez pas, j'étais dans le quartier à cueillir des pâquerettes et vous savez ce que c'est, j'ai pas vu le temps passer. » Quant à la tribu, elle a ouvert sa bouche multiple et aucun mot n'en sortait.

Le premier à esquisser un geste et prononcer une parole fut mon père. Il s'est précipité sur moi. J'attendais une torgnole qui n'est pas venue (ce n'était pas son genre, mais dans la circonstance, too much c'est too much !...) ça a été au contraire une flambée d'amour pour la coupable, et rien, rien, pas un reproche, pas un « pourquoi as-tu fait ça ? »

J'aurais dû fondre, pleurer d'émotion, esquisser une phrase de regret, pas du tout. J'ai eu le culot monstre de rire, devant cette assemblée consternée qui sortait d'un affreux cauchemar. Et je m'entends encore dire, à tant d'années de distance, du haut de mes dix ans : « Vous savez, je vous ai entendus m'appeler, je vous ai vus me chercher, j'ai vu le cousin descendre dans le puits ! Mais je ne vous répondais pas parce que je voulais vous faire peur ! »

Je l'ai dit : je faisais du violon (tout en préférant le piano). J'en faisais sérieusement, mais je ne voulais pas y perdre ma jeunesse. En fait, cela me permettait de sortir de prison — je veux dire de chez moi — et de rencontrer des garçons au cours du soir.

Ce n'était pas aussi simple : mon frère, qui avait quatre ans de plus que moi, me servait de chaperon, de gorille, de garde du corps, de barbouze. Ça l'embêtait autant de jouer ce rôle de surveillant que moi de jouer celui de la surveillée, et sa surveillance s'est peu à peu relâchée. Il a dû se dire : « Passionnée et douée comme elle l'est, Madeleine ne pense qu'aux grands compositeurs », alors que je pensais aussi aux petits jeunes gens. Normal, non ? La musique n'adoucit pas les mœurs, loin de là, elle les aiguise et permet la violence. Voilà cent ans, l'Italie tout entière s'est soulevée contre l'Autriche en chantant « Nabucco », et la « Marseillaise » ruisselle de sang impur qui est censé abreuver tous les sillons de l'hexagone.

C'est donc avec mon violon sous le bras que j'ai fait connaissance de mon véritable premier amour. Un amour tout platonique et pourtant sérieux au point que j'en revis chaque détail cinquante ans après. C'était un jeune cultivateur. Je le rencontrais souvent ; nous tentions de nous noyer dans l'anonymat d'un marché aux légumes pour ne pas être surpris, mais le marché de Bayeux occupe une surface réduite. Nous risquions encore d'y rencontrer quelque honnête ménagère connaissant la famille Le Prince, et qui aurait informé ma digne mère par le téléphone arabe. Nous nous sommes donc réfugiés dans des cafés.

Pas de chance, c'est mon gorille qui nous a surpris, mon amoureux et moi, autour d'une table et devant une honnête boisson. Il a immédiatement cafardé, et me voilà devant Torquemada costumée en directrice d'Ecole.

— Qu'est-ce que tu as à dire pour ta défense ? m'a demandé Torquemada-Le Prince.

— J'aime ce garçon.

— Tu n'épouseras jamais un cultivateur.

A mon lit de mort je me demanderai encore pourquoi

les conventions veulent que si possible on se marie dans la même catégorie ; comme si un cultivateur couchait avec ses souliers crottés d'argile et ses mains pleines de bouse de vache ; comme si mon violon se cachait sous mon oreiller. Le garçon que je connaissais était beau, sensible, intelligent. Je le voyais avec des yeux dessillés, lucides ; mais pouvais-je dire à ma mère que sa fille promenait déjà sur les êtres et les choses un regard averti ? Très averti, même... ! A l'âge où Mme Le Prince lisait Delly, Max du Veuzit, Paul Bourget à la rigueur, Henri Bordeaux certainement, Germaine Acremant à coup sûr, moi j'ingurgitais Pascal — mais oui, ne riez pas ! — Baudelaire, Zola, et pas le Zola du « Rêve », mais celui de « Pot-Bouille », de « La Terre », de « La faute de l'Abbé Mouret », de « Nana » et de « L'Assommoir ». Cela vous marque une jeune fille. Pascal pour l'équilibre du raisonnement, Baudelaire pour la vision poétique d'un certain réalisme, Zola pour l'étude des milieux.

Je ne cite que les principaux, bien évidemment, et je n'insiste pas sur le fait que je les lisais en cachette. Ce sur quoi j'insisterai, c'est sur les conséquences de mon éducation sentimentale et littéraire. Si je n'en prenais pas le contrepied, j'étais fichue. Mon existence même était fichue. Je ne pouvais pas aller ainsi d'emprisonnement en emprisonnement sans risquer de m'assécher, de m'étioler. Je n'ai pas épousé mon cultivateur, mais quand je me suis déclarée prête à me marier — à moi toute seule — c'était autant pour fuir le milieu familial que pour obéir à mon désir d'aimer. Peut-être aurais-je dû devenir madame X... cultivatrice, car le hasard a voulu que je croise beaucoup plus tard mon premier amour, et son mariage n'était pas une réussite. Mais je n'ai aucun regret. Mon mari m'a donné trois beaux enfants. J'ai fait sa connaissance un peu avant la fin de mes études. Son propre frère était un de mes camarades. Nous faisions ensemble des expériences de physique et chimie, matières où nous excellions, et je me souviens qu'un jour, essayant quelque affreux mélange qui devait censément nous conduire à créer un nouvel engrais (!!), nous avons tout simplement fichu le feu à la pièce où nous jouions les Frankenstein de l'agro-alimentaire.

Avec mon mari, je n'ai mis le feu nulle part. Le temps de fabriquer mes mômes, et on s'est séparés. Qu'est-ce que j'avais fait là ! C'était pire que l'incendie du laboratoire. Dans ma famille, on ne se sépare pas ! Ça ne se « fait pas ». A partir du moment où j'avais brisé les liens sacrés du conjungo, je suis entrée tout droit dans le tableau de Gros « Les Pestiférés de Jaffa », et j'ai mis huit ans à en sortir. Huit ans d'exclusive absolue, pendant lesquels je n'ai pas été admise à me présenter devant ma mère à Bayeux. C'est dire mon degré de solitude et d'amertume. On me comparait à un oncle, frère de maman, qui avait une épouvantable réputation de volage et de prodigue. C'est de lui que je devais tenir !...

Et me voilà faisant mes paquets. Les petits étaient très jeunes. Il allait falloir les élever toute seule. « On » me permettait de les laisser à Bayeux chaque fois que cela me facilitait la tâche, et de les reprendre avec moi à Paris quand je le voulais. « On » les aimait. Ils n'étaient pas responsables du caractère cabochard de leur mère, dont « on » se demandait jusqu'où allait la pousser son non-conformisme, sa révolte permanente, etc.

Ma foi, je n'en savais rien moi-même. J'allais débarquer dans Babylone à 32 ans avec très peu d'argent, et dans la poche l'équivalent du bac.

Je n'avais pas encore l'amour de la nuit.

La nuit, elle était dans mon cœur, Je veux dire par là que je quittais une certaine forme de nuit, une nuit morale. C'est de ce tunnel que je m'évadais.

ENTRÉE À PETITS PAS DANS LA NUIT (DES HALLES)

Paris. Gare Saint-Lazare, un de mes fils à mon côté. Ma valise lourde comme une masse de plomb au bout de mon bras. Une impression d'immensité de pierre, de grouillement hostile ou indifférent à mon sort. Mais quoi ! Je l'avais voulu. Et j'avais mis un tigre dans mon moteur.

Ce n'est pas ma vie que je veux raconter, c'est la Nuit. Ce poème baudelairien, ce cloaque, ce Paradis qu'est la Nuit. Je passerai donc très vite sur la Nuit morale que je viens d'évoquer, sur la petite chambre minable du 13e, le pécule qui s'est réduit à zéro, les « ménages » à la serpillière, la boustife pour les bourgeois (« employée de maison », ça s'appelle) les premières amitiés (une infirmière, une femme merveilleuse qui s'est occupée de moi et du gosse), pour en arriver à mon premier contact avec la Nuit.

Mon « Sésame-Nuit-ouvre-toi » s'appelle « le Pied de Cochon ».

A l'époque où j'y suis entrée comme « main-courantière » (j'ignore si ce mot barbare existe, consultez donc le « Petit Robert »), je crevais de colère de ne pouvoir parvenir à rien. Rastignac se servait des femmes pour accomplir ses ambitions, mais je ne me voyais pas me servir des hommes pour réaliser les miennes. Je pensais seulement qu'avoir quitté Bayeux avec un bagage culturel du tonnerre et en arriver à laver des carreaux ou préparer le dîner de M. Dupont, était minable. Quant à retourner à Bayeux pour savoir si la tapisserie demeurait à sa place, pas question. Moi j'avais à gagner ma propre bataille d'Hastings.

J'ai sauté à pieds joints sur une annonce : on demandait une main-courantière au « Pied de Cochon », travail de nuit, convenablement payé, je serai donc main-courantière. Mon violon a continué à dormir dans son étui. J'ai renoncé une bonne fois pour toutes à croire que je ferai un trio avec Rostropovitch au violoncelle et Samson François au piano.

« Le Pied de Cochon », vous savez ce que c'est. Et si vous l'ignorez je vais vous l'apprendre. Aux bons vieux temps où les Halles étaient encore le ventre de Paris cher à Emile Zola, le nom de ce restaurant était célèbre à Chicago comme à Leningrad. Il l'est toujours, mais il a perdu son environnement avec le déménagement des Halles à Rungis et la construction du Forum.

Avant que la municipalité ne décide de creuser le cratère qui a fait longtemps de l'église Saint-Eustache un monument gothique au bord de la mer Morte, les pavillons Baltard recouvraient le plus gigantesque marché d'Europe ; des tonnes et des tonnes de légumes, de fruits, de poissons et crustacés, de fleurs et de fromages, de produits laitiers et de viande. Des milliers de cageots, des centaines d'étals, des effluves mêlées, des chariots partout, des camionnettes et des camions, le tout provenant des quatre coins de France pour nourrir la capitale, et du début de la nuit jusqu'à l'aube un mouvement incessant, un grouillement de vendeurs et d'acheteurs, et les fameux « Forts-des-Halles », formidables athlètes en blouse transportant sur leur dos le double de leur propre poids. Au-dessus des stands, la carcasse d'acier que l'on trouvait si laide alors et qu'on regrette tant aujourd'hui. Aujourd'hui, Paris se nourrit à Rungis, où les rats des Halles ont suivi. Aujourd'hui, le « Pied de Cochon » regarde le Forum d'un œil dépersonnalisé — si l'on peut dire qu'un pied a un œil —. Mais à l'époque, rien que sa façade appelait le client. On y mitonnait une cuisine à la fois familiale et sophistiquée, qui attirait toutes les classes de la société, tant et si bien qu'on pouvait y rencontrer en même temps des clodos au zinc et des stars dans la salle.

Personne ne faisait attention à la « main-courantière », évidemment. Elle, par contre, scrutait les gens, goûtait comme une gourmandise les sons et les lumières, commençait à apprécier la poésie de la nuit, se laissait fasciner par la nuit.

La « vraie » nuit — je veux dire celle qui se suffit à elle-même, qui a « son » monde à part, ses réactions à part — ne commençait réellement qu'après l'heure de la sortie des spectacles. Auparavant, de vingt heures à vingt-trois heures, c'était le temps du client « normal » : gastronomes, hommes d'affaires, couples, étrangers sensibles aussi bien à l'atmosphère particulière des Halles qu'aux trouvailles du maître-queux ; puis, c'était l'arrivée des artistes de théâtre et de music-hall ; le Châtelet où Mariano a chanté vingt ans d'affilée les opérettes de Francis Lopez (et quand il ne chantait pas au Châtelet c'était à la Gaîté Lyrique, qui n'est pas loin non plus). « Le Prince de Madrid », « Andalousie », « La Belle de Cadix »... Le grand Luis à la voix inoubliable et à l'accent irremplaçable s'amenait, toujours accompagné de sa cour où dominaient les minets. Ce petit peuple s'installait, parlait métier, et j'enrageais de ne pas tout entendre depuis ma caisse. C'est seulement de loin — hélas ! — que j'ai suivi l'idylle de Michèle Morgan et Henri Vidal. Ils s'étaient connus pendant le tournage, à Cinecitta, de « Fabiola ». Ils étaient très beaux, et on regrettait de ne pas les voir arriver, lui en jupette et elle en péplum. Elle habitait à l'époque l'hôtel Lambert, magnifique palais égaré à la poupe de l'Ile Saint-Louis. Elle promenait sur la salle du restaurant ses immenses yeux verts, et j'avais envie de lui dire : « Restez. Ne vous sauvez pas sur un écran. »

Autres célébrités à fréquenter le « Pied de Cochon » : Jean Marais dont la beauté surpassait celle de Vidal. Vidal était le très bel homme que l'on peut rencontrer dans des circonstances purement humaines, réalistes, « dans la vie » ; alors qu'on se disait à propos de Jean Marais : « De quel bas-relief grec s'est-il détaché ? » Je suis en train de me demander si de nos jours il existe un jeune premier de l'écran qui corresponde si parfaitement à une œuvre d'art. Avec ça, Jean Marais n'avait pas du tout l'air de se prendre pour Jean Marais. Alors que Gabin se prenait vraiment pour Jupiter (j'en parlerai plus tard).

Un qui ne se prenait pour personne, qui effectivement n'était personne et est devenu quelqu'un, c'est Nougaro. Le « Pied de Cochon » accueillait les musiciens ambulants et les débutants du tour de chant. Pendant que les serveurs et les maîtres d'hôtel circulaient de table en table, il y avait toujours un jeune artiste en attraction, qui venait essayer son génie dans un bruit continu de fourchettes et de conversation, et Nougaro a essayé le sien sous mes yeux. Il avait déjà ce style particulier, imagé, un peu forcené, très jazz, qui a établi son succès. Une fois ses chansons terminées, il faisait la manche, récoltait une misère, et s'en allait, happé par la nuit des Halles, quittant un bruit pour un autre, et vraisemblablement se demandant s'il réussirait.

Autre débutante : Isabelle Aubret, blonde comme les blés, l'air fragile, une espèce d'Alice au Pays des Merveilles dont la voix douce et musicale était un véritable enchantement. Elle avait choisi de défendre la chanson française. Elle n'a pas changé de route, contre vents et marées, malgré l'invasion des clips venus d'Outre-Atlantique. On l'écoutait avec tendresse.

Pour me permettre de rentrer chez moi sans encombre, vers les trois heures du matin, la direction me payait un taxi. Et je crois amusant de noter que très souvent je faisais mon propre marché dans ce Temple de la Bouffe. J'en ai encore le parfum dans les narines ; j'emportais le plus possible de viande, de légumes, de tout, bref de quoi remplir mon frigo ; ce, à bon prix, évidemment, car j'avais bien besoin de faire des économies. Tout le monde était gentil avec moi. Quoique avertie, je gardais une certaine ingénuité qui devait plaire. Et c'est ainsi que j'ai plu à Michel... Attendez... Avant de vous parler dudit Michel (et du diable si vous pouvez deviner de quel Michel il s'agit — un Michel célèbre !... —) je voudrais évoquer une anecdote qui a trait justement à mon ingénuité.

Un beau jour — c'était la sainte Madeleine — les garçons du restaurant et les maîtres d'hôtel me disent, avec un ensemble digne d'une chorale qui aurait dû me mettre la puce à l'oreille : « Madame Madeleine, puisque c'est votre fête, nous allons vous “ sortir ” ce soir. »

Quoique tentée, j'ai lutté ; le fils m'attendait.

— Soyez gentille, laissez-vous inviter, trouvez le moyen de faire garder votre petit garçon.

J'appelle donc cette amie infirmière que j'ai citée, et j'obtiens qu'elle fasse la boy-sitter. Et non seulement elle accepte de se mobiliser, mais elle est ravie : Enfin, tu te distrais un peu ! Profite de ta soirée !...

Me voilà avec mes chevaliers servants, radieuse, attendrie, très touchée de leur attention. Ils m'emmènent rue de la Montagne Ste Geneviève « pour danser » disent-ils, sans ajouter quoi que ce soit sur le genre de l'établissement. Et naïve comme je l'étais, une fois entrée dans le dancing en question, je ne m'aperçois pas tout de suite qu'il y a une minorité d'hommes pour une majorité de femmes. En fait, il n'y a presque pas d'hommes. « Pur hasard », je me dis. Et comme j'adore danser, je ne me pose aucune autre question, et en avant, robe à volants, je valse et je tangote, et chaque fois avec une femme (puisque les hommes manquaient).

Au beau milieu de ma énième danse, une espèce de furie fonce sur moi et je reçois une paire de claques à me dévisser la tête. Elle m'écarte brutalement, me reproche de serrer de trop près ma partenaire, alors que c'était elle qui collait à moi comme une ventouse ; je réplique vertement, tout le bal s'arrête comme un seul homme (ou plutôt comme une seule femme) : scandale. Je m'esquive par une porte dérobée, j'interroge mes collègues sur les causes de cet événement, et ils me mettent au courant des inversions de la capitale avec des allures de faux-jetons qui en disent long sur leurs intentions, car c'est intentionnellement qu'ils m'avaient emmenée chez ces dames. God save the gouines !...

— On voulait que tu connaisses Paris. T'es un peu trop oie-blanche sur les bords, tu comprends ?

« Oie-blanche » ! moi ? une mère de famille !

Mais c'était vrai. J'avais beau être observatrice, cet aspect de la vie parisienne m'échappait. Depuis, oh là là ! j'en ai vu des mûres et des vertes, et j'en viens à Michel.

Michel Simon.

Eh oui ! Michel Simon.

Je peux le considérer comme l'amoureux le plus sérieux que j'aie eu durant cette période du « Pied de Cochon ». Mais à priori, comment pouvais-je croire qu'il s'intéresserait à moi ? Il était alors au sommet de sa renommée. Rarement acteur a été aussi admiré. Il avait derrière lui « La Chienne », « Quai des Brumes », « Drôle de Drame » (Bizarre ! vous avez dit « bizarre ») et « Jean de la Lune » où il a créé un clodo effarant, et « Circonstances atténuantes » où Arletty lui donnait la réplique, et « Boudu sauvé des Eaux » où il était tout simplement génial.

Ce que je savais de sa vie privée, c'est ce que la presse en disait : un homme seul, vivant à la campagne, élevant des singes, ayant avec ses partenaires ou ses metteurs en scène des contacts presque uniquement professionnels ; somme toute, n'entrant pas dans le jeu artificiel, superficiel, démonstratif, contreplaqué, qu'est l'existence de la plupart des artistes. Il était **vrai** , voilà. En dehors d'un plateau ou d'une scène, il ne jouait pas. Cette semi-retraite dans laquelle se déroulait sa vie était-elle la conséquence de contacts difficiles ? Se croyait-il laid ? Il ne l'était pas. Pas plus que Danton avec son mufle, pas plus que Mirabeau avec ses traits ingrats, pas plus que Michel-Ange avec son nez cabossé par Torrigiani. Sa personnalité était si forte qu'il émanait de ce visage, puissance et humanité. Une humanité débordante.

Visiblement il me courtisait. Et mes collègues, avec beaucoup plus d'honnêteté que lorsqu'ils m'avaient fourvoyée, m'ont fait remarquer que l'acteur, n'osant s'adresser à moi directement, leur posait des questions sur moi. Ils lui ont conseillé de venir me chercher un matin.

Mais je n'éprouvais rien d'autre pour lui que ce qu'éprouvaient ceux et celles qui suivaient sa carrière depuis des années et le classaient parmi les grands : Harry Baur, Raimu, Jouvet. Il était difficile de le lui dire. Nous avons eu de longues conversations au cours desquelles j'ai pu apprécier son intelligence, sa gentillesse, l'intérêt qu'il portait aux êtres et aux choses. Cela a bien duré quelques mois. Après quoi, exit Michel Simon. Je ne l'ai plus revu. Il est reparti vers sa propre nuit, à la recherche de quelqu'un qu'il n'a peut-être jamais trouvé, quoique j'aie entendu dire au moment de sa mort qu'une compagne discrète partageait son existence.

Etre à vie au « Pied de Cochon » n'était certes pas ce dont je rêvais. Y avoir passé trois ans et en retirer une violente passion pour la nuit est le côté positif de mon séjour aux Halles. Mais j'avais trop la bougeotte pour me transformer en femme-tronc derrière un comptoir, telle la « Caissière du Grand Café » de la fameuse chanson. Dans la main-courante, rien ne court, même pas la main. Et moi, j'ai des fourmis dans les pieds depuis mon âge de raison. Il me fallait sortir de cette forteresse, où les sans-grade fréquentaient les colonels et les ratés ceux qui avaient réussi. J'ai eu devant moi une parfaite image de ce mélange étonnant le soir où j'ai vu un marchand de verdure forcer Michèle Morgan à emporter en guise d'orchidées, un cageot qui contenait une dizaine de bottes de cresson, de quoi nourrir uniquement de cresson trente invités du Tout-Paris chez l'héroïne de « La Symphonie Pastorale » un soir de folie. C'était une façon comme une autre, pour un admirateur, de remercier la belle Michèle. (Si Edith Piaf avait fréquenté le « Pied de Cochon », nul doute qu'un boucher lui aurait fait cadeau d'un bœuf entier.)

Ce pittoresque épuisé, je ne trouvais toujours pas ma voie. C'est le hasard qui m'a servie. Comme je rentrais chez moi tous les jours en taxi, je connaissais bon nombre d'honorables membres de cette corporation. L'un d'eux sachant que je voulais changer mon destin m'a conseillée de préparer mon permis de conduire. Qu'est-ce qu'il m'avait dit là !... Aucune femme ne tenait un volant. J'aurais dû illico me décourager.

Mais c'est justement pour cela que j'ai voulu être une des premières femmes chauffeur-de-taxi. C'est entré comme une hache dans ma sacrée caboche, et je n'ai eu de cesse que de tenir un volant en mains. Et j'étais prête à affronter le machisme, le qu'en dira-t'on, les ragots, les obstacles, la misogynie avérée de la plupart des hommes. On allait voir ce qu'on allait voir !...

J'en voulais ! J'en voulais ! Pas de femme-taxi !? (sauf une ou deux, peut-être, et qui faisaient de la planque) Formidable ! Inoui ! Inédit ! L'ami qui m'a conseillée s'étonnait lui-même de me propulser sur ce champ de bataille !... Il y avait du scandale à l'horizon ! Parfait !

— Tu veux que je t'aide pour les formalités ? a dit l'ami.

— Je suis assez grande, je te remercie.

— Je n'ai aucune idée derrière la tête, Mado, en t'aidant. C'est gratuit. Je ne te cours pas après.

— Je te crois.

— Nous fêterons ta promotion autour d'un pot et tout sera dit.

Ainsi fut fait.

... COMMENCER A ROULER...

(de jour comme de nuit)

Je n'en parlais à personne, comme s'il s'agissait d'une maladie honteuse. C'est que je prévoyais la levée des boucliers. Sarcasmes pour sarcasmes, mieux valait les essuyer après le fait accompli, c'est-à-dire une fois la Mado bardée d'autorisations professionnelles et installée confortablement devant son tableau de bord.

J'avais bien entendu mon permis de conduire, mais il m'a fallu passer un examen spécifique pour obtenir un diplôme indispensable aux chauffeurs de taxi. Connaître le quadrillage de Paris à fond en est la condition indispensable, ne pas prendre les Filles-du-Calvaire pour une rue de Jérusalem ni le Père-Lachaise pour un fabricant de meubles en retraite, savoir quelle artère coupe telle autre et à quelle hauteur, ne pas croire que la rue de Rome donne dans la rue de Turin, connaître par cœur les quartiers des peintres (ils ont leurs plaques autour de Monceau, mais Poussin a la sienne à Auteuil) des musiciens (quitte à se scandaliser qu'Auber longe l'Opéra alors que Beethoven se cache à Passy) trouver facilement Stalingrad à l'Est, Washington au centre, l'Artois pas loin du Berri, le président Kennedy à cent mètres de la statue de la Liberté, M. et Mme Chardon-Lagache à Auteuil, Robespierre à l'Est, Danton au Quartier Latin, Shakespeare nulle part, des Entrepreneurs à Grenelle, une Convention à une lieue de l'Assemblée

Nationale, une Rue Royale chez les gens chics et une République dans un arrondissement populo. Il faut savoir transporter quelqu'un à Cambronne sans sourire et boulevard Beaumarchais sans l'interroger sur le « Barbier de Seville » ; se souvenir qu'Henri IV et Saint-Antoine sont voisins ; que la place des Vosges est bizarrement plus bas que la rue des Pyrénées, que Montaigne et la Boétie n'habitent pas loin l'un de l'autre, et qu'il n'y a pas de boutique de fromages quai de la Rapée. Non, je plaisante, mais quand je me suis présentée à l'embauche, j'avais Paris dans ma poche. Et désormais habituée à la Nuit, je voulais y conduire de nuit. D'avance, j'en frissonnais. De plaisir, s'entend. Les clients nocturnes n'auraient rien de commun avec les clients diurnes. Ces mêmes stars que j'avais observées au « Pied de Cochon », je les transbahuterais, à coup sûr.

Je me présente donc, mon diplôme obtenu, afin de m'inscrire à l'embauche. Pour l'obtenir, ce diplôme, je m'y étais reprise à trois fois. La seconde fois, j'y avais échoué pour des raisons que je signale à ceux et celles qui auraient la vocation irrésistible de trimbaler des citoyens : à l'examen, j'avais bien situé la rue Saint-Jacques, mais impossible d'en citer toutes les intersections. De même, j'avais parfaitement situé la Comédie Française au Palais-Royal, mais ma mémoire ne trouvait plus la rue de Montansier qui jouxte le célèbre bâtiment. Sévères, les examinateurs ! Heureusement à la troisième fois un des inspecteurs a compris que la capitale n'avait plus de secret pour moi !

Ça y est. Me voici digne du titre. Je postule un emploi. Et là, l'incroyable ! On se serait cru au Moyen Age. Jeanne d'Arc demandant à Baudricourt un cheval pour se rendre à Chinon saluer le Dauphin a dû provoquer moins de stupéfaction que moi. (Jeanne d'Arc : une statue à Saint-Honoré d'Eylau, une autre au début de la rue des Pyramides, une autre Boulevard Saint-Marcel, une autre place Saint-Augustin.)

Madame, nous n'engageons pas de femme chauffeur de taxi.

— Pourquoi ?

— Hé bien, euh... il n'y a pas de pourquoi. Il n'y a aucun motif qui... cela ne se fait pas, voilà tout.

— Ça va se faire.

— ... Et puis d'abord, il vous faut avoir un diplôme.

— Le voici.

— Vous alors, vous êtes gonflée !

— Prenez-moi, soyez gentil. J'ai besoin de travailler. J'ai des enfants.

— Je vous mets en garde. La corporation ne verra pas d'un bon œil une femme s'inscrire chez elle.

— Hé bien elle fermera les yeux.

— Je ne...

— S'il vous plaît, faites-moi faire un essai.

Affaire conclue quelques jours plus tard à la satisfaction mutuelle de l'employeur et de l'employée. C'est tout de même un peu fort de café, la déconsidération purement viscérale que les hommes portent sur les femmes. Ça n'est pas parce que, aux temps lointains, avec leurs gros biceps, ils ramenaient fièrement des cuisses de mammouth dans la caverne pour le dîner, qu'ils devraient se croire supérieurs aux femmes ! Je les aime bien, les hommes. Il en faut. Surtout pour faire des enfants. (Et encore, depuis quelques années, ça se discute !!!) Mais ils ont beaucoup à apprendre de nous. Heureusement, il y a parmi eux quelques sincères, quelques « gentlemen » qui sont suffisamment « fair-play » pour reconnaître nos qualités. Je serai toujours reconnaissante à mon tout premier patron, deux semaines après mon « incorporation »... dans la corporation, d'avoir reconnu l'efficacité de mon travail au point de me dire : « Si vous connaissez d'autres femmes qui passent leurs examens, envoyez-les moi. »

Il faut dire que j'ai très vite fait les meilleurs chiffres, et que je suis devenue de ce fait ce qu'on appelle chez nous une « moyenneuse ». Mais cela se situe plus tard ; mes débuts ont été plutôt rudes... et plutôt drôles.

Ce qui fut rude, c'est précisément ce que je redoutais depuis l'instant où j'avais opté pour cette profession interdite à notre sexe : les moqueries de ces messieurs — assez grossières pour que je ne les transcrive pas ici et qui mettaient en cause ma vertu comme si une conductrice devait couver tous les vices du monde — la jalousie (« il y a quand même des tas d'autres boulots pour les femmes ! ») et la haine, osons le dire. (« Celle-là ! qu'est-ce qu'elle se croit ! ») Ces coups répétés me déconcertaient plutôt, et je ne répondais rien tout d'abord, mais l'ami qui m'avait conseillée m'a encouragée à répliquer du tac au tac. C'est ce que j'ai fini par faire, et je dispose à l'heure actuelle d'un vocabulaire argotique d'une richesse insoupçonnée. Il fallait avec ces « mecs » se conduire en « mec », parler et agir comme un mec, être vis-à-vis d'eux progressivement ce qu'étaient les cantinières des armées napoléoniennes, en butte à tous les assauts du régiment les premiers temps de leur service, et qui finissaient par fumer, boire et chiquer, devenues asexuées, ayant conquis au feu l'estime des grognards.

Je n'en étais pas là, j'en étais aux prémices. Je me souviendrai toujours de mon premier client. Qu'est-ce que je dis ? **Je n'ai pas eu de premier client.** J'ai commencé par le second. Je m'explique.

Je sortais toute fraîche et toute émue mon premier taxi de mon premier garage, et je me disais : « Tu vas faire ta première course, récolter ton premier argent en tant que chauffeur de taxi ! »

Effectivement mon « inaugurateur » se présente au flanc du véhicule, se penche vers ma portière et me dit : « Théâtre de l'Européen. » Je connaissais. Que ne connais-sais-je pas ? Tout le plan de Paris était dans mon crâne.

Bouleversée, je laisse le client se diriger vers l'arrière de la voiture, je tends le bras à gauche pour dresser la flèche de mon compteur (à l'époque les compteurs étaient extérieurs) et je fonce vers Clichy pour gagner « L'Européen », rue Biot, au coin de la place. Parcours sans faute. Fière de moi. L'Artaban du taxi. La Zatopek de la corporation. La Blonde débutante. La gagnante de la bataille des préjugés. Arrivée devant l'Européen, je me retourne à demi, je dis : « Vous êtes arrivé », j'arrête le compteur. Silence complet sur la banquette. Je me rends compte qu'il n'y avait personne dans mon taxi. Le client n'était même pas monté. Je ne sais toujours pas ce qui s'est passé. Est-ce que dans mon émotion j'avais démarré trop vite ? — et j'imaginais mon homme ahuri, sur le trottoir, voyant s'éloigner ma voiture à toute allure !... — Est-ce lui qui avait renoncé en dernière seconde à embarquer à cause de mon air troublé, se disant qu'il n'était pas sûr d'arriver à bon port ? Toujours est-il que l'instant de surprise passée, la fois d'après j'ai bien regardé si le second voyageur était assis à sa place et ne claquait pas des dents de trouille.

Ce genre de choses n'arrive qu'à moi. Je ne dis pas que je suis toujours en porte-à-faux par rapport aux réactions de mes contemporains, mais la plupart du temps je les précède et je suis au dessert quand on attaque les hors-d'œuvre. Un exemple (concernant ma vie familiale) : lors de ma séparation d'avec mon mari, et alors que les Le Prince m'ont mise au ban de l'Empire, j'ai pensé que leur ostracisme n'était qu'un phénomène nerveux et que je rentrerais en grâce quelques semaines après. On acceptait bien mes enfants à Bayeux et on les adorait ; pourquoi aurait-on tenu leur mère à l'écart ad vitam eternam ?

Eh bien, on ne m'a permis de rentrer dans le cercle sacré que huit années plus tard. Ce n'est que **huit ans plus tard** qu'on m'a pardonné ma séparation. Je me souviens encore **avant** la fin de cette période d'exil, être allée en Normandie le jour des fiançailles de mon frère — que j'adorais — et n'avoir pu franchir le pas de sa porte : « Madeleine », m'a-t-il dit, « je ne peux pas te faire entrer, surtout aujourd'hui, et tu sais pourquoi. »

Bah ! Il faut passer l'éponge. Si l'on voulait délibérément ne vivre qu'avec des gens larges d'esprit, on deviendrait Robinson Crusoé. En m'enfonçant au cœur de l'ombre avec ma chignole tarifée, je savais très bien que je devais accepter dans ma clientèle tous les types d'humanité. Si l'on est curieux de nature, on tire des enseignements du monde entier, et je me suis payée peu de dérogations. Je ne crois pas avoir jamais dit à un client : « Je ne vous charge pas, vous avez une gueule de taré », mais j'ai le souvenir précis d'une certaine dame, élégante, l'air altier, qui a ouvert ma portière arrière et posé son postérieur de snobinarde sur le siège.

— A tel endroit, me dit-elle sans préambule.

Je ne bouge pas.

La dame répète l'adresse. Je reste immobile et je réponds :

— Pas question que je vous conduise.

— Et pourquoi donc ?

— Vous me dites « bonjour » et je vous conduis où vous voulez.

— Quoi !!!?

— Quand vous m'aurez dit « bonjour » je vous conduirai où vous voulez.

— Vous ne croyez tout de même pas que je vais faire des politesses à un chauffeur de taxi !...

— Alors vous sortez.

— Il n'y a aucun taxi dehors.

— Alors dites « bonjour ».

— C'est incroyable !!! C'est impensable !... « Bonjour ».

— « Bonjour, **Madame** ».

— Bonjour, madame.

— C'est parti mon Kiki.

Et de démarrer.

Une autre dame. Postée sur le trottoir, mignonne d'aspect, regardant à droite et à gauche avant et après m'avoir « hélée » — comme on dit — elle me prie de la conduire avenue de Villiers.

Chemin faisant, elle se penche vers moi : « Madame », (celle-là était très polie, trop polie pour être honnête) « Madame, à l'arrivée, vous risquez de voir à l'entrée de mon immeuble un monsieur qui m'attend. Surtout ne lui répondez pas, je vous prie. »

— Je ne réponds pas à quoi exactement ? (Car enfin,

si ce brave homme me demandait quel était le prix au kilo de la côte d'agneau je pouvais toujours le renseigner.)

— Vous ne lui dites pas d'où je viens.

— Je ne sais pas où je vous ai chargée ?

— Voilà. Exactement.

— Bien madame.

Effectivement je stoppe à l'adresse indiquée, et un homme se dirige vers la portière pour ouvrir à la dame.

— Au moins il est galant, dis-je.

— Oui, mais ça peut ne pas durer, souffle-t-elle à mon oreille.

— Pouvez-vous me dire d'où vient cette personne ? me demande le monsieur dont le museau s'est renfrogné.

J'y vais donc du discours que j'avais préparé.

— Monsieur, le comportement des chauffeurs de taxis est régi en quelque sorte par la Préfecture de Police. Il est hors de propos que je vous dise quoi que ce soit. J'ai pris madame exactement là où elle m'a fait signe.

— Loin ?

— Dans Paris.

— Voilà un billet de cent francs (à l'époque, voici 25 ans, c'était de quoi nourrir dix éthiopiens pendant trois jours).

— Merci beaucoup, dis-je au monsieur. Ça beurrerait mes épinards, mais je ne suis pas à vendre. Si j'avais le droit de vous donner un renseignement, ce serait pour rien. Cela dit, qui paye la course ? Madame ou vous ?

C'était lui.

La dame avait déjà donné, à coup sûr, bien avant que je la prenne en charge.

J'ai transporté des dizaines de couples. Réguliers ou irréguliers. Mis à part ce que j'ai pu apprendre sur leurs amours, leurs intrigues ou leurs conflits, j'ai constaté à quel point la dissimulation menait le monde. Je le note non pour juger, mais en guise de constat, parce que je ne suis pas hypocrite et que le monde en question se porterait beaucoup mieux si l'on y disait la vérité. Je garde encore l'image — à l'entrée d'un grand hôtel où avait eu lieu une réception huppée — de couples vêtus par Dior et Cardin (si ce n'était Balenciaga et Torrente) qui sortaient du raout en riant, étincelants d'esprit, baise-main à la clef, manières exquises, au revoir accompagnés de jolis rires, remerciements prolongés (« Délicieuse soirée ! — Vous êtes des choux ! — Pat, je vous adore ! — On se téléphone ? — Formidable !… ») et puis, une fois dans le taxi : « Tu as vu Robert ? Quel coup de vieux il a pris ? — Chantal m'a dit de ces trucs ! Quelle salope ! — Vachement « chip », ce buffet ! Un rang au-dessous il n'y a plus que la soupe populaire !… — Quand j'ai embrassé Silvia j'ai failli la mordre ! Je ne peux pas la piffer ! — Et Jean-Marie, quel peigne-cul ! Dire qu'il faut sourire à des gougnaffiers pareils ! — Marie-Laurence s'habille chez Tati, pas possible !… », etc.

J'ai l'air de m'amuser en vous disant cela, mais le mensonge propre à une certaine « Société », m'a fait beaucoup plus de mal qu'il ne m'a divertie. Il était le reflet de l'ambiguïté universelle, de la fausseté des rapports quotidiens, d'une forme de décadence morale qui ne fait que s'accentuer. Je ne parle pas du relâchement des mœurs ; les mœurs ont toujours été relâchées dans la « Jet Society » ; on était moins informé sur elles, c'est tout. Et peu à peu elles se démocratisent. L'opium et les partouzes étaient réservés aux grands intellectuels et aux grands bourgeois. A présent ces phénomènes envahissent la rue. L'obsession sexuelle n'a jamais été aussi prospère (et voyante) que depuis qu'on nous a censément « libérés » de nos tabous. A mes débuts, le vice m'effrayait. Les tous premiers jours, j'ai chargé bien malgré moi un individu qui a sauté dans mon taxi comme la pauvreté sur le tiers monde, qui m'a donné m'importe qu'elle adresse et qui, une fois sur mon siège, s'est déshabillé entièrement jusqu'à être aussi nu que son ancêtre Adam. Après quoi, d'une main fébrile, il s'est attaqué à son propre pénis qui ne lui avait rien fait et a imprimé au pôvre membre des mouvements de piston. Qu'eussiez-vous fait à ma place ? Quelques années plus tard j'aurais dit à mon onaniste de se rhabiller pour aller se faire pistonner ailleurs. Mais en ces temps-là, j'ignorais encore que le taxi est le dernier salon où l'on cause — si on peut dire ! — et j'ai crié au secours.

La nuit favorise le scandale.

Témoins : « les Ballets Roses ». Les fameux Ballets Roses. Je n'ai su que par la presse, après coup, qu'ils s'étaient déroulés quasiment sous mes yeux.

LES
« BELLES-DE-NUIT »

1. Les Ballets Roses

A quelques années près je ne parviens pas à situer l'époque où certains de mes camarades chauffeurs et moi-même étions priés d'aller chercher à domicile de très jeunes filles pour les transporter — de nuit, à des heures relativement tardives — et les déposer avenue Victor-Hugo, devant un immeuble cossu à l'air innocent. C'était en tout cas après la Libération.

Pour éclairer cette histoire scandaleuse, il faut effectivement que je remonte à la Libération, très exactement à cette image des Actualités Gaumont qui montrent De Gaulle descendant les Champs-Elysées, au mois d'août. Paris est libre, une foule enthousiaste acclame le Général et les membres de son gouvernement. On reconnaît Georges Bidault, qui fait signe à la foule de s'écarter. On reconnaît M. Le Troquer, qui sera fait Compagnon de la Libération et présidera l'Assemblée Nationale. C'est un homme de cinquante ans, crâne nu, visage souriant et poupin, petite moustache, nœud papillon, impeccablement habillé ; on lui donnerait le Bon Dieu sans confession. A ce moment-là tout au moins. Un peu plus tard, il devra se confesser à un Juge d'instruction un peu moins indulgent que Dieu, et renoncer à toute carrière politique. Car ce monsieur, qui par ailleurs devait avoir d'incontestables qualités d'homme public, avait un goût très prononcé pour les fillettes.

Il n'était pas le seul. D'autres messieurs aussi sérieux que lui avaient formé, avec sa collaboration, un discret consortium d'amateurs de nymphettes ; grâce à la complicité (rémunérée) de gouvernantes et de bonniches hautement immorales, ils ont organisé un trafic du vice qui est resté longtemps insoupçonné. Comment s'y prenaient les « Lolita » du seizième arrondissement pour quitter de nuit leurs parents et aller se faire trousser par des quinquagénaires de haut rang, je n'en sais rien et j'ai oublié ce qu'en a dit la presse quand cette bombe a éclaté, éclaboussant les milieux politiques, intellectuels, artistiques, etc. — Je suppose a priori que les parents des jeunes filles n'étaient pas d'accord, sinon le scandale serait encore plus grand que je ne crois — mais le fait est là : recrutées en majeure partie parmi les petites danseuses du corps de ballet de l'Opéra, des dizaines de mineures s'en allèrent danser dans un immeuble avenue Victor-Hugo, pour M. Le Troquer et ses amis, des entrechats qui n'avaient rien de commun avec « Casse-Noisette », « Gisèle », ou « Le Lac des Cygnes ».

Vous imaginez la tête des chauffeurs de taxi qui ont parcouru leurs journaux quand ils ont su ! En ce qui me concerne, j'ai découvert là un portrait de l'humanité qui m'a fâché longtemps avec la politique — à tort, j'en conviens ; les procès du type Le Troquer, Profumo et autres sont rares. Il n'en reste pas moins qu'un des participants aux Ballets Roses me semble n'avoir jamais été inquiété. C'était celui qui accueillait les taxis et les demoiselles à l'entrée de l'immeuble : il s'inclinait, sourire aux lèvres, leur tendait galamment la main, payait le taxi et disparaissait avec elles dans le hall. C'était le seul visage que je connaissais, puisque la débauche se déroulait derrière les volets clos. Ce visage, j'avoue l'avoir cherché en vain dans toutes les publications de droite ou de gauche qui ont parlé des fameux Ballets. C'est seulement en 1981 qu'à ma surprise j'ai reconnu le « portier », le « maître d'hôtel en question ». Sa photo n'a cessé de s'étaler pendant toute une législature. Il était devenu ministre. Et même un « bon » ministre.

Tirons le rideau. Je n'en dirai pas davantage.

2. Les prostituées

Plus rien ne m'étonne mais beaucoup de choses me révoltent. Je devrais dire « beaucoup de choses me révolent **encore,** à mon âge, et après tout ce que j'ai vu ». Je devrais être blasée depuis longtemps par les révélations dont la Nuit m'a fait cadeau. Heureusement, j'ai gardé intactes mes facultés d'émerveillement et d'indignation. Sinon je n'aurais pas écrit ce livre. Et je rends hommage ici à un certain metteur en scène de cinéma, réalisateur d'un certain film sur les prostituées de la nuit : nous avons été lui et moi complices de travail.

Certes, j'en voyais, de ces belles, par dizaines, partout, partout où le hasard des courses tardives m'emmenait : le Bois, la Madeleine, la rue Saint-Denis, avenue Foch, rue Carnot, la porte d'Auteuil où sévissent particulièrement les transexuels et homosexuels, Pigalle où se croisent filles et travestis, mais mes observations étaient superficielles, disparates, un peu floues, il faut le dire. Alors que ce réalisateur m'a permis de mener en sa compagnie une enquête digne d'un journaliste.

Il préparait un film. « Son » film. Un film devenu célèbre. Je ne suis pas au générique, mais je l'ai vu dans une salle en simple spectatrice, et l'authenticité de l'action comme le réalisme poétique des images (le dialogue aussi, remarquable !) m'ont marquée.

Cela s'est présenté de la façon la plus simple du monde : ma radio m'appelle un soir : on demandait un chauffeur de taxi relativement libre pour suivre durant quelques jours un metteur en scène qui désirait tourner un film sur la prostitution. Je réponds que j'étais libre comme l'air. Je pensais même que je pouvais emmener mon homme sur des lieux que vraisemblablement il ne connaissait pas, faute de passer sa vie à rouler comme moi, par obligation, dans tous les azimuts.

Cette aventure n'a pas été ce que l'on pourrait croire : je veux dire par là que pour tout autre que moi elle se serait limitée à une enquête détaillée, une double enquête ; l'une vécue par le réalisateur comme un reportage-image pour aboutir à un scénario bien construit ; l'autre vécue par moi comme une série de notations pittoresques, ou choquantes, etc. Eh bien pas du tout. J'ignore ce que M. X, le metteur en scène, a pu ressentir, et ce qu'il a retiré en profondeur au-delà de son découpage technique. Je sais, quant à moi, que mes découvertes ne m'ont pas suffi, que je ne me suis pas limitée à être une simple spectatrice.

J'ai dit quelque part, avant cette partie de mon livre, que je n'avais de cesse de « vider » un client de sa substance pour peu qu'il s'y prête et pour peu que mon œil, mon cerveau, mes tripes me disent « celui-là vaut la peine d'une interview ». C'est ainsi que le moindre client, le plus modeste en apparence, qui pour un regard léger n'aurait présenté aucun intérêt, est devenu pour moi un fabuleux personnage. Je parlerai dans les pages suivantes de deux clodos transformés par la Nuit en étonnantes créatures ; mais les esclaves du trottoir sont aussi des créatures passionnantes, et je les ai aimées jusqu'à vouloir les sauver. Mon réalisateur les aimait-il ? Qui sait ? Il les interrogeait, provoquait leurs confidences, notait mentalement des détails, quitte à les retranscrire une fois rentré chez lui à l'aube. De temps à autre, il arrêtait mon taxi dans un coin d'ombre d'où venait de se détacher une silhouette moulée dans une robe de cuir, quand ce n'était pas une caille à gros seins nus et à short fendu sur les côtés, où une longue bringue trop fardée à voix rauque, cigarette au bec, sac au bout du bras. Il y en avait des moches, à propos desquelles je me demandais comment un homme — même privé d'amour — pouvait les désirer ; il y en avait des jolies, qui semblaient peu à leur place avec leur air faussement innocent (mais c'est ce qui attire le plus, paraît-il !). Il y en avait peu de très belles, sauf Champs-Elysées ou entre la Concorde et l'Opéra. Elles y jouaient les petites bourgeoises en rupture de maris, vêtues de robes de très bon goût et arpentant la chaussée comme si elles faisaient des emplettes. Des hommes candides s'y trompaient, et croyaient faire une conquête en les vampant — pour s'apercevoir une heure plus tard, en remettant leur pantalon dans la chambre où ils venaient de « consommer », que la dame coûtait plus cher que leur épouse —. Il y en avait surtout dont le visage ne trompait personne : les traits tirés, l'expression indifférente, l'allure fatiguée.

C'est de celles-là surtout dont je me souviens : celles de qui la faiblesse avait fait des victimes, celles que leurs « hommes » rançonnaient jusqu'aux coups, jusqu'à la menace de leur zébrer la figure ; quelques-unes d'entre elles nous ont suppliés de les tirer de là.

Les « macs », les « demi-sels », les « harengs » ne sont pas ces hommes portant beau et jouant dans des bistrots enfumés que montrent les films de série B ; ce sont souvent de très beaux gars, très jeunes, très séduisants, qui font bien l'amour et ont la langue encore mieux pendue que le reste, et par-dessus le marché un œil aigu comme une lame de poignard ; ils repèrent les braves mômes gare Saint-Lazare ou déjà sur le trottoir, et leur font croire qu'elles ont des qualités d'abatteuses (ou de stars) qui les mèneront jusqu'à se payer un bar à Toulon ou à Brest (ou une boîte de nuit, ou un vison, etc.). Ils les engluent, les entourloupent, les rendent folles d'eux. Elles se sentent protégées les premiers temps. Puis c'est le bagne. Le rendement obligatoire. Sinon, la mandale ou la rouste.

— Tirez-nous de là ! nous ont dit plusieurs de ces paumées. Faites-nous sortir de ce cauchemar puisque vous avez l'air de vous intéresser à nous !... On n'en peut plus ! Si encore nos proxos nous foutaient la paix ! Mais ils sont toujours sur notre dos, ils nous contrôlent, ils nous surveillent ! Et en plus il y a les flics ! Et celles qui ont voulu s'échapper, leurs mecs les ont retrouvées !... Il y en a qui sont revenues malades de peur ; d'autres, estropiées !... »

Pendant nos recherches, le metteur en scène et moi dînions ensemble et parlions de notre « travail ». Il semblait vraiment vouloir faire « quelque chose » pour elles. Mais quoi ? Le film n'en a pas sauvé une seule, de ces malheureuses, et je ne connais pas d'œuvre-choc de ce genre, que ce soit « J'accuse », ou « More », ou « Midnight express », qui ait guéri l'Humanité de la Guerre, ou de la Drogue, ou des brutalités policières. Il faudrait aller plus loin dans l'action. Bravo pour le constat, mais dommage pour la conclusion.

Moi, je suis allée plus loin. Je suis descendue réellement aussi bas qu'il le fallait pour repêcher ces corps perdus — sinon leurs âmes —. Je ne me suis pas intéressée aux Brésiliens (Brésiliennes ?!?) qui ne sont que des vitrines en chair et en os du vice, et que personne n'oblige à jouer sur deux tableaux. J'ai laissé de côté les gamins de 17 à 20 ans dont les grâces ambiguës peuvent tenter de vieux messieurs ; je suis allée au cœur même de l'abattage, entre le Châtelet et Réaumur-Sébastopol et au-dessus — rue N.D. de Nazareth (Excusez-les, Vierge Marie) ! rue Blondel — ; là, c'est l'empire des proxénètes : chacune des filles a son bout de bitume, comme rue de Mogador, rue de Budapest, rue de Provence. J'ai fait la connaissance d'une jeune pute. Je l'ai tirée de la noyade. Elle est aujourd'hui mariée avec un journaliste anglais. J'ai la joie de vous dire qu'elle est longtemps restée en contact avec moi ; elle n'en revenait pas d'en être sortie, si je puis m'exprimer ainsi. J'en ai aussi recueilli une seconde. Elle opérait à l'Opéra. Elle s'était malgré elle, enfoncée jusqu'au cou dans une situation insoluble : elle devait cinq millions à son mac. Comment avait-il chiffré cette dette ? Je n'en sais rien. Je suis seulement persuadée que c'est lui qui lui devait tout. Et cinq millions, à l'époque où cela s'est produit, était un chiffre colossal. Jamais elle n'aurait pu s'en tirer. Elle, ce dont elle rêvait, c'était d'une petite librairie, quelque part loin de Paris où elle souffrait ; elle voulait reconquérir la liberté, et surtout sa dignité.

Sa librairie, elle l'a eue. Et si j'y suis pour quelque chose, je suis amplement récompensée par l'amitié que cette fille me porte. Nous sommes restées en relations. Je me dis aussi que si d'autres hommes ou d'autres femmes de bonne volonté reprenaient à ma suite le chemin que j'ai fait pour extraire de leur cauchemar une ou plusieurs « dames de petite vertu », les truands cesseraient peu à peu d'être les Rois du Pavé. Mais sur ce point comme sur d'autres, c'est son Altesse Préjugé qui tient le pompon. On se contente de punir, d'emprisonner, de sanctionner, de mépriser, de fermer yeux et oreilles, de « déplorer ». On ne tend pas la main. On ne franchit pas la passe. Quant aux films, ils exaltent la truandaille beaucoup plus qu'ils ne la condamnent. Voilà seulement trente ans, le « méchant » mourait à la fin et on disait « C'est bien fait, na ! » Aujourd'hui, il ne meurt pas forcément, et d'une. Et de deux, quand il meurt, on nous l'a tellement magnifié en images que nous versons un pleur sur ses malheurs. Oh le pauvre Samouraï si isolé à cause de ses meurtres ! Personne ne l'aime ! Oh la tristesse du Parrain si bon père de famille ! O regrettés Bonny and Clyde (douze assassinats) ! O infortunés criminels criblés de balles à la dernière bobine !... O braqueurs déprimés de n'avoir pu garder le produit de leur hold-up ! Gentils maquereaux ! Honnêtes proxénètes !

Moi, je crache et je passe.

Liée à cette histoire de filles, voici une anecdote peu commune, et que j'ai failli oublier.

Je stationnais à Saint-Lazare, vers 23 heures. Je reconnais, marchant dans le bas de la rue d'Amsterdam, un prêtre qui habitait non loin de chez nous à Bayeux. Je m'apprête à sortir de mon observatoire roulant pour lui dire bonjour — ou plutôt bonne nuit — et lui demander des nouvelles du pays, lorsque je le vois se diriger vers le fameux passage où se promènent les « filles de mauvaise vie » les moins chères de la capitale. Il croise les habituées, traverse un lot de clients, s'approche d'une fille... et monte avec. Je précise qu'il n'était pas en soutane. Le clergé de Bayeux est fort évolué.

Une autre. La dernière.

J'ai failli être privée de mon permis de conduire à cause des belles de nuit. J'ai découvert chez les chauffeurs de taxi, outre leurs nombreuses « qualités », qu'ils appliquaient vis-à-vis des prostituées un principe dont le moins qu'on puisse en dire est qu'il s'oppose à la morale bourgeoise. Mais la morale bourgeoise, vous savez ce que j'en pense ! Et je suis entrée dans le jeu de mes copains pour sauver mes copines. C'est la moindre des choses, elles nous faisaient beaucoup travailler la nuit.

Il était convenu entre chauffeurs qu'à la moindre apparition des condés (1) sur le territoire du Vice, nous prévenions les filles pour qu'elles s'égaillent dans la nature et ne se fassent pas ramasser.

Un soir, rue Mogador, j'aperçois les condés. Je crie aux filles : « Sauvez-vous ! » et elles ont tout le temps de se camoufler derrière une porte. Ce que je n'ai pas vu, c'est que les condés que j'avais vus avaient vu que je les avais vus. (Vous m' suivez ?) et quelques-uns d'entre eux étaient sortis de leur panier à salade pour embarquer les petites. Ils viennent vers moi à grandes enjambées, furax. Un inspecteur se penche à la portière de mon taxi, l'air grave.

— Vos papiers, s'il vous plaît.

Mes papiers étaient en règle. Ma conscience aussi.

(1) Condés : policiers. Ceux dont il s'agit ici font partie de la brigade des mœurs.

L'inspecteur semblait ennuyé : « Vous avez averti les putes. »

— Heu, oui, c'est vrai. Elles sont gentilles. Ce sont d'assez bonnes clientes.

Les yeux de l'inspecteur disaient : « Nous sommes beaucoup plus embêtés que vous le croyez d'avoir à les emmener au poste. Si par-dessus le marché nous devons arrêter les complices, nous n'en sortirons pas !... »

Il a donc grogné quelque chose comme : « La prochaine fois, que je ne vous y reprenne plus... » Ce qui signifiait exactement : « Prenez-vous-y un peu plus habilement pour ne pas vous faire repérer quand vous criez “ Taiaut ! ” »

Effectivement, comme cela m'est arrivé par la suite un grand nombre de fois, j'ai exercé mon œil de lynx à reconnaître les condés à cinq cent mètres, et mon S.O.S. a été efficace à cent pour cent.

Vachement anormal, tout ça, vous ne croyez pas ?

3. Le mauvais payeur

La radio m'appelle, dans un bruit de friture qui me guérit définitivement des sardines grillées.

— R 33 ?

— Oui.

— Vous allez rue Denis-Poisson, au bar X..., chercher un client.

— C'est parti mon kiki.

J'arrive devant la porte du bar en question, le client monte dans mon taxi. Je m'attends toujours à tout de quelqu'un que je charge à partir d'un bar, et la nuit. Celui-là ne semble pas avoir ingurgité ses douze whiskies, il n'a pas la voix molle et la langue en nœud papillon, il ne refait pas le monde dans mon dos et il ne peste pas contre la fille qu'il vient de quitter au zinc. Correct.

— Vous m'emmenez à Houilles.

Je ne ferai pas sur Houilles le jeu de mots idiot que je pourrais faire sur Cambronne, justement parce que vous vous attendez à ce que je le fasse. Va donc pour Houilles, où j'arrive à l'adresse indiquée. Mon client ouvre sa portière, sort et sans se troubler une miette me sussure :

— Madame, je ne peux pas vous payer, je n'ai pas un sou sur moi.

— Ça arrive. Puisque vous êtes chez vous, j'attendrai que vous alliez en chercher.

— Je vous répète que je ne peux pas vous payer du tout.

Et il fait quelques pas pour s'éloigner.

Je bondis hors du tacot, je le rattrape par la manche et je le fais virer de bord : « Vous allez me payer, oui ? » Là-dessus il me file une mornifle, je réplique par une mandale, il me rend une calotte, je lui envoie une claque. Le chapitre des douceurs une fois épuisé, je lui donne un marron et il me fait cadeau d'une châtaigne. Une lumière s'allume au-dessus de la pharmacie du bas de l'immeuble, des voisins sortis de leur lit se penchent, j'appelle à l'aide car je sens très bien que je n'aurai pas le dessus, et ces connards referment leurs volets, sans doute pour éviter d'avoir des ennuis avec mon client, qu'ils ont reconnu et qui ne doit pas être renommé pour son amabilité.

Couverte de bleus comme un roquefort, je vois avec colère ce charmant homme disparaître derrière sa porte. Je gueule un bon coup à l'adresse des voisins : « Bande de lâches ! » et je me jure que je ne vais pas en rester là. Allez hop ! commissariat de quartier ; plainte en bonne et due forme ; certificat médical ; rapport détaillé à mon patron, qui m'a toujours eue « à la bonne », et on attend la suite.

La suite, elle n'est pas du tout ce qu'on attendait. Mon adversaire, comme affolé que son nom soit prononcé, me propose une très forte somme d'argent, ce qui est assez ahurissant de la part de quelqu'un qui ne voulait même pas aller chercher dans son secrétaire Louis XV de quoi payer un taxi.

Le boss, le commissaire, les amis me disent :

— N'acceptez pas un sou. Laissez courir l'affaire. Il y a là-dessous quelque chose de pas catholique.

Moi je veux bien, quoique la somme proposée m'eût permis de mettre un kilo de beurre dans mes cent grammes d'épinards. Mais voilà-t'y pas que les échotiers parlent de ce simple fait divers jusqu'à ce que j'apprenne que le client, mandataire aux Halles, relativement connu dans Paris, ayant une bonne couverture de respectabilité, a commis des malversations, se galvaude avec les putes, bref traîne son nom dans le caniveau.

Rebondissement de tout ce que je viens de raconter : sa femme demande le divorce et l'obtient. Fin du premier acte de « l'Opéra de quat' sous ». Je tourne la page et j'oublie, car j'ai d'autres mandataires à fouetter.

Le deuxième acte se joue deux ans plus tard.

Comme dans un film du type « Au cœur de la nuit », qui relate un cauchemar répétitif, ma radio couine : « Est-ce que quelqu'un peut se rendre rue Denis-Poisson, au bar X... chercher un client ? »

— Moi, j'y vais.

La rue Denis-Poisson, le bar X..., ça me rappelle

évidemment ma bagarre et ce qui s'ensuivit. Comme je n'ai aucune chance de revoir le charmant homme qui me doit son divorce, je m'arrête devant le bar en pensant à tout autre chose.

Il faut croire ce que disait Christophe Colomb (repris par Stanley et Livingstone) « le monde est petit » puisque, sortant du bar, je reconnais mon mauvais payeur ; lui, par contre, m'a totalement oubliée ; il est flanqué d'une créature de rêve couverte d'un modeste manteau de vison. Pour la séduire il arbore un sourire éclatant qui fait honneur à Colgate-double-fluor (publicité non payée) et il s'apprête à me dire où il emmène sa conquête lorsque je sors carrément du taxi, et je me plante devant le goujat.

— Je veux bien conduire madame, mais pas vous.

Il le prend de haut. D'autant qu'il ne m'a pas du tout retapissée.

— Qu'est-ce que vous dites ? Vous allez nous conduire tous les deux.

— Désolée, vous n'entrerez pas dans mon taxi.

— Vous tenez à ce que je prenne votre numéro et que je porte plainte ?

— Mais je vous en prie.

— Ça peut aller loin, vous savez ?

— Pas si loin que ça. Il y a un dossier à votre nom à la Préfecture de Police.

— Qu'est-ce que vous racontez ?

La jeune femme se rapproche de moi. Je me fais une joie voluptueuse de lui narrer le premier acte, en ignorant totalement son Casanova, qui ne fait plus du tout la publicité de Colgate et attend que j'aie chanté mon petit solo.

Je le termine ainsi :

— Je vous le répète, mademoiselle, montez dans mon taxi si vous voulez, je vous conduis gratuitement par-dessus le marché, mais ce monsieur, il n'est pas question qu'il salisse ma banquette.

La morale de ce conte véridique n'est pas celle que vous croyez. La dame au vison à la fin de l'acte avait les yeux brillants d'excitation. Certaines femmes sont ainsi. Elles aiment s'encanailler. Solidaire du mal — et du mâle — elle est restée avec le mandataire sur le trottoir. J'espère que depuis le temps ils ont trouvé un autre taxi... et qu'il l'a payé.

Au fait, quand j'y pense... Il me doit toujours une course, ce salaud-là !...

4. Les vicelards

Une nuit, j'étais en planque devant un grand hôtel. Comme je ne choisis pas mes interlocuteurs à cette heure-là, j'étais en grande conversation avec le chasseur, et nous rebâtissions le monde à notre façon, avec la conviction de Kissinger et Gromiko réunis. En résumé, n'importe quoi. J'ajoute que c'était en plein hiver, et qu'en même temps que nous causions, nous battions la semelle (avec sadisme).

Tout d'un coup, nous voyons une femme s'échapper en courant du hall d'entrée, suivie d'un homme qui hurlait en anglais. Je ne compris pas un pélot de ses injures tant il en bavait des babines, mais ce que je comprenais encore moins, c'est qu'il avait eu tout juste le temps de mettre son pantalon. Sortir torse nu par cette froidure, fallait le faire !

De plus, c'était un Texan. Car outre le pantalon, il portait le chapeau de J. R. dans « Dallas », ce qui conférait à l'ensemble du tableau — la fille qui courait et le cow-boy qui lui filait le train — un pittoresque quasi cinématographique. Il y avait du John Ford là-dessous.

Renseignements pris, c'était encore plus drôle que dans un John Ford : le monsieur venait réellement du Texas et passait du bon temps à Paris, et la fille venait du Brésil pour aider des messieurs à passer du bon temps. L'embêtant dans l'histoire, c'est qu'elle n'était fille que par l'extérieur. Lorsqu'elle s'est déshabillée dans la chambre du monsieur, il est arrivé un certain moment où son anatomie n'a plus du tout correspondu à ce qu'on attend d'une femme. C'est ce petit rien en supplément, placé au-dessous de la ceinture, qui a provoqué la colère et l'indignation du cow-boy.

Habituellement, un travesti annonce la couleur. Il ne trompe pas le client. Il dit :

— Attention, vous croyez avoir affaire à Eve, et je suis Adam.

Auquel cas le client peut répondre deux choses : ou bien « Quelle horreur ! » ou bien « Nobody's perfect, come here ! » (Les mœurs de notre temps n'y regardent pas de si près, et tous les goûts sont de saison.)

Curieuse race que les travestis ! J'en ai emmené des tas au cours de ma carrière, rue Sainte-Anne, aux Champs, au Bois de Boulogne ; je peux en parler, je peux même philosopher dessus puisque j'ai eu droit à quelques confidences. Mais on en a tellement parlé dans les hebdos, la télé leur a consacré tant de reportages remarquables que je ne voudrais pas, à leur égard, enfoncer des portes ouvertes. Ce que je retiens d'eux, c'est cet instant étrange où on les emmène à leurs rendez-vous. On s'y méprend. Ce sont des femmes, certains (ou certaines) magnifiques, la taille et la cheville fines, les yeux formidablement maquillés, la robe très chic et très moulante. Et il y a cet autre instant, quand on les ramène au petit matin : la barbe a poussé ; le menton est bleuâtre sous les joues trop rouges ; le maquillage a fondu à la rosée de la nuit ; la perruque a l'air surajoutée, et souvent elle est de travers. Et il règne un air de tristesse infinie dans tout leur comportement.

Nous sommes au Bois, restons-y.

Pires que les impuissants, sont les voyeurs.

Les impuissants se contentent d'aller voir un film cochon — excusez-moi, on dit un film « pornographique » ; ou pour montrer plus d'élégance dans le langage, on dit « film classé X... » Le scénario est toujours le même : on y apprend qu'un couple est une bête à deux dos, qu'il existe en France pour le touriste des petits trous pas chers, que devant le boulanger ou ailleurs il faut faire la queue, qu'en cas de conflit l'arrière tiendra, etc. Ce côté documentaire est ce qui attire les impuissants ; ils sont un peu amers et déçus de constater que sur l'écran se passent des choses qu'ils ne peuvent réaliser chez eux, mais tout compte fait ils ne gênent personne.

Les voyeurs surgissent de derrière les buissons à la seconde précise où les amoureux se donnent des preuves tangibles de leur inclination. Ce ne sont pas forcément des gens-de-plein-air. Ils louent aussi dans certaines maisons de rendez-vous des pièces sombres attenantes aux chambres. Une glace sans tain leur permet de voir s'ébattre leurs voisins. Ils sont là, dans le noir, haletants. De l'autre côté, la fille se mire avant de rejoindre le garçon sur le lit. Le voyeur n'en peut plus, car elle a l'air de le regarder, alors qu'elle ne voit que le reflet d'elle-même. Tout cela, je le sais par des confidences dites d'un ton oppressé par des braves bonshommes que j'emmenais. On leur aurait donné une sucette sans confession. Ils avaient presque tous ce genre sage, timide, un peu étriqué. Ils racontaient leurs sensations : certains me parlaient de couples hommes-hommes, femmes-femmes ; d'autres donnaient des détails scabreux en s'étonnant que les gestes de l'amour aillent aussi loin.

Je les crois moins nombreux ; ou plutôt, je crois qu'ils trouvent plus d'occasions de pratiquer le voyeurisme ; il leur suffit d'aller sur une plage, ou de bien choisir leurs films. On peut actuellement, sans se cacher, assister à des ébats très poussés. Ça se fait beaucoup depuis les « Valseuses » et nos Stars ne disent plus comme Gabin « mon dur métier de vedette ». Elles se payent du bon temps sous la bénédiction de nos plus grands metteurs en scène. Tout producteur qui n'aurait pas dans son film une fille à poil se croirait déshonoré. Passe encore quand il s'agit de ces apparitions merveilleuses de Bardot et autres, dont les corps étaient des symboles de beauté. Mais la jeune star moderne ne se contente pas d'être ; elle... agit, et se laisse agir (je ne sais pas si je me fais bien comprendre). Et le monde entier est devenu voyeur. Et il n'y a plus de carré blanc.

Et je salue au passage Marushka Detmers, — déjà citée — qui nous a montré dans un documentaire splendide que la fabrication des pipes existait en dehors de Saint-Claude et de Cogolin.

Les homos, stars de la nuit, ô combien ! Du moins de mon temps, car à présent ils sont acceptés, reconnus, ils s'éclatent en plein jour ; ils ont leurs hebdos à couvertures couleur montrant de beaux éphèbes musclés ; ils ont leurs radios, leurs grands auteurs fort appréciés (même des hétéros) ; on leur consacre des études et des films ; ils comptent parmi eux de grands couturiers et de grands décorateurs, de grands poètes et de grands musiciens, et pourquoi pas ? Je dis bravo, la nature parle comme elle veut, et il y a des amours merveilleusement belles qui se sont nouées entre hommes. (Moins entre femmes ; nous sommes davantage chipies.)

Ils apprécient d'ailleurs la compagnie des femmes ; dans mon taxi, ils se sentaient très à l'aise avec moi, et comme je provoque les confidences volontairement — vous le savez — je finissais par établir chez eux des catégories, des classifications. Le nombre de « fils à papa » parmi eux est considérable, allez un peu savoir pourquoi ; j'ai transbahuté souvent des jeunes gens beaux comme des dieux, habillés comme Cary Grant, au vocabulaire choisi : ils pouvaient sûrement avoir les filles qu'ils voulaient. Eh bien non, c'était avec eux des courses folles dans la nuit pour aller à la recherche de Narcisse, de Giton, d'Endymion, de l'Hermès de Praxitèle, des héros de Gide, et cela sans immoralité apparente ; simplement une soif de l'**autre,** d'un autre soi-même, du même sexe, ayant la même soif et les mêmes problèmes.

J'en ai vu claquer tout leur pognon en une seule nuit. Les boîtes d'homos ne sont pas rares à Paris, et je ne retrouvais mes clients qu'à la petite aube, à peu près à l'heure où je récupérais « mes » travestis. Et sans avoir des visages comparables, ils étaient plongés les uns comme les autres dans cette tristesse profonde qui me touchait irrémédiablement, qui me poussait à l'envie de les interroger.

Mais je me l'interdisais : je me taisais. Je les regardais dans mon rétroviseur, et les reconduisais sans avoir pu rien faire pour les tirer de leur drame.

Je dis bonjour en passant à Jacques Chazot, qui vit sainement son homosexalité — et avec un humour décapant qui l'a rendu célèbre — ; je l'ai conduit quelques fois : vous ne saurez pas où parce que ça ne vous regarde pas, et d'une ; et de deux c'est mon copain, puisqu'il m'appelait « ma copine ».

Petite notule : nous autres, chauffeurs de taxi, nous travaillons beaucoup avec les homos : il est bien connu que nous transbahutons tous les types d'humanité par obligation, et que nous n'avons pas le droit de refuser un Africain du Sud (blanc de surcroît) même si nous n'aimons pas l'Apartheid ; il est bien connu aussi que nous sommes la discrétion incarnée ; sauf pour conduire, nous fermons les yeux, et sur la banquette arrière on peut jouer « Huis clos » comme si un verrou était tiré. En conséquence, on prend toujours un taxi avec un sentiment de liberté absolue.

Qu'on paye notre discrétion en plus, c'est évident ; on s'y croit obligé, et ceux de nos passagers qui sont en faute par rapport à la morale ordinaire payent plus largement que les autres. Ils payent aussi la dose de secret que nous gardons en nous. Ils payent notre savoir, car nous connaissons les chasseurs de grands hôtels, les portiers de boîtes de nuit, les gorilles de cabarets, les bonimenteurs, les adresses des maisons de passe depuis la plus huppée jusqu'au bouiboui. Nous sommes en cheville avec tous les représentants du vice tarifé, à quelque échelon que ce soit.

J'ai compris, dès mes débuts de nuit, à quel point il ne s'agissait pas d'une clientèle semblable à la clientèle de jour. Il me semble que je n'en parlerais jamais assez si je ne craignais de me répéter. Disons que, au bout de tant d'années de courses nocturnes, ce que je retire de toutes ces ombres trafiquées et de ces lumières artificielles, c'est une série d'images palpitantes, des recherches dramatiques, des souffrances de gens-pas-comme-les-autres qui cherchaient une solution à leurs peines de cœur à travers le vice. Et ne parlons pas forcément de vice. Parlons seulement de plaisir.

— Vous savez un endroit où je pourrais m'amuser ?

— Vous connaissez une boîte où il y a de belles filles pour danser ?

— Des filles... Il y en a qui restent avec vous après la danse, ou après qu'on leur a offert du champagne ?... on peut... les garder ? on peut les... ?

Et au diable la morale ! Ma morale est large mais c'est une morale qui tient compte des réalités, c'est une morale de nuit. Et la morale de nuit — comme n'a pas dit La Palisse — n'a rien à faire avec la morale de jour.

LA NUIT CLOUTÉE D'ÉTOILES

J'ai rencontré des étoiles. Ce qu'on nomme les « Stars ». De même qu'au firmament, elles ne sont pas de grandeurs égales. De même qu'au firmament, elles ne brillent pas toutes d'un vif éclat.

Mais elles ont toutes un dénominateur commun : elles éclairent un instant notre existence.

Au temps de Molière, les acteurs n'avaient pas droit à une sépulture chrétienne.

Aujourd'hui, on les embaume de leur vivant. Mieux encore, ils s'embaument eux-mêmes, finissent par passer pour des dieux et répondent à des questions de haut niveau comme s'ils détenaient la science infuse. Ils sont devenus nos gourous, nos champions, nos directeurs de conscience. (Pas pour moi. Je préfère le vrai Dieu, bien sûr. Mais le fait est là : notre mythologie a baissé, elle rase-le-Sol, elle a pour temples les cinémas et les music-halls.) A telle ou telle émission de télévision, on demande facilement à Polichinelle ou à Scaramouche ce qu'il pense de la politique du globe. Et le pire est que Polichinelle répond, sentencieusement, gravement, en donnant son avis. A la moindre starlette, on s'adresse pour qu'elle parle de son nombril (Quand je dis « nombril » !!!)

Les vedettes que j'ai rencontrées se tenaient pour la plupart à la place que leur profession leur avait assignée :

celle d'amuseurs. C'est déjà un bel emploi, prestigieux, difficile à tenir, qui exige des qualités humaines et techniques incontestables.

Qu'ils vivent la nuit plutôt que le jour, j'en avais eu le sentiment précis à l'époque du « Pied-de-Cochon », mais j'avoue que mes rencontres étaient limitées — si j'excepte Michel Simon —. Par contre, le nombre incommensurable de nuits que j'ai passées à rouler dans Paname m'a permis d'en croiser tout un chapelet, et c'est ce chapelet que je vais égréner.

Francis Blanche

Ah, celui-là !...

Il est — il a été — unique en son genre, avec Pierre Dac son complice. Peu d'hommes de spectacle ont eu à la fois autant d'humour et de poésie. Que cette double richesse ait jailli de ce petit nabot est une surprise de la nature, mais quoi ! Michel Simon non plus n'était pas un Apollon. La séduction et le charme personnel de Francis Blanche compensaient si bien son apparence corporelle que beaucoup de jolies femmes en étaient éprises. Un homme qui vous fait rire vaut dix Casanova. Francis Blanche faisait de son existence même un catalogue humoristique, et y créait autant de gags que sur scène. Les blagues énormes qu'il montait à ses propres amis auraient pu figurer dans ses numéros. Il a conté que, devant à son percepteur une somme pyramidale, il lui avait joué le tour d'apporter à la perception même quelques millions en pièces de cinq centimes. Les sacs pesaient des dizaines de kilos. Francis Blanche a dit avec le plus grand sérieux : « Comptez, s'il vous plaît. La somme y est. » Que pouvait-on lui reprocher ? La blague était parfaite. De même, il a discuté de façon véhémente un jour avec son boucher, pour exiger que le steak haché qu'il venait d'acheter soit porté sur une feuille de sécurité sociale en vue d'être remboursé.

Un soir, un monsieur tout petit, dans une très grande et belle voiture, flanqué d'une très jolie femme de couleur, érafle mon taxi.

Je descends. Il descend. Nous examinons les blessures de la carrosserie. J'exige un constat.

— Un constat ?

— Un constat. Vous refusez de faire un constat ?

— Je n'ai rien à foutre d'un constat, dit Francis Blanche — que je n'avais pas reconnu —. D'ailleurs ça y est, c'est fait. J'ai constaté, vous avez constaté, cette éraflure ne vaut pas un pet de lapin, chacun de nous va rentrer chez soi.

Deux agents passent. Je les appelle.

— Monsieur Blanche ne veut pas établir un constat.

— Si ! dit Blanche. J'ai constaté l'éraflure. Mais il faut que je rentre chez moi, je me souviens que j'ai laissé du lait sur le gaz.

— Monsieur Blanche, disent les agents, si l'employeur de cette dame n'a pas sous les yeux un procès-verbal écrit, il va la renvoyer.

— Pourquoi un procès-verbal serait-il écrit, dit Francis Blanche, puisque par essence il est verbal ?

— Ne parlons pas d'essence, dit un agent. L'essence n'y est pour rien. Vous n'avez pas causé de fuite.

— Si, dit Blanche. La mienne. Je voudrais bien m'en aller.

— Au moins, dit un agent, acceptez-vous de régler les dégâts ?

— Je vais faire beaucoup mieux, dit Blanche. Le cendrier de madame est à ras bord. Je lui paye une autre voiture. Ça fait combien ? J'ai mon chéquier sur moi.

Je n'ai jamais eu de taxi flambant neuf, mais le rire qui nous a tous saisis valait bien cent fois l'éraflure en question. Et mon patron ne m'a pas renvoyée : il a eu suffisamment d'humour pour s'estimer payé avec l'histoire que je lui ai racontée.

Mireille Mathieu

La frangette. Des yeux immenses. Une bouche à faire rêver un amant. Petite taille et grand talent. Un accent « qui se promène et qui n'en finit pas... » disait Gilbert Bécaud qui s'y connaît puisqu'il est toulonnais. Telle apparaît aux yeux de Mado, femme-taxi, ama(trice) (1) de chansons, notre chanteuse populaire numéro 1, Mireille Mathieu, aussi connue au Japon et aux U.S.A. qu'en France, et aussi décriée qu'admirée. (Je le dis tout de suite, je fais partie des admirateurs)(trices).

Appelée un soir par radio-taxi pour conduire une famille gare de Lyon, je me pointe à Neuilly. Mireille y vivait avec son père, sa mère et ses cinq frères et sœurs. Elle était alors toute débutante. Elle se rendait à Lyon par le train, pour son premier récital. (Ceci, vous allez voir, expliquera cela.)

J'avais alors une 404. Gabarit assez large, mais tout de même, attention à la surcharge ! Or, je vois s'embarquer dans mon piano Mireille, puis son père, puis sa mère, puis un, deux, trois, quatre, cinq jeunes gens et jeunes filles, en

(1) Ou amateuresse ? ou amateuse ? Petit Robert, au secours !

tout huit personnes, gaies, pétaradantes, avec l'accent que vous connaissez...

— Mais Mireille ! dit Mado. Mes pneus vont éclater ! Vous êtes huit !...

— Non, non, ça va aller ! dit Mireille.

— Prenez donc un second taxi, c'est tellement mieux !

— Il n'y avait que le vôtre à la station, dit Mireille.

— Il est facile d'en appeler un autre !

— Non, non !

— Vous êtes radine, Mireille.

— Pas du tout. Je ne suis pas assez riche.

Je démarre. Je fais la gueule.

— Je vais vous chanter des chansons jusqu'à la gare de Lyon, a dit Mireille.

C'est ainsi que la répétition générale du premier concert donné par Mireille Mathieu a eu lieu dans une 404, sur le trajet Neuilly-Boulevard Diderot. Moi non plus, je n'étais pas riche. Raison de plus pour être contente à l'arrivée gare de Lyon. Car si Mireille n'avait pas payé trop cher le transport de huit personnes, moi je n'avais pas payé du tout mon fauteuil d'orchestre (en forme de siège-avant).

Édith Piaf

J'ai vécu, un mois durant, l'existence de Piaf.

Elle chantait alors à l'Olympia.

Appel à mon autoradio : puis-je aller chercher Edith Piaf à la sortie du music-hall ? Si je pouvais !!! Faute de taxi, j'y serais allée en pousse-pousse !!! Piaf !!! La môme, devenue une grande Dame de la chanson sinon **LA** grande dame, inimitable, irremplacée ! Lorsque Mireille Mathieu a surgi au cœur du show-bisness, sa voix forte, grave et ample, généreuse et vibrante a pu faire croire un moment qu'elle prendrait la succession d'Edith. « Voilà la relève ! » Et effectivement, le triomphe populaire de Mireille la place parmi celles qui dureront. Mais elle est saine comme un œuf du jour, avec un air bien nourri, et il n'y a pas une once de tragédie dans ses yeux. Ce n'est pas un reproche que je lui fais. C'est ainsi. Et même si Mireille a eu des débuts difficiles, elle n'a jamais eu à porter sur son dos toute la détresse du monde. La différence est là. Quand Piaf chantait

« Moi je lav' les verres au fond du bistro »

ou

« Non, rien de rien, je ne regrette rien... »

elle se souvenait de sa pauvreté, de ses blessures. Elle n'en a pas guéri, même adulée, même riche. C'est vous dire quels étaient mon trouble et mon émotion, quand j'ai arrêté mon taxi à l'entrée des artistes de l'Olympia rue Caumartin.

Elle arrive. Elle n'est pas seule. Je ne la verrai jamais seule. Ceux qui l'entourent sont en partie ceux qui la servent et servent son talent, comme Marguerite Monnot. Mais il y a aussi — il y a toujours eu — les parasites, les flatteurs, les pique-assiettes, les sangsues. On l'a dit dans toutes ses biographies. On ne l'a pas assez dit.

Elle entre dans mon taxi, petite bonne femme pâle, le visage éclairé par de grands yeux profonds aux longs cils. Elle s'adresse à moi. Elle me tutoie tout de suite.

— Dis donc, je suis en train de réfléchir. C'est tous les soirs pendant un mois que je vais avoir à être transbahutée en taxi. Et si c'était toi qui venais me chercher chaque soir ? Tu veux bien ? (Si je voulais bien !!!)

— Oh oui, madame.

— M'appelle pas madame. Appelle-moi Edith, ou « la môme ». Et tu me dis tu, d'accord ?

— Oh oui, d'accord mad... Edith.

Si je n'avais fait que la transporter, je n'en parlerais pas. Mais je suis sortie, bien malgré moi, de mon modeste rôle utilitaire. Arrivée à son domicile boulevard Lannes, dès le premier soir, j'ai dû laisser le taxi le long du trottoir.

— Monte, viens chez moi. Viens prendre un pot.

Chez elle, la surprise : un monde fou qui l'attendait. Entre les admirateurs qui sollicitaient un autographe une fois son tour de chant terminé, les parasites dont j'ai déjà parlé, les amis sincères, la cour de chanteurs, acteurs, gens du show-biz qui faisaient de son appartement un champ de foire permanent, Edith Piaf allait et venait, heureuse de n'être pas seule, dépensant généreusement le montant de ses cachets et même un peu davantage. Dans ce genre de soirée tardive, qui se poursuivait jusqu'aux premières heures du matin en beuveries, bisous et chansons essayées au piano, tout semblait être sous le signe de la bonne franquette. Mais pour mon œil, cet œil que j'exerçais volontairement à découvrir le côté caché des êtres, il y avait des petits détails qui ne trompaient pas.

Par exemple : j'ai remarqué au cours de ce mois (mais ce devait sûrement être à longueur d'année) que des meubles disparaissaient, un par un. J'en étais stupéfaite. Quoi ! ! ! Elle était célèbre, ses disques se vendaient bien, elle devait gagner le maximum ! Et...

J'ai osé lui en faire la remarque au cours de notre trajet nocturne. La réponse m'est arrivée, infiniment triste : « Eh oui, tu vois, Mado... j'ai encore fait le con. »

Elle donnait. Elle donnait aux hommes qu'elle harponnait, pour s'en faire aimer, afin de rattraper sa jeunesse perdue. Elle payait gourmette et montre en or à son amant du moment. Elle devait se faire « taper » régulièrement, ne pas mesurer ce qui entrait à son compte et en sortait. L'important, c'était que cela bouge autour d'elle, fasse du bruit, boive et rigole, parle d'amour, lui dise des mots doux même s'ils sonnaient faux, l'aide à « brûler sa vie par les deux bouts », selon cette terrible expression. Elle savait que de toute façon cette vie serait plus courte que prévue. Qu'elle était perdue.

Jean Cocteau l'a aimée.

Mais lui, c'était pour rien. Au contraire. Il lui donnait l'écot du poète ! Il lui a donné ainsi « la voix humaine », « Le Bel Indifférent ». Et il lui a fait l'amitié de mourir le même jour qu'elle. Et c'est bien ainsi. Il l'aurait trop regrettée.

Car la mort d'Edith Piaf est aussi la mort d'une certaine chanson française, authentique, pathétique, sincère jusqu'aux larmes, et qui ne ressuscitera pas.

Simone Signoret

Autre grande dame.

La disparition de ce genre de femmes creuse un trou aussi grand qu'un gouffre. On souhaiterait qu'un bon génie (ou Dieu lui-même) prolongeât leur existence, pour notre joie. (En ce qui concerne particulièrement Signoret, j'ajouterais : pour notre honneur.)

Je rentrais chez moi ce soir-là. J'allais, une heure plus tard, passer la nuit de Noël avec mes enfants, car c'était la nuit même où être seule est impensable. J'en souriais déjà en conduisant, en traversant boulevards et avenues scintillants de guirlandes, d'ampoules d'or. La fête de l'électricité. La fête de la Bouffe. La fête de la dinde, des huîtres, des spectacles de music-hall, des messes chantées.

Appel-radio. Je dois me rendre place Dauphine. Je me dis « Zut ! encore une course, mais c'est la dernière. » Et je cueille sur le pas de sa porte Casque d'Or, Dédée d'Anvers, la bourgeoise de Salem, l'interprète de René Clément, l'épouse d'Yves Montand.

Elle ne me donne aucune adresse précise : « Promenez-vous dans Paris. Je vous dirai. » Mais mon compteur tourne, j'enfile artère sur artère et pas une seule fois Simone Signoret ne me dit d'arrêter. J'ose prononcer quelques mots, j'apprends qu'elle a le cafard. Je m'enquiers de son chanteur d'époux. Elle m'informe qu'il est à Hollywood et qu'il tourne, et que ses obligations professionnelles l'ont empêché de venir à Paris pour les vacances de fin d'année. Est-ce l'époque où il joue « La Geisha » avec Shirley Mc Laine ? Est-ce celle où il est le partenaire de Marilyn Monroe dans « Le milliardaire » ? A chacun de ses films — me semble-t-il — Simone Signoret a disposé de suffisamment de liberté pour rejoindre Yves Montand. Mais elle n'est pas restée à Hollywood pendant toute la durée des deux tournages, et les langues sont allées bon train à chaque fois : de quoi attiser la jalousie de la femme la plus sûre d'elle.

Seule dans Paris, à Noël, **Simone Signoret !!** J'étais sidérée ! Et plus la nuit avançait, plus cette promenade absurde dans cette capitale en liesse se prolongeait, plus je me posais de questions, car enfin, arrivé à un certain degré de célébrité, il est incroyable qu'on ne soit pas entouré, ne fût-ce que par trois ou quatre amis fidèles. Aucun rapport avec Edith Piaf. Depuis « Manèges », la carrière de Signoret se déroulait comme un tapis d'or.

Triste à mourir, elle m'interroge. Elle veut savoir comment je passe ma nuit de Noël. Si je vais jusqu'à l'aube faire le taxi. Si j'ai un mari, des enfants.

Je la renseigne. Elle se carre dans le fond de mon véhicule. Je me sens prise d'une immense pitié. Je n'ose pas lui proposer de l'emmener quelque part. (Un restaurant, un cabaret.) J'ose encore moins lui proposer de partager son réveillon avec moi et mes enfants. Je lui dis simplement : « Ne vous inquiétez pas. La famille m'attendra. Elle sait que je n'ai pas d'heure. Je ne veux pas vous laisser seule. »

Nous avons fait plusieurs bistrots ; dans chacun d'eux nous éclusions un godet. Et j'ai dû renoncer à ma propre nuit de Noël pour tenter d'enrichir par ma modeste présence celle de Simone Signoret.

Je l'ai ramenée Place Dauphine à sept heures du matin.

Quand il m'arrive de passer dans ce quartier, et que j'y vois les rideaux baissés du logis des Montand, côté Pont-Neuf, je ne peux m'empêcher d'avoir le cœur serré.

Les « Grands », malgré leur gloire, seraient-ils plus malheureux que nous ?

Jean Marais

Déjà entr'aperçu au « Pied-de-Cochon ».

Il a courtisé — en pure perte — mon fils.

J'ai pour lui une estime et une admiration infinies.

Jean-Paul Belmondo

Entre minuit et une heure du matin.

On demande un taxi pour conduire une femme qui doit accoucher clinique des Tourelles, à Boulogne.

Je me rends rue Seguier.

C'est Madame Belmondo qui est en mal d'enfant. Mais comme les douleurs ne sont pas suffisamment précises pour que nous démarrions tout de suite, je suis autorisée par Jean-Paul Belmondo à attendre dans l'appartement même qu'il soit temps de s'en aller. Cela me rappelle « mes » autres accouchements. Je ne m'imagine pas un seul instant transformée en sage-femme et accouchant dans des conditions désastreuses le fils — ou la fille — d'une vedette. Ce n'est pas une façon de se faire de la pub. D'autant que si on rate la coupe du cordon ombilical, on risque de se faire engueuler par la Faculté par-dessus le marché.

Voilà donc le Jean-Paul qui commence à griller cigarette sur cigarette et j'en fais autant jusqu'à vider avec lui un paquet entier. En pareil cas, j'ai toujours le même réflexe : j'observe à quel point le cinéma ou le music-hall redimensionne les êtres jusqu'à vous éblouir lorsque vous les contemplez sur un écran ou un plateau ; et, à l'inverse, à quel point une circonstance anodine leur redonne leur taille humaine. Vous vous dites alors : « Pourquoi toute cette orchestration ? **Ils** sont comme vous, comme toi, comme moi. Je n'avais devant moi ni le prêtre Morin, ni « Ho », ni le Magnifique, encore moins le Guignolo ou l'As des As ou le Héros du « Casse » et de la « Sirène du Mississippi », mais un futur papa, la face bleue de barbe, énervé à l'extrême.

Là où le rétablissement de l'échelle des valeurs s'est à

nouveau établi, re-propulsant Belmondo parmi les étoiles et replaçant Mado parmi les croquantes, c'est quand il a suffi d'un coup de fil pour que deux motards s'en viennent et nous conduisent avec la future maman jusqu'à sa clinique.

Qu'était devenu le petit écossais né une nuit d'hiver, et pour qui j'avais obtenu la même faveur ? Je n'en sais fichtre rien. Mais je sais que le nouveau-né s'appelle Paul. C'est à présent un beau jeune homme qui semble vouloir se faire un nom dans la course automobile, comme son père dans le cinoche et son grand-père dans la sculpture.

Je n'en suis pas plus fière pour ça, puisqu'il ne s'agit pas de mon propre enfant, mais reconnaissez qu'il est quand même curieux que j'entre à plusieurs reprises, sans le vouloir, dans la vie des gens connus ! Et jamais pour vivre une anecdote médiocre. Non. Au contraire. Chaque fois la conjoncture est belle.

Pierre Brasseur

Un soir, je le prends chez lui. Il était en smoking, l'air énervé, renfrogné, hargneux. De sa voix célèbre, sonore, forte, il me dit en grand seigneur : « Madame, voulez-vous me conduire au Pont de Neuilly, restaurant X ? On m'attend là-bas pour me remettre une décoration. »

— Bien sûr, monsieur.

Nous voilà partis dans ma 403.

Place de l'Etoile, mes narines palpitent : ça sent le brûlé. Je veux poursuivre. En principe ce ne doit pas être important. Je fais toujours un petit examen rapide du moteur avant de quitter le garage. Mais j'entends derrière moi l'organe claironnant de Brasseur, pas-grand-seigneur-du-tout : « Ça va cramer là-dedans ! »

— Ne vous inquiétez pas, Monsieur Brasseur. Je vais m'arrêter, téléphoner à un copain, et pendant que je réparerai il vous emmènera pour que vous ne soyiez pas en retard.

— Non, non, pas question. Conduis-moi jusqu'au bout, Bon Dieu ! Ça tiendra bien jusque-là !

— Je ne crois pas, monsieur Brasseur. C'est peut-être peu de chose, mais il vaut mieux que...

— Allez, arrête-toi. Je vais voir.

Nous arrêtons. Il soulève le capot, retrousse les manches de son smoking, plonge sa silhouette massive dans le moteur, toute barbe en avant, en ronchonnant.

— Je vais regarder ça. Je m'y connais un peu. Pourquoi tu appellerais un copain ? C'est toi qui vas me conduire, dans deux minutes j'aurai réparé. Et puis quoi, tant pis si j'arrive en retard à leur pince-fesses, j'en ai marre de tous ces cons !...

J'avais chargé Kean. Et il était devenu entre temps Robert Macaire.

Il continuait à grommeler en tripatouillant diverses pièces de ma mécanique. J'entendais vaguement un gargouillis nasillard : « Tous des cons ! tous ! Ils vous appellent pour un oui, pour un non ! Une décoration !!! Qu'est-ce que j'en ai à foutre ? »

A ma radio, appel sur appel. Au standard on s'inquiète, au restaurant on s'inquiète. J'ai beau dire « Il arrive, il arrive ! » je comprends que Pierre Brasseur soit réclamé à cor et à cris parce qu'il est le personnage principal de la soirée.

Pendant que toute la planète s'énerve comme s'il n'y avait rien de plus important au monde que de décorer ce monsieur, l'homme en smoking farfouille sous mon capot, retire un machin, dévisse un truc, souffle dans un bidule, pousse un schmilblick, et de temps en temps me lance d'une voix caverneuse : « Ne leur réponds pas, à tous ces cons ! Qu'ils attendent ! Ils sont là pour ça ! Et laisse-moi faire, je crois que je tiens le bon bout ! Tu vois, c'est ce système qui était mal enclenché dans ce trouduc. Je me débrouille pas mal, hein ? Allez, on repart ! Je n'ai pas tout à fait perdu ma journée ! »

Très fier de lui comme d'un exploit, il regrimpe dans mon taxi, et nous arrivons à Neuilly avec un retard estimable. Il y a un quarteron de gens très bien habillés qui attend sur le seuil du restaurant. Dames, messieurs, peut-être un ministre — (Une décoration ! ! ! C'est un ministre qui l'épingle sur le bréchet de l'Elu, d'habitude !)

N'osant pas enguirlander la grande vedette, ce haut-du-gratin s'en prend à moi :

— Hé bien, madame ! Qu'avez-vous fait ? Pourquoi ce retard ! Qu'est-ce qui s'est passé ? » Alors Brasseur, les mains noires de cambouis, le nez machuré de noir, claironne en sortant de ma 403 : « Vos gueules, vous ! J'ai dépanné une femme-taxi ! Vous ne savez pas ce que c'est, une femme-taxi ! Voilà la Mado !...

Il me règle ma course en salissant les billets de ses doigts maculés, et pendant qu'il les compte il me dit à l'oreille : « Quand je pense que je vais m'emmerder pendant des heures avec des cons pareils ! J'en ai rien à foutre, moi, des cons comme ça ! Des cons, j'en vois toute l'année ! »

Fernand Reynaud

Il ne paraissait en scène que s'il était rond comme une queue de pelle. Du moins, c'est ce que je conclus après diverses courses où il fut mon client. Je crois même que s'il n'avait pas bu, il ne serait pas monté en scène. Sa femme, Renée Caron, — qui paraissait parfois dans les sketches de Fernand avec beaucoup de charme, de joliesse, de talent — avait une peur atroce qu'il conduise. Comme à cette époque il dînait, avant son tour de chant, au restaurant « Le Calavados » rue Pierre-Charron, Mme Reynaud m'a demandé de chiper les clefs de la voiture de son mari sur le tableau de bord, pour être sûre qu'il quitte « Le Calavados » en taxi.

Quoique n'ayant aucun don spécial pour la cambriole, j'y suis parvenue. Je « me suis » stationnée devant le restaurant, j'ai récupéré Fernand Reynaud à la porte d'entrée, je l'ai laissé chercher son trousseau en l'écoutant injurier le destin qui privait de clefs les artistes pressés, jusqu'à ce qu'il s'aperçoive de ma présence.

— Tiens, tu es là, toi ?

— Oui. J'étais passée dire un petit bonjour aux chasseurs.

— Je ne retrouve plus mes clefs. Emmène-moi.

Il tanguait un peu.

Mais dès qu'il entrait sur son plateau, il était un autre homme : il devenait le roi de l'observation psychologique, le maître incontesté de la technique des « chutes » comiques si difficiles à assumer. De lui, je dis ce que je dis de Piaf : il avait du génie. Toutes les histoires qu'il racontait, il en trouvait le point de départ dans des anecdotes vécues. A partir de ce point de départ, son génie faisait le reste : il développait le sujet, les personnages, leurs voix, leurs réactions, leurs tics, leurs défauts selon une logique irréductible, et devant le public il ressuscitait l'ensemble jusqu'à créer un éclat de rire toutes les trente secondes sans quitter d'un pouce le domaine de l'authenticité. « Comme c'est **vrai !** » disaient les spectateurs en sortant.

Il s'est tué sur une route. Une route apparemment sans problème. Sa voiture a percuté un pylône.

Mado n'était pas là pour tenir le volant.

Sheila

Je l'ai emmenée à son cours de chant, à ses débuts. Elle avait encore ses couettes. C'était le temps où toutes les filles de France ont chantonné « L'Ecole est finie » et tressé leurs cheveux comme leur idole. C'est une destinée fabuleuse. Elle vendait des bonbons. Aujourd'hui elle laisse ça aux ouvreuses qui, dans la salle où passe Sheila, doivent se demander comment on fait pour aller du pays de « la Pie qui chante » à « la Galilée ».

Michèle Morgan

J'en ai déjà dit quelques mots ainsi que d'Henri Vidal. J'ai été son chauffeur après avoir fait sa connaissance au « Pied-de-Cochon ». Une silencieuse. Avec le recul, à présent qu'elle semble avoir renoncé à l'écran, elle m'apparaît comme une incarnation du romantisme de notre jeunesse, avec sa blondeur, ce regard qui rappelle les océans et les lacs. Elle a de beaux yeux, vous savez ! La liste de ses films, depuis « Gribouille » jusqu'aux « Orgueilleux », est un album d'images inoubliables. « Remorques », « Les Grandes Manœuvres », « Le miroir à Deux faces » où Bourvil était si pathétique !...

Et puisque je viens de citer « Remorques », parlons un peu de Gabin, qui y était son partenaire après « Quai des Brumes ». Ah ! Celui-là !...

Jean Gabin

Je n'ai jamais compris, même si universellement on doit reconnaître que le talent de Gabin était considérable, je n'ai jamais compris pourquoi tous ceux qui l'approchaient toléraient son effroyable caractère. C'était le roi des mufles, et je ne suivrai pas la tradition commune qui veut qu'on trouve des qualités aux gens qui sont morts, même s'ils ont été de leur vivant des rustres, des goujats et des gougnafiers — ce qui était le cas de Jean Gabin.

Tout se passait avec lui comme si ça l'emmerdait de prendre un taxi, ça l'emmerdait d'aller au studio, ça l'emmerdait de tourner un film, ça l'emmerdait de toucher des millions, de payer sa course, de retourner dans sa ferme, etc. Il a parlé un jour dans un interview de son « dur métier de vedette ». Ventura, par exemple, qui est comme une sorte de Gabin d'aujourd'hui, ne dit pas « mon dur métier de vedette ». Il est humain, doux et réservé. Tandis qu'avec Pépé-le-Moko, c'était le « masque » en permanence, la gueule, la rogne, comme s'il eût préféré être fraiseur chez Renault ou distributeur de prospectus.

Il a été mon plus mauvais client. Moi qui réussissais à engager des conversations avec des sourds-muets, je n'ai jamais pu tirer de lui une parole d'amabilité. Tous mes camarades chauffeurs de taxi vous le diront, ils avaient l'impression de transporter un menhir.

— Presse-toi !... disait-il.

C'est tout.

Sur le trajet du studio de Boulogne, il m'est arrivé de le provoquer pour qu'il soit désagréable — ce qui est le comble de la curiosité — et je n'étais satisfaite que lorsque notre malotru numéro un, notre mal embouché le plus célèbre répliquait.

Petite remarque : lui aussi, comme beaucoup de vedettes arrivées à de hauts sommets, il était seul autant qu'on puisse l'être. Que ce soit au Fouquet's ou au George V, lieux de nos rendez-vous d'où je le chargeais dans ma chignole, je le voyais assis devant un verre, maussade, sombre même, l'image absolue du malheur, exactement l'attitude d'un homme mal aimé, dont la femme couche avec son meilleur ami, qui va déposer le bilan de sa société dans les quarante-huit heures, qui a à sa charge un grand-père hémiplégique et une vieille tante idiote. Cette solitude, dont je blague ici parce qu'il s'agit de Gabin, je l'ai remarquée chez d'autres, et cela ne m'a pas fait du tout sourire, chez...

... Orson Welles

Ma chance veut que je l'aie transporté depuis son appartement Avenue Foch jusqu'au restaurant « La Méditerranée », qui sert comme son nom l'indique des spécialités de poissons et de fruits de mer. Il gardait le taxi jusqu'à ce qu'il ait terminé. Je laissais donc tourner le compteur et, de l'extérieur, je regardais Citizen Kane à travers les vitres, engouffrer comme un ogre une bouillabaisse préparée pour plusieurs personnes. Il était souvent seul. Comme Piaf, comme Signoret un soir de Noël, comme Gabin. Et ce phénomène de la solitude des stars, que je ne connaissais que par ouï-dire avant de faire le taxi de nuit, je l'ai reçu de plein fouet. Ça m'a fortement impressionnée, m'a obligée à me poser des questions, car je me suis rendu compte qu'un certain sentiment d'isolement commence à vous envahir dès que l'on se veut différent des autres. Pourtant, mon Dieu, les hommes ont une langue, un riche vocabulaire, tout un monde à communiquer. A aucun moment on ne devrait se heurter à des sortes de murs : celui de l'incompréhension, celui du rejet. A mon tout petit niveau je m'y suis heurtée uniquement parce que je voulais être « hors des normes ». Alors, quelle devait être la solitude d'un Welles, d'un homme qui était tellement « hors des normes » que la plupart de ses projets de films (alors qu'il avait derrière lui des triomphes comme « Macbeth » ou « Othello ») ont été refusés par des producteurs ? (même situation dramatique pour Von Stroheim, pour Abel Gance, pour Tati, pour Pierre Etaix.) Cette solitude, est-ce un vertige devant le chemin parcouru ? Une amertume de n'avoir pu réaliser — ou jouer — une œuvre dont on rêvait ? Une nausée après inventaire, quand on constate qu'il n'y a ni vrais amis ni vraies amours ? Un coup au cœur à l'idée que tout ça — la gloire, le succès, l'admiration du peuple ou des intellos — porte la marque du dérisoire et de l'éphémère, qu'il n'en reste rien, qu'il y a peu de **vraies** gloires, de **vrais** succès, des admirations durables ? Et en fait, c'est exact, que reste-t-il de Lily Damita, Pola Negri, Valentino, Clara Bow, Mary Pickford ? Que reste-t-il de Martine Carol, qui fut aussi célèbre que Bardot ? Je l'ai transportée dans mon taxi. Elle vivait avec un gentleman britannique à l'époque. Elle m'a donné également cette impression de solitude.

Les **vrais** « grands » ne devraient pas se sentir seuls. Ils savent que nous nous souviendrons toujours d'eux.

La preuve !...

Serge Reggiani

J'étais à la station Saint-Paul.

Reggiani vient vers moi.

On ne peut pas ne pas le reconnaître. Depuis « Casque d'Or », cette petite gueule concentrée, ces yeux noirs qui vous vrillent, ces lèvres amères ont marqué toute une jeunesse. Et le talent, bon Dieu ! Quel talent ! Quel éventail de chants désespérés !

> « La femme qui dort dans mon lit
> N'a plus vingt ans depuis longtemps »

Rien que ces deux vers-là !...

C'est tout le désespoir du monde.

Mais, pas d'attendrissement : je suis là pour narrer, je narre. Donc, Reggiani vient vers moi, avec son air de se dire en permanence : « Aïe, aïe, aïe ça va mal, mais pourquoi au juste, faut que j' me renseigne. » Il me demande de le conduire à l'Odéon, je le conduis à l'Odéon, et il a à peine disparu derrière la statue de Danton que je m'aperçois de sa distraction (défaut commun aux artistes) : il a oublié sur son siège une mallette.

J'ouvre la mallette dans l'espérance d'y dénicher un numéro de téléphone, une adresse, un document. Je découvre une assez grosse somme d'argent en billets — beaucoup plus que « Casque d'Or » aurait pu rapporter à

Manda — une carte bleue, un chéquier donc une adresse, mais pas de numéro à appeler. J'oubliais : un billet d'avion pour l'Italie.

Je rentre chez moi, je consulte le Bottin ; pas de Reggiani ; j'appelle le commissariat (moi et les commissariats ! faudra que j'écrive un autre bouquin, spécial !...). J'appelle Europe Numéro I qui avait passé un de ses enregistrements ; j'appelle RTL sous le même motif, pas de renseignements possibles sur Reggiani.

Je rappelle le commissariat, j'explique ce qui s'est passé, les flics font des recherches qu'ils n'auraient certainement pas faites pour M. Edmond Durand ou Roger Dupont, et le temps de se moucher me donnent un numéro en ajoutant ceci : « On est bien gentils et c'est uniquement pour vous faire plaisir, car ce monsieur est sur la liste rouge. »

La liste rouge, pour ceux qui l'ignorent, n'est pas du tout la liste des mecs qu'il faut descendre pour soulager le gouvernement, ou arrêter pour les conduire à la Santé, mais une liste de gens qui ont le téléphone et ne veulent pas qu'on le sache (pour éviter par exemple d'être « emmerdés » par des chauffeurs de taxi qui n'ont pas trouvé de mallette sur leur siège arrière).

Mais, comme moi j'avais trouvé une mallette, Serge Reggiani au contraire devait se mordre les phalangettes jusqu'à l'humérus en se disant : « Pourvu que cette bonne femme ait l'idée de trouver mon numéro sur la liste rouge !... »

(— A moins qu'il ait eu, lui, l'idée de téléphoner à des compagnies de taxi pour leur signaler une « chauffeuse » blonde, assez bien baraquée, solide comme une armoire normande et agréablement causeuse.)

Toujours est-il que c'est la « chauffeuse » qui avait retrouvé la vedette. Je l'appelle donc malgré l'heure tardive (c'était le matin, à peu près le moment où Manda dans « Casque d'Or » va tout pâle vers la guillotine) et nous prenons rencart pour les dix heures du matin. Pas seulement nous deux, bien sûr. La mallette avec.

J'arrive avec un peu de retard. Il m'attendait dans la rue, les nerfs en pelote. Il récupère la mallette, pousse un soupir de soulagement, inverse la courbe de ses lèvres tombantes et m'invite à prendre un café chez lui.

J'apprécie l'honneur, et découvre un intérieur qui partout porte sa marque personnelle et quelques minutes plus tard nous sommes en train de parler de nos métiers.

Il commençait à se faire tard. Je décide de m'en aller. Au moment où on se serre la pogne, voilà qu'il me refile un chèque de 1 000 Frs. Ni plus ni moins. Un geste de grand seigneur.

Je me sens gênée. Je refuse. Je ne m'étais pas donnée tout ce mal à le retrouver pour toucher une récompense. Il insiste, « à la Reggiani », c'est-à-dire que ce diable d'homme, avec sa tête qui n'a rien de celle de Paul Newman, m'a littéralement possédée par un charme extraordinaire. La voix surtout. Un clavier de graves uniques. Bon. J'accepte le chèque et je fonds en remerciements.

— Je vous en prie, dit-il. Vous ne pouvez pas savoir le nombre de fois où j'ai perdu quelque chose de précieux et où on ne m'a rien rendu. C'est moi qui vous remercie. Tenez, mieux encore. Laissez-moi vos coordonnées. Je vous promets, dès que je donne un spectacle, je vous envoie une invitation.

Je n'y croyais pas, vous pensez bien ! Ces saltimbanques ! Au-delà du charme, rien de sérieux ! Bla-bla-bla et compagnie ! Le physique tout en relief et le reste tout en creux !

Erreur sur la personne : Reggiani quelque temps après est à l'affiche d'un festival, et je reçois bel et bien un carton. Avec deux invitations, pour le cas où mon micheton viendrait.

Manque de pot, j'avais à ce moment-là de graves problèmes familiaux. Je n'ai pu me rendre au spectacle, et Reggiani n'ayant plus égaré de mallette dans mon taxi, j'en suis restée au souvenir que je viens de vous conter.

Sacré Manda ! La gentillesse faite homme.

J'espère qu'il a une « Casque d'Or » qui l'adore.

Louis Aragon

Quel nom à ajouter à ma liste ! Quelle œuvre ! (« Aurélien », « Les cloches de Bâle », « Les Hauts Quartiers ». Les poèmes, dont « Il n'y a pas d'amour heureux », « La Rose et le Résèda », « C'est ainsi que les hommes vivent ».) Une statue de son vivant. Un symbole. Un étendard politique. Une figure de l'amour accouplée à celle d'Elsa Triolet (Ah ! « Les yeux d'Elsa ! »)

J'avais pour lui une admiration sans bornes.

Je l'ai rencontré en une curieuse circonstance. Une bonne cliente, qui voulait aller passer ses vacances à Toulon, m'avait demandé carrément de l'emmener sur la côte. J'ai donc fait le voyage et traversé la France en biais de haut en bas.

Arrivée à destination dans un hôtel très confortable, la cliente me propose de rester avec elle : elle désirait que je m'occupe de son chien. Why not ? me suis-je dit, puisque j'étais libre comme un lévrier. Et j'ai joint l'utile à l'agréable. Je m'occupais de la bestiole quand il le fallait. Le reste du temps, je visitais la ville pour y découvrir un fabuleux marché en plein air sur un kilomètre, et une rue Raimu inattendue. (Je ne parle pas de Porquerolles et de Port-Cros.)

Voilà-t'y pas qu'un matin, au quatrième jour, une voiture débouche dans le parc de l'hôtel, suivie de trois autres voitures. C'était Louis Aragon avec des petits copains, et le tout pouffait, faisait des grâces de minettes, bref, viril en diable, tout ça.

— Ah bon ? me dis-je. Voilà la meilleure de l'année !

Moi, j'en étais toujours aux « Yeux d'Elsa » ; j'étais pas au courant de ce recto verso. Mais, comme il m'en faut beaucoup plus pour me déconcerter, quelques heures plus tard, je déjeune à une table voisine d'Aragon et je sympathise avec lui. On convient de se retrouver après la sieste (En Provence, la sieste, c'est aussi sacré que la prière à La Mecque à cinq heures) et que vous le croyiez ou non, une fois la sieste terminée, nous discutons politique et littérature le grand homme et moi.

Sur la littérature, nous parvenons à nous entendre, mais sur la politique nous aurions fourni du courant à une centrale électrique, tellement nous nous enragions l'un contre l'autre. Je ne pouvais pas piffer Staline, à qui j'aurais volontiers brûlé la moustache à bout portant avec mon briquet, alors qu'Aragon le considérait comme le personnage le plus prodigieux du monde après Jésus et Gracchus Babœuf.

Furieuse, je répondais à tous ses arguments par des contre-arguments, et j'ai fini par lui recommander d'aller vivre en URSS, puisque le paradis sur terre n'existait qu'entre Kiev et Novossibirsk. Il s'emportait à son tour en me traitant de vendue au capitalisme, puis, réalisant ce que notre dispute avait de dérisoire, il finissait par rire tout ce qu'il savait en me tapotant les mains.

— Vous, au moins, vous dites ce que vous pensez ! Je suis entouré de courtisans !

Lorsque je m'en allais pour promener mon chien capitaliste appartenant à l'affreuse bourgeoisie oppressive de la classe ouvrière qu'était ma cliente, Aragon me réclamait auprès du personnel pour savoir si j'étais libre. Et s'il me voyait revenir de ma promenade, il s'empressait auprès de moi pour me reprocher avec gentillesse d'« avoir été longue ».

D'autres fois, il m'informait que nous ne pourrions pas nous voir puisqu'il sortait avec toute sa smala efféminée ; je répondais qu'il était libre de ses actions, mais il répliquait doucement « J'ai préféré vous avertir d'abord, Madeleine ».

Nous nous sommes « fréquentés » pendant un mois.

A son retour à Paris, il m'a invitée chez lui.

Fangio

Un soir, un client entre dans mon taxi.

Je ne le reconnais pas, quoique ce fût une espèce de confrère (en plus rapide, vous allez voir).

Il s'installe derrière moi, me donne une adresse ; je démarre, et par le rétroviseur, j'observe l'individu, dont l'attitude était pour le moins insolite : en effet, les mains croisées sur le haut de mon dossier, exactement derrière ma nuque — je sentais son souffle — il faisait des grimaces à mon moindre changement de vitesse, il souriait sardoniquement quand je tournais, il secouait la tête quand je freinais, bref tout son comportement était une désapprobation massive de ma façon de conduire. Il ne disait pas un mot, mais ce que je croyais qu'il pensait arrivait comme un hurlement à mes oreilles.

Exaspérée, je lui lance : « Vous voulez conduire à ma place ? Passez devant ! »

Il ne perd pas son calme.

— Non, non, madame, mais j'aurai quelque chose à vous dire quand vous m'aurez déposé.

Terminus, boulevard de Grenelle. Le mime grotesque descend du taxi, me règle et se penche à ma portière. J'attendais, hargneuse et prête à l'envoyer au diable Vauvert.

— Je suis Fangio, me dit-il, grimaçant aimablement. Je tiens à vous dire à quel point votre conduite est parfaite. J'ai observé vos pieds, vos mains, vos réflexes. Vous êtes rapide, régulière. Bravo.

Du coup, je lui ai demandé un autographe.

PETITE MUSIQUE
DE NUIT
(à l’anglaise…)

Ma respectable et renommée corporation des chauffeurs de taxi avait invité à Paris, en une occasion dont le motif m'échappe, une femme, « chauffeur » anglaise. Il y en avait déjà de l'autre côté de la Manche quand à Paris on se demandait toujours qu'est-ce que je venais fiche dans ce métier. L'Angleterre a souvent été en avance sur nous en beaucoup de matières. Nous nous targuons d'être les plus grands démocrates de la planète, par exemple, et nous faisons des tas de vroum-vroum avec nos Ligier et nos Alain Prost ; mais la Grande-Bretagne a servi d'exemple voici deux siècles à Voltaire en matière de démocratie, et il n'y a là-bas que sept mille morts par accidents de la route quand nous en comptons treize mille. Ceci pour souligner que je me sentais honorée de recevoir une consœur. Car c'est moi qu'on avait choisie pour lui faire visiter Paris : je « speakais » anglais « fluently » et j'avais trop peu d'occasions de « talker » pour ne pas sauter dessus.

Imaginez-nous, Brenda et moi, à travers la capitale. Je l'ai traînée de Chaillot à Notre-Dame, du Panthéon au Sacré-Cœur, sans rien oublier sauf peut-être Barbès pour ne pas la choquer ; et j'ai tant sympathisé avec elle que, quelques années après, quand j'ai voulu envoyer ma fille Annick chez les Britishes pour s'y perfectionner dans the language of Shakespeare, je n'ai rien trouvé de mieux que contacter Brenda pour me rendre ce service.

Trop poor pour loger Annick à l'hôtel, j'ai demandé à Brenda si elle pouvait receive my daughter at home, ce qu'elle a accepté illico (1).

Je me sépare donc de ma progéniture, en pensant qu'elle reviendrait bardée de diplômes bilingues, et en me disant que la barrière la plus difficile à sauter en Grande-Bretagne est la cuisine anglaise, justement parce qu'**il n'y a pas** de cuisine anglaise.

Annick n'a franchi aucune barrière. Celle des langues, oui, à la rigueur. — Et encore ! ses études linguistiques l'avaient amenée à déplorer qu'il y eût trop d'Anglais autour d'elle et pas un seul Français à l'horizon — c'est ça qui est embêtant : l'étranger, c'est plein d'étrangers qui ne parlent pas comme vous ! —

Résumons : elle était désespérée. Elle a tenu six mois courageusement pour ne pas me décevoir, puis elle m'a écrit un long « lamento » m'avouant que la vie chez Branda, ce n'était pas the foot. Elle n'enjoyed pas. Elle s'ennuyait. Elle voulait revenir en France.

Aussi malheureuse qu'elle, je passe The Channel, not by boat but by fly. Mon baptême de l'air. J'avais autant peur que Blériot quand il a atterri là-bas en 1909. J'arrive chez Brenda, et je vois une Annick au visage constellé de boutons. La nourriture ! A ce point-là, ce n'était plus un manque d'accommodement, mais une allergie. Comment faire ? On ne peut tout de même pas s'en aller à l'étranger en emportant une caisse de saucissons d'Arles, de camemberts et de baguettes de pain !... Vous me direz : « Les

(1) Mot étranger, pas anglais pour un sou, et qui signifie « tout de suite ».

Américains stationnés en Europe aux frais de l'OTAN importent leur propre eau minérale ! » Mais justement : je trouve ça un peu muflard.

J'interroge Annick sur la composition de ses menus : elle répond « chou rouge et carottes ». De plus, en ce qui concernait le coucher, elle m'informe qu'elle dormait dans un lit privé de draps.

Je me paye un mini-scandale auprès de Brenda, je prends Annick sous le bras et, pour la consoler, je visite Londres avec elle. Je découvre une ville qui me réconcilie avec the Great Britain, tant il est vrai que si Paris est harmonieux, Londres est plein de charme avec ses nombreux parcs, ses architectures victoriennes et ses rues étonnamment calmes à cent mètres d'un intense trafic. Nous suivons des yeux les « clarks » à chapeau melon, parapluie, complet gris et attaché-case, nous tournons autour de l'Eros Archer à Piccadilly, de la colonne de Trafalgar Square, des sombres bâtiments de la Tour, de Marble Arch ; etc. puis, je lui offre un petit repas à la française, et je lui promets solennellement, dès mon retour à Paris, de m'occuper d'une autre pension plus conforme à ses goûts.

Ce que j'ai fait, en bonne mère que je suis.

Le résultat fut que ma fille sentit son allergie diminuer et s'éteindre, au point que ses boutons s'en allèrent comme ils étaient venus ; que grâce à un ami journaliste elle trouva là-bas un petit job intéressant ; et qu'elle ne fut même pas allergique aux garçons anglais, puisque c'est en Angleterre qu'elle rencontra celui qui devait devenir l'homme de sa vie.

Peu de temps après, c'est moi qui fus invitée au-delà-de-la-Manche ; grâce à ma connaissance de la langue, d'abord ; ensuite, parce qu'une Anglaise avait pris la décision de monter sur son île une entreprise de taxis ; enfin, parce qu'il fallait fêter cet événement, les nouveaux taxis étant des Dauphine. On prévoyait qu'elles seraient peintes en rouge pour attirer le client, comme à New York on reconnaît de loin un Yellow-Cab, aucun particulier n'ayant eu l'idée de peindre sa voiture en jaune tellement c'est moche. Il y avait une autre raison pour qu'on choisisse la Dauphine. Parce que pour une femme, c'est plus smart : il faut reconnaître que les taxis typiquement anglais ressemblent à s'y méprendre à leurs grands-pères les taxis de la Marne.

Je débarque en Angleterre aussi bien accueillie que leur Queen l'eût été à Paris, sinon qu'il m'a manqué le carrosse, et que je n'ai pas eu le droit d'aller à Buckingham Palace pour donner un shake-hand à Elisabeth. Je l'ai beaucoup regretté : Philippe d'Edimbourg est mon type d'homme. De toute façon il était en main. Et cette faille a été compensée par la fiesta que mes collègues taximen m'ont offerte : visite de Londres plus détaillée que celle en compagnie d'Annick (British Museum, National Gallery, Soho...) interviews, photos, articles dans toute la presse ; en tout, cinq jours fous-fous-fous-fous où mon plaisir n'a été perturbé que par des émotions purement techniques : les Anglais conduisent à gauche et nous à droite. Chaque fois que j'allais traverser une rue à pied, je regardais donc instinctivement à gauche comme en France, alors qu'il fallait regarder à droite. Une habitude difficile à perdre. On risque l'infarctus dès qu'on met un pied au-delà du trottoir : le cinquième jour je m'y étais faite. C'est alors que je suis revenue en France pour me réhabituer à l'inverse. Et le même réflexe de crainte m'a prise lorsque j'ai utilisé mon taxi dans Paris. Sacrés Anglais ! Ils sont tout à fait à part ! Nous, nous donnons à nos rues, nos monuments et nos ponts, des noms de victoires : Austerlitz, Wagram, Iéna. Eux, ils leur donnent des noms de défaites : Trafalgar, Waterloo. Non, je plaisante ; je les aime beaucoup ; il faut leur pardonner l'exil de l'Empereur à Sainte-Hélène, et d'avoir transformé Jeanne d'Arc en côtelette flambée. Depuis, nous sommes les meilleurs amis du monde, et le tunnel sous la Manche permettra à beaucoup de taxis d'aller cabosser leurs carrosseries in London.

J'ai su que la charming initiative de ma british collègue avait échoué. Mais alors, échoué sur tous les plans : 1) la taille des Dauphine ne correspondait pas aux normes (toujours les normes !). 2) Même si la taille avait correspondu, les gentlemen n'auraient pas aimé être drivés par une woman. C'était « shoking ». 3) Même si c'eussent été des hommes qui conduisissent les taxis, on n'eût pas toléré des new french cabs d'un rouge déconcertant, alors que les taxis anglais d'un beau noir hyperchic donnaient satisfaction depuis soixante ans.

Durant cette même période (1958-1959) nous nous amusions à Paris comme des adolescents qui découvrent un nouveau jouet. Quand je dis « nous », il s'agit bien entendu des chauffeurs de taxi. En effet, c'est à ce moment-là qu'ont été installées les radios sur les tableaux de bord. L'expérience a été progressive. Dans la société où je travaillais, seuls trois de mes camarades et moi-même avons été dotés de ces appareils. Aujourd'hui, l'excitation est passée depuis longtemps. A l'époque du minitel, du laser, du scanner et de l'hologramme, la radio dans le taxi paraît appartenir à l'antiquité, d'autant que les trajets dans certains véhicules s'inscrivent à présent sur un écran. Mais je n'oublierai jamais les débuts des micros et des écouteurs. Ils nous ont permis de sortir de la curieuse solitude dans laquelle nous vivions à l'intérieur de notre forteresse roulante.

Fin de l'anecdote anglaise.

Revenons en France, « fellows ».

LA NUIT ALGÉRIENNE

Ma fille était donc en Angleterre, prête à se marier.

Et voilà que mon fils Jean-Pierre est appelé pour accomplir son temps de service militaire.

Je ne ferais aucun sort à cet événement s'il ne s'était déroulé pendant la guerre d'indépendance de l'Algérie.

Comme beaucoup d'autres, J.-P. a été mobilisé vingt-six mois. Son drame n'était pas de prendre parti pour ou contre les fellaghas, pour ou contre l'OAS. Il était pire, son drame, il était beaucoup plus déchirant. Mon fils affichait son antimilitarisme de façon si sincère que, placé devant le « fait de guerre », il n'a pu que se rebeller. Voilà pourquoi j'en parle doublement, de cette équipée sanglante. La rebelle avait donné naissance à un rebelle. L'ennemie des normes se trouvait directement confrontée à la Norme des Normes, le conflit de masse qui existe depuis que le monde existe, depuis Caïn et Abel, et qui est accepté, toléré comme faisant partie des choses inéluctables. « La guerre a toujours existé et existera toujours », dit le prolo qui ne bougera pas le petit doigt pour tenter de changer la face des choses.

Passe encore que même un antimilitariste fasse sa période en tant de paix. Il est tranquille, il sait qu'il ne tuera personne et ne sera pas tué. On l'enverra quelque part combattre des incendies dans le Haut-Var, couvert par le statut des objecteurs de conscience. Mais quand on a placé toute son existence sous le label « Tu ne tueras point », il apparaît difficile de se servir d'un flingue, même pour garder à la France un de ses départements. Il a fallu mettre de force J.-P. dans un avion (moi qui ai horreur de prendre un avion pour mon propre compte, pensez si j'y étais opposée pour mon fils !...) et il a atterri en Algérie avec l'état d'esprit que l'on devine. Et bien entendu, son chagrin n'a fait que croître ; à travers les lettres qu'il m'écrivait, je sentais en lui une profonde tristesse. Il n'était pas encore allé au feu mais cela ne tarderait pas, et je redoutais son état d'esprit lorsqu'il serait face au meurtre obligatoire. En pareil cas l'esprit de conservation prime toute théorie.

En Angleterre, Annick, qui devait se marier, a suggéré de reculer la date de la cérémonie, sachant que son frère ne pourrait y assister. Mais moi, de mon côté, je me creusais le cerveau pour dénicher un motif valable afin d'arracher mon fils à « la boucherie », et il m'a semblé que le mariage de sa sœur pouvait en être un. En réalité tout dépendait de la mentalité du colonel de J.-P. Tel type de colonel pouvait répondre : « Mais comment donc, mon cher ! Posez là votre fusil et allez saluer le tombeau de Wellington pour revenir ensuite vous faire trouer la paillasse ! Au moins votre sœur gardera un joyeux souvenir de vous ! » Mais tel autre type de colonel pouvait dire : « Au moment où il faut casser du fellagha, vous vous tirez ? Non, mais ça va pas la tête ? Vous confondez les Enfants d'Edouard avec les enfants des douars, ma parole ? Allez, à votre poste ! Et que ça saute ! »

J'ai donc tenté le coup auprès d'Annick — avec des gants, bien sûr : « Tu devrais non pas retarder ton mariage, mais l'avancer. Il y a quatre-vingt-dix-neuf chances sur cent pour que ton frère obtienne une permission. »

Annick acquiesce. Ça ne la dérangeait pas. Peut-être même que ça l'arrangeait. Faire l'amour légalement quelques semaines avant la date prévue, ça a de quoi séduire. J'accomplis donc toutes les formalités nécessaires pour faire venir le fiston. On m'avait bien dit quelque part qu'en temps de guerre un soldat n'a pas le droit de franchir une frontière, sauf s'il s'agit de la frontière ennemie, mais je ne voulais rien entendre, j'ai agi comme si j'ignorais ce détail. J'étais prête à déménager le mariage en France, du reste. Je n'ai pas eu à le faire (faut quand même pas pousser) ! car J.-P. a réussi à bénéficier de huit jours de permission.

Il s'amène avec le crâne rasé de « Chéri-Bibi ». Normal. Beaucoup de ses copains avaient pu sauver leur chevelure. Mais ce cabochard, avec son antimilitarisme militant, avait fait quelques jours de prison pour indiscipline, et la « boule à zéro » faisait partie de la sanction.

En résumé, l'invasion normande depuis Bayeux par Guillaume le Conquérant à destination d'Hastings s'est rééditée plusieurs siècles plus tard avec la famille Le Prince au grand complet, en plus pacifique puisque de toute façon dans l'armée Le Prince il y avait un antimilitariste.

Sur notre bateau, d'autres guerriers avaient pris place pour éventuellement foutre une pile aux Anglais : c'était l'équipe de France de football qui devait jouer à Coventry, ville pacifique s'il en fût, puisque son héroïne Lady Godiva chevaucha toute nue à la suite d'un pari, pour éviter à sa cité de payer des impôts. Shoking, peut-être. Charming, sûrement.

Nous avons fait un « wonderful » mariage. Mais on ne

peut à la fois être et ne pas être en Algérie, comme aurait dit Hamlet. J'en souris aujourd'hui jusqu'à en plaisanter, mais en ce temps-là j'avais le cœur serré à l'idée de voir Jean-Pierre repartir pour la guerre. Est-ce que j'allais pousser la folie à l'extrême, c'est-à-dire le garder, le cacher ? Et si on le trouvait ? Et si on le condamnait comme déserteur ?

Il était malheureux. Il était prêt, lui, jusqu'à la dernière seconde, à la folie que je n'osais assumer, tant ses convictions commandaient à son cœur et à son cerveau. Mais je l'ai encouragé au départ, alors que je désirais le contraire.

Un bon hasard a voulu qu'il fasse son temps sans heurt et sans blessure. Ceci pour le corps. Car pour l'esprit il restait marqué à jamais. Il n'a plus été **après** ce qu'il était **avant.** Il n'était pas le seul. La différence, c'est que nombre de ses camarades se sont facilement pliés à cette nécessité de tuer, alors que lui n'en guérira jamais.

Mon fils est en Algérie.

Ma fille est à Paris, un 14 juillet, date à laquelle les taxis de nuit sont très demandés, le parigot se croyant obligé d'aller de bal en bal — sans attendre le 14, du reste — dès le 13 il a des fourmis dans les jambes et court d'une place à l'autre pour gambiller — c'en est même agaçant, car neuf citoyens sur dix sont absolument incapables de vous raconter ce qui s'est passé en 89 le matin du 14. Tout ce que sait le Parisien, c'est que le 14 juillet, dans les temps anciens, les Français ont conquis leur liberté, et qu'il faut fêter ça, comme il faut fêter le 11 novembre, le 25 décembre, le 15 août, le 8 mai. Pourquoi ne pas fêter la bataille de Poitiers, celle de Fontenoy, le Sacre de Charlemagne et la prise d'Orléans, allez un peu savoir pourquoi, tous les prétextes sont bons. Nous sommes devenus le peuple le plus fainéant du monde et ça se voit aux résultats du commerce extérieur.

Où en étais-je ? Au 14 juillet. Pendant que son frère guettait Mohammed dans les Aurès, ma fille avait des fourmis dans les jambes. Aller danser lui paraissait aussi indispensable ce soir-là que de manger quand on a faim, et boire quand on a soif.

Il y avait un bal monstre aux Invalides. Je l'y laisse aller : je pars en maraude avec mon taxi. (Le travail, c'est la liberté.) Nous étions convenues que vers les 23 heures j'irais la récupérer entre deux sambas en un endroit précis de l'immense esplanade. Et vers 21 h 50 — dix heures moins dix pour un sans-culotte — je me trouve à Pigalle, où comme ailleurs ça dansait vachement dur.

Un légionnaire, qui n'était ni bon ni beau et qui à cette heure-là ne sentait pas le sable chaud, vient vers mon taxi, me dit : « Aux Invalides, madame », et monte.

J'ai à peine le temps de penser « chic, je vais pouvoir récupérer ma fille » que j'entends deux coups de feu. Mon client s'écroule, touché dans la région de la carotide. J'alerte le standard, les flics se pointent aussitôt, les chauffeurs de radio-taxis les aident à cerner le quartier, deux motards me précèdent pour aller le plus vite possible à l'Hôpital Lariboisière. Pendant ce temps un collègue se charge de retrouver ma fille pour lui dire que je fête la Révolution à ma manière.

Je laisse mon client, qui est dans un sale état, et je reviens sur les lieux pour déposer. Après quoi je dois me rendre à la PJ où l'on me garde comme si c'était moi qui avais revolverisé le pauvre garçon.

Ce n'est qu'au matin qu'on découvre le type qui a fait un carton sur un représentant prestigieux de l'Armée Française. Et ce n'était pas par antimilitarisme. Il aimait bien les soldats, ce mec, à condition qu'ils payent leur dette cash. Or, le légionnaire avait fait une passe avec la protégée du tueur, qui exerçait la profession honorable de maquereau. (Je me suis toujours interrogée afin de savoir pourquoi on insultait ces braves poissons, dont les filets sont un délice dans une vinaigrette et un peu de citron). Le légionnaire avait quitté la fille sans payer son moment de plaisir.

Il paraissait à la Police assez normal qu'un souteneur expédie un créancier ad patres, alors qu'il lui eût été beaucoup plus simple de le braquer pour le soulager du montant de la passe, mais les voies des macs sont impénétrables et celui-ci avait vraisemblablement cédé à une impulsion incontrôlée. Ce que c'est que la passion, tout de même !...

L'instruction dura près de deux ans. Et dans cet intervalle, j'ai été convoquée à plusieurs reprises à la PJ. J'en prenais l'habitude. Le juge et moi sommes devenus amis d'enfance, et c'est tout juste s'il ne m'a pas dressé un lit de camp à côté de son bureau. Je commençais à en avoir marre, et pas seulement à cause des interrogatoires répétés : je ne pouvais aborder le quartier de Pigalle sans être insultée par les petites copines de la pute. On savait que j'avais témoigné. Elles me juraient d'avoir ma peau si le mac était condamné. Comme je ne voyais pas par quel miracle on acquitterait cet individu avec les félicitations du jury — d'autant que la France manque de légionnaires —

j'ai demandé à mon patron de me changer de taxi et de m'en donner un qui, si possible, ne ressemblât point à l'autre comme un frère jumeau. De plus, j'ai changé de coiffure en changeant de voiture. Il ne restait plus que la chirurgie esthétique, mais je tenais à garder mon visage plutôt que de ressembler à ma sœur. Et quand je me rendais à la PJ, on me faisait entrer par une porte dérobée — comme dans « Ruy Blas »...

J'ai appris que l'assassin appartenait au FLN et avait fait dérailler un train (entre deux sauts à Pigalle pour y récolter le fric que gagnait sa nana). Jolie nature. Tout pour plaire. Comme je n'avais aucune raison d'aimer la cause du FLN, Jean-Pierre pouvant subir à tout moment le sort du légionnaire sans être sûr que son meurtrier serait puni (au contraire, le fellagha aurait été décoré par un chef fellagha !), j'ai été plutôt contente que le mac en prenne pour vingt ans.

A l'heure qu'il est, ce monsieur est libre, il exerce certainement le même métier qu'autrefois, et quand la fille qu'il maquereaute oublie de se faire payer, gageons qu'il n'appuie pas sur la gâchette ; mieux vaut perdre cent balles que la liberté.

Toujours durant la guerre d'Algérie.
Toujours durant la nuit.
Je maraudais. (1)

(1) Vous allez dire que je maraude souvent. Mais il faut s'entendre. « Marauder », pour un chauffeur de taxi, cela ne signifie pas chiper directement des prunes à un prunier en se cachant du propriétaire dudit prunier, mais circuler à vide, lentement, à la recherche du client. C'est d'une tristesse totale, surtout la nuit. A bien réfléchir, ce métier de nuit mène à l'aventure et à la découverte, à l'observation systématique, et cela

Deux Algériens sur le pas d'une porte me « hèlent ». Ils ne montent pas. Ils me disent : « Attendez une minute. Nous avons un gros colis à transporter jusqu'à la Porte de Clichy. » Ils disparaissent dans l'ombre d'un couloir et reviennent avec un énorme paquet, ficelé dans une espèce de tapis. Ce pouvait être un tapis. Qui dit Maghreb dit tapis. Moi j'ai pensé : « C'est un tapis. A cette heure-ci c'est peut-être un tapis volé. Après tout je n'ai pas à donner de leçons de morale. Je charge ce qu'on me dit de charger, pourvu qu'on me règle ma course. »

Les deux hommes attendent que j'aie ouvert le coffre pour y mettre le colis. Encore heureux que le coffre soit large et profond. Il leur faut tasser le tapis.

J'emmène mes passagers à l'adresse indiquée. Un sale endroit. Tout d'un coup j'ai des doutes, comme disait un cocu surprenant sa femme faisant l'amour avec son meilleur copain. Il me devient de plus en plus évident que le « tapis » que les deux hommes retirent du coffre est un cadavre. J'avais mal vu. Ce coup-ci, je vois. Je vois aussi ce qui pourrait suivre si je disais à mes bonshommes d'un air détaché : « Dit's donc, mes braves, m'est avis que vous m'avez fait transporter un macchabée, là ?! Vous croyez que ça va se passer comme ça ? Veuillez gentiment m'accompagner au commissariat. »

Or, je me tais. Je les laisse terminer leur extraction macabre. Je ruisselle de sueur. Ils me payent. Je remonte à mon volant et je démarre à toute vitesse pour traverser Paris à rendre jaloux Nickie Lauda, tant la peur me poursuivait.

---

certes est positif ; mais il est aussi une illustration de la fuite irréversible du temps et cela vieillit le cœur, sinon le corps.

Je demande pardon à la Justice de ne l'avoir pas aidée cette nuit-là. Mais si je l'avais fait, c'est peut-être moi qu'on aurait enroulée dans un tapis. Et j'ai la faiblesse de tenir à l'existence. Elle est assez passionnante pour que j'aie pu en tirer un livre.

LA NUIT SOIXANT'HUITARDE

Soixante-huit. Mai soixante-huit.

Le chahut. Le foutoir. Le gâchis. La liesse. (La chienlit, comme a dit le Grand Charles) les Katangais à la Sorbonne, les affiches à Jussieu, Sartre à Billancourt, la Gauche à Charléty, la Droite sur les Champs-Elysées, les pavés barrant les rues, les voitures incendiées, Barrault accusé d'embourgeoiser le théâtre, Cohn-Bendit discutant avec les CRS, plus d'essence, plus de ramassage d'ordures, les usines fermées, le Parisien moyen se disant « Tout ça c'est bien joli, mais pourvu que tout ce tintouin ne dépasse pas juin ! Sinon, comment est-ce qu'on va pouvoir partir en vacances ? »

Les jeunes qui ont fait 68 ont mal calculé leur coup.

Il fallait révolutionner vers mars-avril, ou vers octobre-novembre. Mais révolutionner en mai, c'est un crime. Mémène a déjà acheté son maillot de bain et Robert a retenu l'hôtel aux Sables-d'Olonne. On veut se reposer. On l'a bien mérité. C'est pour ça que 68 dans l'ensemble a été un échec. Imaginez qu'en 89 le Parigot ait **déjà** bénéficié des vacances du front popu : la prise de la Bastille un 14 juillet aurait été un bide. Les assaillants n'auraient pas dit « Sous les pavés la plage. » Ils auraient dit « La plage d'abord. Les pavés, on s'amusera à les déplacer au retour après avoir remisé la planche à voile. »

N'empêche qu'en 68 ça semblait sérieux, tout ça. Mon fils Alain a été appelé au service militaire à ce moment-là. Il apprenait le métier de boucher. Il a donc interrompu le maniement du couteau et du hachoir entre deux côtes de bœuf et gagné Epinal, qui était tout de même plus au calme que la capitale. Sage comme une image, la ville d'Epinal : il n'y avait pas un seul pavé à déplacer. Jusqu'au moment où la situation s'est durcie à Paris, et où les soldats campés à Epinal ont été priés de se rapprocher du bordel incroyable qui régnait. On craignait un coup d'Etat contre le Grand Charles. Mitterrand s'était déclaré (avec un peu d'avance à l'allumage) prêt à assumer les fonctions les plus hautes de la République. A tout hasard on gardait au chaud les tanks et les garçons du contingent, et Pompidou qui revenait de Venise se demandait s'il n'aurait pas dû rester dans sa gondole.

Voilà donc mon Alain campant à Grigny, en banlieue, avec quelques milliers d'autres militaires, et attendant que ça se gâte pour rentrer dans le chou des révoltés.

Comme les vivres manquaient, et que même le pain valait son pesant d'or, je me préoccupe surtout de ravitailler Alain et je lui rappelle le personnage de Dalio dans la « Grande Illusion », où prisonnier au Haut-Koenigsbourg il reçoit une impressionnante caisse bourrée de vivres.

Alain fait profiter ses copains de mes largesses, et continue à attendre que ça craque, pendant que j'obéis à un appel officiel touchant toute ma corporation : il est décidé qu'on demanderait la collaboration des chauffeurs de taxis pour suppléer aux ambulances en cas de schproum. L'employé qui m'a reçue pour me réquisitionner, voyant qu'il avait affaire à une femme et craignant de traumatiser ma sensibilité, m'a dit que si je désirais ne pas m'engager il le comprenait fort bien, et même il m'y encourageait. « La vue du sang, le spectacle d'une bagarre meurtrière, tout cela n'est pas fait pour vous ! »

En voilà un qui ne connaissait pas Mado. Mado comptait deux accouchements sur son siège-arrière, un légionnaire transformé en passoire, un cadavre dans le coffre, des obsédés sexuels, des cocus, des drogués, etc. elle pouvait bien affronter une mini-révolution. De plus, elle était normande, ses ancêtres étaient vikings et ses contemporains recordmen en cidre et en camembert. Non mais ! **Moi ?** Me tirer ?

Et on m'inscrit en tant qu'éventuel taxi de la Marne. (Comparaison déjà citée, mais dans un sens différent.)

Au milieu de ce délirant contexte, un certain jour, je vois venir vers mon bahut une blouse blanche. « Vous, là ! » Je mets la tête à la portière. « Non, pas une femme ! » dit la blouse. « Je n'avais pas vu, excusez-moi. J'ai besoin d'un homme. »

— Désolée, dis-je. Ce sera moi et personne d'autre.

Le fait est que mon émotivité en a pris un coup quelques secondes plus tard. On me demande de conduire à Boucicaut un jeune homme dont l'œil a été arraché. En mai 68 j'ai pris l'habitude de ces drames dérisoires, vécus dans une révolution dérisoire pour un résultat dérisoire. Je faisais des courses d'un bout de Paris à un autre, et peu à peu l'ordre est revenu, et l'été s'est présenté pour moi comme pour les autres. Les autres se sont dit : « Bon, ça y est, cette sacrée révolution est terminée, Mémène va pouvoir mettre son maillot de bain au bord de l'Atlantique et Robert faire des belotes avec les Basson qui vont chaque année aux Sables. » Et moi j'ai pensé : « J'abandonne le taxi pour un mois. Je m'en vais à Bayeux. Je pourrai toujours me mettre à faire une tapisserie sur les Evénements. »

Mais une fois là-bas, après avoir réfléchi à 68, je n'y ai pas trouvé matière à épopée. Tout cela était bien petiot, bien pôvre. Comme je dis souvent pour stigmatiser quelque chose que l'on « gonfle » artificiellement afin de lui donner une valeur : « La lisière ne vaut pas le drap. »

LA NUIT DU CORPS

Pendant que se rédigeait ce livre, j'ai hésité ; j'ai longtemps hésité ; je n'ai cessé d'hésiter avant d'oser parler de ce qui, vraisemblablement, a conditionné tout mon comportement d'enfant, et plus tard mon comportement de jeune fille ; et qui sait — peut-être — mon comportement actuel.

Tout au début, souvenez-vous, je vous disais que si j'avais le courage, si cela me paraissait utile, je...

... Bien. Je m'y suis décidée.

Depuis **cela** je n'ai jamais pu connaître la destinée d'individus qui, ayant subi un traumatisme, ou reçu un choc, ou éprouvé un trouble profond, en ont vu leur existence modifiée jusqu'à la mort, sans penser à **mon** propre traumatisme, **mon** propre choc, **mon** propre trouble. Quand je dis que **cela** a modifié toute ma vie, c'est justement que je me trouve à l'automne de cette vie, et qu'il m'arrive quelquefois d'en faire le bilan avant d'en affronter l'hiver.

Saint Paul doit son éclairement à l'appel de Dieu. Bizet doit son agonie morale à l'échec de sa « Carmen ». Quant à moi, ma volonté, ma dureté, ma rébellion, mon désir de me marginaliser, un certain mépris des hommes, une certaine difficulté à m'ouvrir vers des amours ou des amitiés, je les dois à un viol.

On n'a pas violé ma conscience, mais mon corps de fillette ; une fillette de six ans qui n'oubliera jamais.

En classe je n'étais ni meilleure ni pire élève que les autres. Le train-train, la routine. Chaque matin, je l'ai déjà dit, j'allais à pied de notre maison à l'école, et cette distance de trois kilomètres ne m'effrayait pas. De toute façon, comme c'était le lot d'un tas de gamins et de gamines qui habitaient à l'orée de la ville, j'avais pris cette habitude hiver comme été, et aucun père, aucune mère ne pouvait imaginer que le Mal s'abattrait sur un enfant. Si l'on pensait au mal, on vivrait cloîtré.

Un homme s'était évadé de la prison de Caen. Il marchait, il marchait, ne sachant où aller, hésitant à entrer dans les rues d'une ville où il serait facilement repéré : c'était un colosse et son signalement avait été donné. Il a marché jusqu'au soir. Et ce soir-là, je rentrais chez moi plus tard que d'habitude. L'institutrice m'avait punie et obligée à rester en classe une bonne heure après le départ des autres élèves. Je suis donc repartie de l'école à la nuit tombée. Et cet homme venait vers moi. Sans doute n'a-t-il pas pensé tout de suite à assouvir sa soif de Femme, quand il m'a aperçue sur le chemin désert. Une momignarde de six ans !... Mais le loup a percé bien vite chez l'homme. Il m'a abordée avec la plus grande douceur, m'a promis des bonbons si je le suivais, et m'a entraînée dans un fourré, assez loin, pour se ruer sur moi en toute tranquillité.

A la maison, mes parents ont commencé à s'inquiéter. Je suppose qu'ils ont téléphoné à l'école ; calculé que j'avais eu tout le temps de rentrer, même si j'avais lambiné en route ; informé la gendarmerie, etc.

C'est moi et non lui qu'on a retrouvée d'abord, car j'avais réussi à m'échapper. Mais j'ai assisté à sa capture et j'ai vu les gendarmes le battre sous mes yeux, sans retenue, comme possédés par une ivresse faite de colère et d'indignation. Ils n'auraient certainement pas cogné ainsi sur un assassin ; or, le viol est un crime pire qu'un assassinat. Il est ressenti comme tel par ceux qui ont une fille ; les autres rigolent, y compris les flics. Quand on m'a rapporté ce fait divers où il était évident qu'on avait commis un viol sous le regard des passagers d'un train de banlieue, et cet autre fait divers où une jeune fille avait appelé des passants à son secours pendant que plusieurs types la violaient en plein Paris, j'ai vu rouge. Moi, pendant une année entière, j'ai refusé de sortir de chez nous. Je demeurais cloîtrée. Oui, il m'a fallu un an pour que je réenvisage de sortir. Je m'en suis remise puisqu'on se remet de tout, et il faut que le corps humain, le cœur humain, le cerveau humain aient de terribles facultés de renouvellement pour effacer certaines blessures, ou du moins tenter de les minimiser, de les gommer. Etre violée, perdre un enfant, apprendre qu'on a un cancer, et agir tout de même comme si la vie était normale, ça paraît impossible, et pourtant...

En fait, on n'efface jamais. **Et jamais plus rien n'est normal.** Reportons-nous au traumatisme provoqué par le viol. Inconsciemment d'abord, — ou plutôt **subconsciemment** — on regarde les hommes avec d'autres yeux. Plus tard, on les abordera avec une sorte de crainte qui peut tourner à la panique si l'amour vous mène jusqu'à l'accouplement ; et il est des nuits de noces qui sont des viols. On nous apprend tout à l'école et dans les universités, sauf qu'aimer est une œuvre d'art, et les mâles qui font l'amour, comme Menuhin joue du violon, ne courent pas les rues. Je ne garde pas de mes premières étreintes conjugales le sentiment d'avoir été traitée comme un Stradivarius. Et nous sommes des millions de femmes à demeurer hébétées devant ce gâchis, à nous dire : « C'était donc **ça** ? Ce n'est que **ça** ? C'est pour **ça** que Bonaparte dédiait la victoire de Marengo à Joséphine, que Lamartine a écrit le « Lac », Dante « La Divine comédie », Musset « La Nuit d'Octobre » ? Pour en arriver à cette empoignade brève, violente, animale, sans nuances ? »

Bien sûr il y a parmi **Eux**, du sexe d'en face, ceux dont vous comprenez tout de suite qu'ils vont faire de vous des chattes ronronnantes et voluptueuses. Leurs qualités d'homme sont perceptibles à la façon même dont ils vous parlent, dont ils adoucissent ou aiguisent leur regard. Ceux-là vous consolent des viols légaux que commettent leurs confrères, du machisme de Cro-Magnon qui habite neuf mecs sur dix, de la grossièreté et de l'ignorance avec laquelle ils parlent de nous.

De mon côté, je suis sûrement injuste quand je parle d'eux, et ce n'est pas si simple. J'ai mes admirations, j'ai mes grands hommes, je connais des hommes qui méritent le titre d'homme. Mais franchement, en général, quand on en fait le tour on n'en revient pas. Leur misogynie est évidente. Dans mon taxi — observatoire-idéal-monté-sur-pneus — j'ai assisté à trop d'actes méprisables pour changer d'avis. Les « Ballets Roses » en sont un. Et j'en ai vécu tant d'autres.

Un monsieur très bien avait pris l'habitude de se faire promener dans ma chignole en très bonne compagnie. Il arrivait, poli, impec de partout, l'air digne, — certainement le gus qui exerçait une fonction de responsable — flanqué d'une pute qu'il venait de louer comme on loue un téléviseur — et nous partions, moi devant, eux derrière. Le passe-temps du monsieur consistant à faire exécuter par sa compagne ce qu'on appelle en excellent latin, une « fellatio ». Ce « travail » durait tout le temps du trajet, et le monsieur exigeait que ce fût un trajet prestigieux : Concorde. Champs-Elysées. Re-Concorde. Re-Champs-Elysées. Il ne manquait plus que la Garde Républicaine. Après quoi, le taxi s'arrêtait. La fille sortait. Le monsieur me payait royalement, reprenait sa dignité et s'en allait à ses affaires.

Je ne plains pas la fille. Elle a choisi de tout savoir sur le zizi — comme chanterait Pierre Perret. Mais je dis que pour forcer une femme par l'argent à ce que l'amour donne si volontiers pour rien, il ne faut pas être un homme.

C'est une forme de viol comme une autre.

Mon violeur a écopé de vingt ans de prison. Faisons un calcul rapide. Il y a soixante ans de cela. Il est donc sorti de taule voici quarante ans. Il a eu tout le temps de se faire une destinée correcte après avoir « payé sa dette à la Société », selon l'expression consacrée. La belle expression ! Il est peut-être quitte envers la société. Il n'est toujours pas quitte envers moi. Cette vision que j'ai eue de ses pareils et du monde en général est entrée dans mon crâne à coups de hache, et dans la mesure où il y a beaucoup plus de filles violées qu'on ne croit (la plupart d'entre elles n'osent pas porter plainte) on croise sûrement beaucoup plus de salauds dans la rue qu'on n'en met en prison.

Où est-il, celui-là qui a cassé, détruit, démoli la vision fraîche et franche que j'aurais eu de l'univers ? Il a eu un foyer, des enfants, c'est certain.

J'espère simplement qu'il n'a pas été heureux.

LA NUIT NOIRE

Des noirs visitent Paris (ou viennent à Paris en mission). Ils sont toujours somptueusement habillés. Qu'ils soient fonctionnaires, hommes politiques, artistes, ou simples visiteurs, leurs complets vestons sont impeccables. Les robes des femmes sont à la dernière mode du prêt-à-porter haut de gamme, quand elles ne sont pas des modèles exotiques, bariolés, aux couleurs vives, toujours très seyants. Les noirs ont un corps, les blancs n'en ont plus.

Le hasard a voulu qu'à plusieurs reprises je transporte notre ami Ibrahim Seck, dont les histoires de nègres aux « Jeux de vingt heures » ont fait rire des millions de téléspectateurs. Il va quelquefois au Sénégal et en revient aussi gai au retour qu'il l'était au départ, à croire qu'il a découvert le secret du bonheur, car j'ai rarement vu (qu'est-ce que je dis, « rarement » ; je n'ai **jamais** vu) quelqu'un cultiver le rire comme lui. C'est un rire éclatant, en cascade. L'œil est aigu, — l'œil d'un humoriste —. Et comme tous les Africains noirs, il est habillé de façon parfaite.

Cette fois-ci, je transporte Ibrahim Seck à Orly, où il doit prendre un avion pour Dakar. Comme il éclate de rire sans raison, je lui pose des questions. Il rit non pas d'une histoire qu'il vient d'inventer — et il m'en a raconté quelques-unes d'inédites — mais d'une véritable aventure survenue à un de ses amis sénégalais.

— C'est tout récent, me dit-il. Et je regrette de ne pas pouvoir rester à Paris pour suivre les événements, parce que ça promet!!... Vous savez qu'il y a beaucoup de musulmans au Sénégal. Cet ami-là possède trois femmes. C'est assez rare. Que la religion vous en donne ou non le droit, trois femmes il faut avoir un joli capital pour en faire vos légitimes. Disons que mon copain pouvait se les payer, voilà, il gagne suffisamment d'argent. Et ne me demandez pas ce qui se passe dans la maison d'un homme relativement jeune qui a des femmes encore plus jeunes. Moi je n'ai pas fait la même chose parce que je suis prudent, je n'aime pas jeter l'argent par les fenêtres et je ne veux pas risquer un infarctus.

— Un infarctus ? Pourquoi ?

— Mado, faites un effort et imaginez les crêpages de chignons. Non, je plaisante. En général, ça se passe bien. Et c'est justement parce que ça se passe bien dans le ménage de mon ami qu'il a décidé de récompenser ses trois femmes — qu'il aime également quoique de trois façons différentes — en les emmenant à Paris. Il a laissé ses deux enfants à Dakar. Pour ce quatuor sénégalais, c'est la fête : Paris ! Voilà longtemps qu'on voulait y aller !... Bien. On y est. Premier soin : aller à l'hôtel. On y va en taxi, de nombreuses valises sont dans le coffre, tant qu'à faire on a retenu dans un grand hôtel, et une fois arrivés voilà les chasseurs qui sortent les bagages et les mettent dans le hall pendant que M. ... — appelons le M. Diouf, par exemple — se dirige vers la réception et que les dames attendent dans des fauteuils.

« Oh ! malheur ! La chambre que M. Diouf a retenue ne comporte qu'un grand lit à deux places, et il n'est question de vexer aucune épouse. M. Diouf désire donc louer une chambre contiguë, avec porte communicante. Il n'y en a pas. Il n'y a que cette chambre de libre. Impossible même d'ajouter deux canapés ou deux lits à une place, ce n'est pas le genre de l'hôtel, où trouverait-on le mobilier ?

M. Diouf demande donc à la réception d'appeler à la rescousse dans Paris un hôtel qui aura deux chambres contiguës. Pendant ce temps, il a des affaires à régler dans la capitale et ses épouses vont courir les magasins.

Vers la soirée, sûr que la réception a réglé le problème (les français sont si débrouillards !) M. Diouf et Mesdames Diouf se retrouvent dans le hall. Le Directeur intervient : il s'est occupé personnellement de la question, mais n'est pas arrivé à la résoudre.

— Vous n'allez tout de même pas me jeter à la rue ? s'exclame M. Diouf. Si vous le faites j'appelle tout simplement mon ambassade, et je vous jure qu'on en parlerait.

Le directeur, qui avait bel et bien l'intention de dire à son client :

— J'ai fait mon devoir. A présent, débrouillez-vous ! prend peur et accepte que la famille Diouf passe une nuit à l'hôtel, mais sans pouvoir régler pour autant le problème du couchage.

Les Diouf occupent donc la chambre comme ils peuvent. Deux des épouses sont dans le lit aux côtés de leur mari et une troisième dort dans un fauteuil. Je ne sais pas si M. Diouf, pour ne pas frustrer cette troisième épouse, envisage un système de roulement et de remplacement un jour sur trois, ou s'il décide de se sacrifier lui (ce qui m'étonnerait) pour prendre le fauteuil et laisser le lit aux trois femmes. Ce que je sais, c'est qu'il est décidé à ne pas déguerpir le lendemain, et à occuper la chambre tant qu'on n'a pas trouvé une solution.

L'incident pourrait s'arrêter là, la direction accepter le fait et le séjour à Paris se dérouler dans des conditions bancales certes mais acceptables, si le lendemain matin un couple de touristes du type quaker, intransigeant sur les mœurs et fou de colère, ne s'était présenté à la réception pour demander à rencontrer le directeur. Ils sont indignés : ils savent qu'à côté de leur propre chambre un monsieur vit avec trois femmes. Ils ont entendu des rires et même des fous rires. Ils exigent de la direction que soit mis fin à ce scandale.

Le Directeur, qui veut ménager la chèvre et le chou, croit rassurer les quakers en soulignant que M. Diouf est avec ses femmes légitimes et que de toute façon cet arrangement est provisoire. Les quakers protestent, menacent de quitter l'hôtel et de lui faire une publicité à l'envers aux U.S.A. Affolé, le directeur supplie M. Diouf de s'en aller. Il est prêt, à la rigueur, si M. Diouf ne trouve pas de solution, à participer à la location d'une « suite ». Mais ça reviendrait très cher et il craint d'être désavoué par son P.-D.G.

C'est alors que M. Diouf téléphone à Ibrahim Seck, c'est-à-dire à moi, et il est heureux que j'aie pu régler cette question.

— ... car en fin de compte....

— En fin de compte, les trois dames occupent la chambre d'hôtel, et M. Diouf occupe une chambre dans un autre hôtel. Dans cet autre hôtel, une de ses femmes à la fois vient le voir, mais comme ce n'est jamais la même, la direction a commencé à tiquer jusqu'à ce qu'il prouve papiers en mains qu'il est officiellement marié avec chacune d'elles. Il est furieux, il dit que la France est un pays d'attardés mentaux, et je regrette de partir, je vous le redis, parce que la suite menace d'être encore plus drôle.

— Pourquoi ? puisque maintenant on est dans une sorte de statu quo, de gentleman agreement !

— C'est évident, mais ce diable de Diouf, qui traite des affaires à Paris, vient de tomber amoureux d'une étudiante sénégalaise à la Cité Universitaire et m'a dit : « Je l'épouserais volontiers ! »

Ç'a été à mon tour d'éclater de rire et j'ai dit à Ibrahim Seck : « Vous devriez faire un scénario de ce que vous venez de me raconter. » Il répond avec son rire en cascade : « Encore faudrait-il que j'en connaisse la fin ! Vous imaginez une étudiante sénégalaise mariée à un homme qui a déjà trois femmes ? »

Avant d'arriver à Orly, Ibrahim me raconte une histoire qui est relativement vieille, mais qui paraîtra évidemment toute neuve à ceux qui ne la connaissent pas.

C'est un cannibale qui se pointe à Paris. Arrivé à l'aéroport, il prend un taxi et, avec un grand sourire gourmand qui découvre ses dents, il demande au chauffeur de le conduire au théâtre.

— Quel théâtre ? demande le chauffeur. Il y en a tellement !

— Mais les « Bouffes-Parisiens », voyons ! répond le cannibale.

C'est un copain à moi qui a chargé Duke Ellington quand il est venu à Paris. Ils étaient — Duke, des amis et quelques jeunes femmes — dans trois voitures découvertes qui se suivaient ; derrière les voitures, plusieurs camionnettes découvertes où des formations de jazz avaient pris place et jouaient. Tout ce petit monde a traversé Paris. Les gens s'arrêtaient. Des jeunes et des vieux reconnaissaient

« Le Duke » et l'interpellaient « Hello, Duke ! » en lui faisant un grand signe. Il répondait par un geste et un sourire. Je l'ai entrevu. Il avait considérablement vieilli. J'avais le cœur serré, car je me disais que ces hommes-là (lui, Louis Armstrong, Sidney Bechet) ne devraient pas mourir. Ils ont apporté la gaieté, le rythme, **une autre couleur** à la musique, à la danse, à la vie.

A propos de noir et de couleur, ça me rappelle le séjour de Joë Louis à Paris. Les quelques chauffeurs de taxi qui étaient ses admirateurs s'étaient mis à la file quand on a annoncé son arrivée. Mais quand Joë Louis a débarqué de l'avion, il n'a pas fait un mètre vers eux. Il est allé directement à une voiture longue comme d'ici à Pontoise, et rose, rose, à rendre jalouse la panthère des dessins animés. On a vu cette voiture stationner pendant une semaine devant le Claridge où Joë Louis était descendu. Il ne s'en est jamais servi — peut-être que nos avenues n'étaient pas assez larges — mais il n'a pas emprunté de taxi non plus. Il n'allait pas davantage à pied, du reste.

Alors comment se déplaçait-il ?

Ça reste un mystère.

Un mystère qu'il faudrait éclaircir.

Mais comment éclaircir un mystère noir ?

LA NUIT PROGRAMMÉE

Braves touristes ! Qu'ils viennent de près (l'Allemagne, l'Italie, l'Espagne, la Hollande) ou de loin (les U.S.A. et toute l'Amérique, le Japon et l'Australie) ils veulent d'abord voir la tour Eiffel. On leur a remis à tous, au départ, dans toutes leurs langues, l'image de cette grande girafe unique au monde, et dès qu'ils débarquent c'est ce qu'ils vont contempler en premier. Le nombre de fois où j'ai entendu « La Tour Eiffel » de la bouche de l'étranger à partir de la Gare de Lyon, je ne peux plus le compter. Il y en a qui ne vont même pas à l'hôtel, non, ils empilent leurs valises dans mon coffre et tout de suite, l'œil brillant : « Eiffel Tower, please » — « La Torre Eiffel » etc.

Comme elle est encore plus mystérieuse la nuit que le jour, on va la voir dans sa robe de lumière. Quoi qu'il en soit, pas de surprise : number one, la tour Eiffel. Après on établira un programme !...

Vous pensez bien que le chauffeur de taxi qui a la veine de tomber sur des arrivants gourmands — le genre qui veut tout voir et tout de suite — se paye un périple du tonnerre et pousse son tacot depuis la Maison de la Radio jusqu'à Bercy, puis « fait » Montmartre à fond en passant par la Concorde, la Madeleine, cette marmite à couvercle vert qu'on appelle l'Opéra, cet ensemble de suppositoires en fromage blanc qu'on appelle Sacré-Cœur. Et ça c'est le tour minimum ; pour le tour maximum, on ajoute Notre-Dame, le casque à pointe prussien qu'on appelle Invalides, et l'Ile Saint-Louis après avoir dit bonjour à Sainte-Geneviève, et le Palais de Justice en parlant à son passager du Tribunal Révolutionnaire (Danton, Marie-Antoinette) et le Louvre en disant quelques mots de Louis XIV, et l'Académie française, et la Monnaie et — et — et — et on s'aperçoit qu'on a baladé le curieux dans une ville belle à mourir d'admiration.

Mais la nuit, le touriste a d'autres désirs. Le couple américain dont le mari est venu combattre en France, le couple allemand dont le mari est venu occuper la France, ceux-là ont l'œil mouillé d'attendrissement et veulent surtout connaître un certain Paris, léger, un peu champagnisé, coquinet, bref ce que Paris n'est plus. Ils se souviennent que même dans les pires moments Paris a continué à s'amuser, à danser, à chanter, et négligent les plus beaux monuments pour préférer le Crazy Horse, le Lido et les Folies-Bergère.

Moi, Les « Folies-Bergère », le « Crazy » et le « Lido » me sortent par tous les pores. On dit que les Japonais n'ont pas de vacances, par exemple. Je n'en crois rien. J'en ai déversé par tonnes sur le trottoir du Lido. Quant aux Yankees, je me pose toujours la question de savoir pourquoi ils y vont alors qu'ils ont mieux à Las Vegas.

Une nuit, j'ai joué un tour pendable à deux Texans superbes, chapeau de J. R. (le héros de « Dallas ») cravate en lacet, costume clair, qui ont demandé un taxi à partir de l'hôtel Méridien. Je les balade un peu. Il fait nuit, nous montons vers l'Arc, il est éclairé ; et comme ils n'arrivent pas à lire leur petite brochure dans le taxi, je les renseigne sur les intentions de Napoléon quand il a passé commande de ce grand machin à la gloire de grands massacres.

— Aoh ! Népolioune ! font-ils, admiratifs.

Puis ils me soufflent dans l'oreille : « Crazy Horse please ! » Et c'est là que commence la farce. Comme je parle anglais, je commence à descendre le « Crazy Horse » en vrille :

— C'est très surfait. Ça n'est plus aussi bien qu'avant. Les filles sont quelconques. C'est très cher. Le second choix. Les Américains avertis n'y vont plus.

Désemparés, J. R. et Bobby me demandent conseil au milieu des débris calcinés de ce que j'ai fait du Crazy. Je leur indique une boîte où (que je dis, mais c'est faux) **tous** les Américains qui débarquent se précipitent. Le dernier look en matière de strip-tease, des filles sensationnelles, un prix abordable. Aller au Crazy c'est vieux jeu ; ils ne voudraient pas encourir le ridicule quand ils retourneront au Texas, non ?

Etonnés, J. R. et Bobby hochent la tête.

— Good. Si vous le dites on vous croit.

Je les lâche devant un petit cabaret ouvert depuis peu. Un copain taxi arrive quelques secondes après moi et déverse à son tour deux Américains. Le chauffeur me lance un clin d'œil. Nous faisons lui et moi les mêmes farces. Nous déconseillons le Lido, le Crazy, les Folies, le Moulin-Rouge, et nous conduisons nos clients, après les avoir bien endoctrinés, dans des établissements beaucoup moins connus.

Il faut dire, pour justifier notre attitude, que ces établissements nous accordent une gratification chaque fois que nous amenons des amateurs, alors que les institutions citées plus haut ne nous versent rien. Elles n'ont aucun besoin de publicité. Elles sont pleines à craquer chaque nuit, et elles récupèrent même les clients que nous avons volontairement égarés.

Faut savoir distinguer les touristes : première catégorie, les programmés. Deuxième catégorie : les non-programmés. Troisième catégorie : les spéciaux. Quatrième catégorie : les bordéliques. Cinquième catégorie : les ignorants.

Je commencerai par ordre croissant : les ignorants, c'est la plaie. Ça donne ça : « Heu... Qu'est-ce que vous me conseillez ? Le Louvre, c'est bien ? Y avait des magasins qui s'appelaient aussi le Louvre, non ? Quoi ? Notre-Dame ? Ouais, oh, moi, les églises ! On en a une dans notre ville, une très chouette, de la même époque. Ouais, si vous voulez, d'accord pour Notre-Dame. Hein, qu'est-ce que vous dites ? « La Monnaie » ? C'est là où on fabrique la Monnaie ? Mince alors ! C'est vrai, on y pense pas qu'il faut bien fabriquer la monnaie quelque part ! Et ça, qu'est-ce que c'est ? Le Louvre ? Le magasin ou le musée ? Ouais... c'est bien. Le Pont-Neuf ? Mais il a l'air vieux ! C'est marrant qu'on l'appelle le Pont-Neuf puisqu'il est vieux. »

Atroce. Plus bête, tu meurs.

Passons aux bordéliques. Ceux-là, en général, ils sont quatre : parents et grands enfants. Ils sont français. Le papa s'assied à côté de moi ; et derrière, la maman, Jean-Loup, Nathalie se disputent autour du guide vert.

— La place du Tertre le soir, paraît que c'est formidable ! Y a des peintres qui font votre portrait. (Nathalie)

— On s'en fout des portraits. Je voudrais voir où est le Palais de Bercy. Tu sais, c'est là où a chanté Michel Jonasz. (Jean-Loup)

— Non, Jonasz c'est au Zénith. (Nathalie)

— Qu'est-ce que c'est, le Zénith ? (maman)

— Les enfants, ne vous disputez pas, on verra tout, on a trois jours ! (papa)

— Faut absolument qu'on aille voir Suzanne Chaufour, avenue de Suffren, pendant qu'on est là. (maman)

— T'es folle ? On a que trois jours ! (les enfants)

— Si on allait boire une bonne bière Champs-Elysées ? On regarderait passer les gens ? (papa)

— Demain, on ira au Printemps et aux Galeries tu veux, maman ? (Nathalie)

— Tiens, oui, si ton père est d'accord, j'achèterai une jupe plutôt que de la commander aux Trois Suisses. (maman)

— Le Ministère de l'Agriculture, c'est loin d'ici ? (papa)

Je passe à la troisième catégorie : les spéciaux.

Des jeunes couples. Lunettes, elle et lui. Mal fagotés. Encombrés de guides (guide Bleu, guide Michelin, Plan, Brochure) Intellos et timides.

— On voudrait aller voir : la maison de Nicolas Flamel. La statue de Maupassant au parc Monceau. Le tombeau d'Alan Kardek. Le tombeau de Stendhal. Le tombeau de Marie Duplessis. L'institut Pasteur. Le mur des Fédérés. Le musée de l'Holographie. Le Planétarium. Le musée Henner. Le musée Gustave Moreau. La Cinémathèque. L'emplacement où débouchait la Bièvre. L'emplacement de la tour de Nesle. La rue où a été assassiné

Henri IV. La statue de Juliette Drouet en « Ville de Nancy ». La Jeanne d'Arc d'Honoré d'Eylau.

Tartinez-en comme ça quinze pages de plus pour les ignorants, les bordéliques et les spéciaux, et vous aurez une toute petite idée de ce que j'ai pu voir et montrer pendant vingt ans.

Passons aux non-programmés.

Des couples passablement hargneux et désaccordés comme des pianos mécaniques. Ils se battent dans mon dos avec leurs brochures, il s'agressent. Ils ont peu de temps et ils veulent tout voir.

— Mais non, pas Saint-Germain-l'Auxerrois ! Y a rien à voir à Saint-Germain-l'Auxerrois !

— Mais si ! C'est de là que le massacre de la Saint-Barthélemy a...

— Bon, et alors ? et après ? Quand tu l'auras vu, à quoi ça t'avance ! Faut voir l'essentiel. Demande au chauffeur. Moi il me semble que si on part de l'Est, gare de Lyon, et qu'on va vers l'Ouest jusqu'à la statue de la Liberté, c'est un bon programme, non ?

— Non, parce que tu rates tout ce qu'il y a autour : le jardin du Luxembourg, par exemple.

— Mais qu'est-ce que tu veux voir, au jardin du Luxembourg ? C'est un jardin et c'est tout ! On n'a pas le temps.

— Tout de même ! Il y a le groupe de Carpeaux ! les Cinq Continents !

— Oh toi, avec ton Carpeaux ! On a déjà vu le groupe de la Danse !

— Ce n'est pas du tout pareil !

— Si on avait le temps, d'accord. Moi je crois que le

trajet « voie sur berge » depuis Passy, ici, tu vois, page 33, « itinéraire conseillé », c'est ce qu'il y a de mieux ?

— Mais on devrait faire ça en bateau-mouche !

— On n'a pas le temps ! On n'a pas le temps.

Et il y a les programmés.

Des gens sérieux comme des papes. Ils relisent à voix haute ce qui est dans leur guide. Ils ont tout vu. Ils voient Paris du même œil renseigné qu'ils ont vu d'autres capitales. Ce n'est pas une découverte, c'est une confirmation. Amsterdam leur a rappelé Bruges et Bruges leur a rappelé Venise. L'obélisque leur rappelle Louxor et Karnak. L'enceinte du Paris de Philippe Auguste passait bien par là. Jeanne d'Arc a bien été blessée au siège de Paris à peu près où est située la Comédie Française. Saint Julien l'Apostat a bien habité les Thermes de Cluny. Autour de la Tour Saint-Jacques il y avait tel et tel bâtiment de l'Abbaye. Hugo a habité exactement là, avenue d'Iéna. Gustave Lebon est mort ici, sous les arbres de l'Avenue Marigny. Sur la butte de Chaillot devait être élevé un palais pour le Roi de Rome. Sur le... etc. etc. etc.

Ceux-là, les programmés, ils ne vont ni au music-hall, ni au restaurant. Ils font les musées et les troquets. Ils regardent la Madeleine par comparaison au Parthénon et le Génie de la Bastille à l'Eros de Piccadilly. Ils n'ont pas besoin de moi. Ils en savent dix fois plus que moi. Ils m'en apprennent. Mais quand ils me payent, ils me disent au revoir d'un air glacé. Ils seront la semaine prochaine au Népal, ou au Trou de Padirac, ou Plazza Mayor à Caracas. Ils ont seulement fait connaissance avec les pierres de Paris. Ils ne connaîtront jamais les Parisiens.

En fait, les gens se lient peu les uns aux autres, ils se

découvrent peu les uns les autres. Moi qui aime causer, je me suis souvent trouvée devant des murs, ou alors devant des gens stupéfaits que je leur adresse la parole. On a l'impression qu'ils pensent : « Quoi ? Qu'est-ce ? **Un chauffeur de taxi qui parle !? »**

Faut dire que moi, mon boulot c'est de programmer mon passager au maximum. Mais en ce qui me concerne, Dieu me garde d'avoir un programme !...

« T'as voulu voir Dutronc et tu as vu Dutronc !

« T'as voulu voir ta mère et tu as vu ta sœur ! »

La fantaisie, bon Dieu ! La « fantasia » !

Sinon on meurt d'ennui.

LE CHIEN DE NUIT

Le roi Pelé

Il était de passage à Paris.

Je ne voudrais pas faire à mon lecteur l'insulte de croire qu'il ignore le nom de Pelé. Mais à tout hasard, comme il peut y avoir parmi vous des gens pour qui le ballon rond n'a aucun intérêt (ce que j'admets facilement) je préciserai que Pelé est ce joueur de football, de qui la couleur se rapproche davantage du café du Brésil que du lys des champs, et qui dans son métier de buteur était devenu aussi célèbre que Michel-Ange dans celui de sculpteur. Ce qui n'est pas peu dire. On voulait Pelé partout. On l'aurait payé en lingots. Du reste, il n'était pas sous-payé. L'intégrer à une équipe, c'était marquer des buts à coup sûr.

Le voici à Paris pour un match France-Brésil, un match plus qu'honorable puisque c'était Brigitte Bardot qui, de son mignon peton devait donner le coup d'envoi. (C'était peut-être pour la Croupe du monde !)

Le hasard veut que mon standard m'appelle pour aller chercher celui qu'on appelait « Le Roi Pelé » à l'hôtel Suffren. Je l'ai reconnu de loin, non parce qu'il était noir, mais parce qu'il était vêtu de blanc. De plus, il s'entourait de gardes du corps comme tout roi qui se respecte. On ne sait jamais. Kidnapper un homme pareil, ça valait une fortune.

Il ouvre ma portière en souriant et me dit :

— Conduisez-moi au Bois de Boulogne.

Je sursaute et je me dis en pensant aux allées infestées de putes : « Comment ! ! ! lui aussi ? ! » (Je vous rappelle que c'était de nuit.)

Il comprend ma pensée et éclate de rire :

— Mais non, voyons !... J'ai une soirée au Pavillon d'Ermenonville !

Je respire. Ouf, j'ai eu peur. Je sais que les athlètes ne doivent pas gaspiller leur capital d'énergie la veille d'un match, et mon admiration pour lui était telle que je lui souhaitais de marquer le plus de buts possible.

En route pour le pavillon !

J'avais un chien dans mon taxi ; j'en ai toujours un. Bonne précaution. Celui-là était écologiste ; une sorte de Jean-Jacques Rousseau à quatre pattes qui, dès qu'il voyait une pincée de verdure, éprouvait le besoin d'aller inventorier les arbres et les buissons. Pour pisser dessus. (C'est là ce qui le différenciait de Rousseau) Il s'appelait Titus et, n'ayant pas de Bérénice pour l'instant, il grimpe affectueusement sur les genoux du Roi Pelé.

— Mon Dieu ! Monsieur Pelé ! Votre beau costume blanc ! !

J'arrête. J'engueule Titus. Il s'incruste sur Pelé comme s'il voulait se faire inviter au match. Alors le Roi a cette réplique royale :

— Ne le grondez pas, Madame. J'en ai marre des gens ! Mais pas des animaux !

Sans commentaire.

L'Aga-Khan

En compagnie de trois ou quatre autres taxis, il nous est arrivé d'aller chercher à l'Aéroport du Bourget l'Aga-Khan. Non pas celui qui passait son temps à se faire peser pour mettre sur l'autre plateau de la balance son poids en or, et encaisser le tout à son profit (1), mais celui qui a construit en Sardaigne un magnifique complexe hôtelier. (Ça rapporte aussi beaucoup de sous.)

Nous emmenions l'Aga-Khan et sa suite jusqu'à une très belle propriété, un superbe vingt-deux pièces-cuisine avec parc attenant situé aux environs de Chantilly.

Mon écologiste de chien, dès qu'il a aperçu le parc en question, s'est démené comme un porteur de puces, a gémi, a gratté la vitre et a fini par sauter du taxi pour aller gambader sur la pelouse de l'Aga, sans pitié pour les herbes coupées au millimètre par un jardinier dévoué au culte ismaélien. Quant aux tulipes qui ornaient les plates-bandes, au bout de quelques secondes elles ressemblaient à s'y méprendre à de la charpie.

La joyeuse et aristocratique assemblée, en quittant les taxis, n'a pas pipé mot. L'Aga était trop haut et trop poli pour s'attarder à ce petit carnage domestique ; mais moi, ma fureur et ma désolation mises à part, j'attendais vaguement le bourreau bien découplé à torse nu et crâne chauve qui viendrait trancher ma tête avec son cimeterre. (J'avais vu ça dans « le Voleur de Bagdad ».)

En guise de bourreau, j'ai vu le jardinier qui m'a passé

(1) Si la même chose m'arrivait, comme j'ai toujours quelques kilos de trop ça me ferait une jolie retraite... Mais je suis bien tranquille, hélas ! l'Aga et moi nous n'utilisons pas la même balance !...

le plus grand savon de mon existence en m'envoyant foutre jusqu'à la septième génération. Il ne me restait plus qu'à tuer le chien ou à payer les tulipes, lorsque la voix sereine et amusée de l'Aga-Khan s'est élevée.

— Laissez ce chien, jardinier. Il vit toute l'année enfermé dans Paris. Vous voyez bien qu'il veut exprimer son bonheur !

Tête du jardinier.

Les grands sont vraiment grands en tout. Sauf que je ne me suis jamais risquée à promener Titus dans le parc de Versailles pour qu'il s'y exprime. J'ai le sentiment que feu le roi Louis XIV serait sorti du tombeau pour nous chasser, mon chien et moi, à coups d'étrivières.

Faudra que j'essaye une nuit. Pour voir si les fantômes existent.

LA LONGUE NUIT DES « JAUNES »

Chaque année, ma compagnie de radio-taxis où j'ai débuté (je dis « ma », non pas parce qu'elle m'appartenait, mais parce que je lui appartenais) organisait pour tous ses employés un « bal-pince-fesses ». J'y allais volontiers pour beaucoup de raisons : c'était au Plessis-Robinson, dont le nom seul sent l'herbe fraîche. Y avait du flon-flon au programme et j'adore la Musica. J'étais bien vue par le boss, au point que sa propre épouse me recommandait de le faire danser : je dansais très bien et le hasard voulait que, mis à part ce jour-là, je n'aie jamais l'occasion de danser.

C'était le genre de bal où l'orchestre ne jouait pas systématiquement des rythmes syncopés ni même du rock'n roll ou du swing, types de danses où vous vous retrouvez une fois sur deux si imbriqués dans les torsions de bras et de jambes que la danse terminée vous dites à votre voisin : « Rends-moi mon bras, tu l'as gardé en croyant que c'était le tien. » Par contre, la valse y faisait fureur comme aux temps de Strauss ou d'Olivier Métra. On se serait cru au Bal Mabille.

Cette année-là, dès la première valse qui se fait entendre, j'oublie la hiérarchie et le respect qu'on doit aux classes possédantes, j'empoigne mon patron avec vigueur et nous voilà sur la piste, une piste dont je dois dire qu'elle se trouvait en mezzanine, si l'on veut, par rapport a une grande salle, un escalier de bois joignant la piste à la salle en question.

Valse à l'endroit, valse à l'envers, le patron et moi nous entamions un marathon passionné quand nous dépassons le bout de la piste sans nous en apercevoir, nous dévalons enlacés les marches d'escalier jusqu'en bas à un rythme qui n'avait plus rien à voir avec les 3 temps de la valse, et je me retrouve à califourchon sur le patron, ce qui était beaucoup plus correct que si ça avait été le contraire. Je dis « correct », façon de parler ; car les copains qui sont venus nous relever ont immédiatement égrené une série de plaisanteries d'une finesse discutable dans le genre : « D'habitude avec les patrons on a toujours le dessous », ou « T'as pas choisi le mauvais cheval », ou encore « Quelle est la marque de ton taxi, t'as l'air de bien savoir le conduire » etc., etc.

Ces bals n'existent plus, tout se déshumanise et la tradition se perd. C'était une occasion comme une autre d'exposer ses problèmes, de se sentir en famille même si ça n'était pas tout à fait vrai, de raccourcir les distances entre le possédant et celui qu'on a tendance à posséder. Je ne suis pas du tout pour qu'un vulgum pecus tape sur la panse du Président de la République en l'appelant Tonton et en lui demandant de se pencher sur des problèmes de porte-clefs ou d'ouvre-boîtes. Mais je ne suis pas non plus pour qu'on applique ce conseil de Rivarol aux gouvernants : 1) Ne pas oublier que sa souveraineté appartient au peuple ; 2) Ne jamais la lui donner.

C'est peut-être le moment de raconter la longue bagarre qui nous a opposés au pouvoir — nous, chauffeurs de taxi ; — vous pourrez toujours prétendre que vous vous en tamponnez le coquillard ou — en meilleur français — que vous vous en battez l'œil ; je vous répondrai, lecteur, quelle que soit votre place dans la société, en bas, au milieu, en haut, je vous répondrai que ma bagarre c'est la vôtre, et même le Pape a à se bagarrer, et si on ne se bagarrait pas on en serait encore à l'époque de Dickens. Le malheur dans ces luttes c'est que chacun veut s'en attribuer le mérite en se plaçant sous une pancarte, et la politisation des luttes est un sacré chiendent. Si tu es de droite tu es traité comme un martien, et si tu es de gauche comme un pestiféré. Si tu es du centre, ça ne va pas mieux puisque ton taxi a le carburateur entre deux chaises. Si tu es employé on te traite d'esclave. Si tu es ton propre maître on te traite d'exploiteur. Si tu te veux indépendant on te traite de « jaune ».

Je vais vous raconter la longue nuit des Jaunes.

Les événements ressemblent à ceux qui les provoquent et les conduisent.

Je veux dire qu'il n'y a que Bonaparte qui ait osé traverser le Pont d'Arcole quand il a fallu obligatoirement le traverser. 68, qui se voulait 89 et se voyait 89, et que beaucoup ont voulu faire passer pour 89, n'a eu ni de Camille Desmoulins ni de Danton ni de Robespierre, parce qu'aucun homme de cette trempe, même s'il existait à l'époque, n'a jugé utile de lever le petit doigt pour se battre ; il a haussé les épaules. On attendait Mirabeau, on a eu Georges Séguy. On attendait Marat. On a eu Sauvageot. On attendait les sections des piques, on a eu les Katangais. On voulait la peau de De Gaulle, on a seulement balafré le portrait de Richelieu par Philippe de

Champaigne. On voulait barrer l'entrée de Brunswick avec les poitrines des volontaires. On a seulement barré la rue Gay-Lussac avec des voitures. On attendait des proclamations, on a eu des graffitis. En fin de compte, on ne voulait plus de De Gaulle, on n'a plus eu de Gaulle. Il n'est pas sorti de « Chant du départ pour l'armée du Rhin » de ce bourbier, mais des airs de rock. Les filles ont lutté pour leur évolution, ça ne s'est traduit que par la mini-jupe.

Ma révolution — une vraie, qui a mobilisé les foules et qui a eu des résultats — je l'ai faite après 68. Et presque toute seule. Et je ne me prends pas pour Charlotte Corday. Je suis Mado. C'est déjà pas si mal.

Voici les faits.

Il y a de cela sept ans, nous discutions dur et dur entre chauffeurs de taxi pour constater qu'on n'avait pas fait grand-chose en faveur des vieux de la corporation. Et sans même parler des vieux, au niveau normal, aucune loi, aucun réglement ne codifiait notre profession. Nous n'étions ni des ouvriers ni des artisans ni des commerçants. Il y avait du flou dans le social quand il s'agissait de nous. Nous étions placés en parallèle avec la voiture privée, un peu comme si nous étions les profiteurs de ceux qui n'ont pas de voiture, justement. C'était une situation en porte-à-faux qui risquait de continuer car nous avions fait démarche sur démarche auprès de différents gouvernements pour obtenir un statut correct et solide. Comme nous nous portions relativement bien dans l'ensemble, notre affaire ne paraissait pas urgente.

Jusqu'à ce que ça pète, bien entendu.

Après bien des visites à Matignon, à l'Elysée, etc. voyant que l'Etat continuait à faire la sourde oreille, nous

nous sommes réunis à plusieurs reprises pour savoir quel genre d'action nous pourrions entreprendre afin que l'on nous entende. Le chauffeur de taxi dans son ensemble est bien vu dans la population parisienne. Depuis 1900 il fait partie du « paysage » des peintres, des humoristes et des chansonniers tout comme son grand-père le Fiacre si cher à Yvette Guilbert. Il n'y a pas de film étranger où, dans un décor parisien reconstitué, l'on ne voit le peintre montmartrois à lavallière, l'agent à bâton blanc, le maître d'hôtel à moustache assassine, l'homme en blouse à baguette de pain, la cousette à carton à chapeau... et le taximan à casquette.

Après m'être creusé mon crâne de Mado, je crois tenir une idée pour défendre nos droits.

Je réunis quatre potes et je leur dis : « Tant que nous ferons dans l'élégance diplomatique et la dentelle du Puy, tant que nous pratiquerons la nuance avec des gants blancs et la fleur à la bouche, ce sera que dalle pour obtenir quoi que ce soit. A mon avis, il faut œuvrer dans le coup de poing et le spectaculaire, agir à l'air libre pour que les médias en parlent et obtenir ainsi que l'œil du gouvernement s'attache à nous. »

Je donne le détail de l'action à mes quatre chauffeurs, la première phrase de cette action étant de se costumer en Bourgeois de Calais.

On connaît l'histoire : le roi d'Angleterre Henri V tenait entre ses pattes notre bonne ville de Calais mais ça ne lui suffisait pas, à ce sadique-avant-la-lettre. Il a exigé que les plus gros notables lui apportent les clefs de la cité, corde au cou, pieds nus, afin qu'ils se sentent bien humiliés, bien soumis. Quel salopard !... Et ils l'ont fait, ces braves. Ils ont traversé la cité comme des condamnés de droit commun, roidis de fierté, mais la honte au front.

Le père Rodin — celui du « Penseur », du « Baiser », du « Balzac » a sculpté sur cette anecdote un groupe célèbre.

A la différence des héros de Calais, il n'était pas question d'aller s'humilier devant Jacques Chirac, Maire de Paris, comme eux devant le roi d'Angleterre, mais de lui montrer que si nous étalions nos revendications sur la place publique, nous le faisions sous forme humoristique, tout au moins pour l'instant. Les épouses de mes amis cousent donc de longues robes de bure, achètent des cordes pour faire des nœuds coulants autour des cous des « bourgeois ». Nous décidons du jour du spectacle... et un matin nous revêtons nos robes pour nous rendre devant le domicile de Frédéric Dupont, « notre » ministre. Cela se passe boulevard Saint-Germain.

La circulation s'embouteille autour de nous ; ceux qui reconnaissent notre ressemblance avec les bourgeois s'étonnent qu'il y ait parmi eux une « bourgeoise ». Les autres doivent chercher sur leurs agendas pour savoir qui fait grève aujourd'hui ou si c'est Carnaval.

Les journalistes surgissent et nous interrogent. Les photographes nous flashent. Nous répondons. Nous posons. Nous disons que nous sommes le Comité des jaunes et que si Frédéric Dupont ne nous reçoit pas, nous nous rendons à l'Hôtel de Ville.

Malgré le blocage total du trafic Boulevard Saint-Germain, Mr Frédéric Dupont ne nous reçoit pas. C'était un peu prévu. Car « Il n'est pire sourd que celui qui ne veut entendre » dit la Sagesse des Nations. Et nous n'avons pas eu davantage de résultats à l'Hôtel de Ville.

Je me suis mis dans la caboche que jamais plus vous ne prendriez un taxi avec indifférence. Je veux que vous ayiez un autre regard pour nos capots et nos chromes. Et surtout si vous prenez un taxi de nuit. Mais que ce soit de nuit ou de jour, ce véhicule est conduit par un être de chair et d'os qui, croyez-moi, ne ressemble pas au commun des mortels. C'est nous, les transporteurs de camés, de tueurs, de putains, de malades, de couples irréguliers, d'aventuriers du sexe, des gens pressés d'arriver plus vite on ne sait où, ni pourquoi, d'acteurs qui se prennent pour le nombril du monde, de petits truands, de petits-bourgeois, c'est nous qui sommes au premier balcon pour observer la comédie humaine.

Etonnez-vous qu'on devienne des espèces de psychiatres, — des psychiatres à la mords-moi le doigt, d'accord, mais aussi propres à dénouer les écheveaux de certains problèmes que des psy' de profession à force de transbahuter tous les « cas » possibles. C'est nous qu'on braque et qui devenons des jouets pour les braqueurs. C'est nous qui sommes tués d'une balle dans la nuque parce que nous avons fait confiance au voyageur souriant alors qu'il lorgnait notre recette avant même de monter dans le taxi ! Que de copains assassinés ! Que de meurtres impunis ! A force d'indifférence, le taxi et le conducteur sont devenus pour le passager un seul et même objet. A l'époque des robots, nous faisons partie des robots.

Ç'a toujours été comme ça, remarquez. Dans tous les films de cape et d'épée, quand les « méchants » poursuivent et rattrapent le carrosse, c'est le cocher qu'on tue d'abord !... Idem dans les westerns. Et ce qu'on voit dans ces films n'est que l'image de la réalité. Qu'est-ce que c'est qu'un cocher ? Une machine à conduire. Il est censé n'avoir ni passé, ni avenir, ni même une identité. Vous avez la télé ? Vous allez au cinoche ? Alors souvenez-vous bien de ce que je vous dis et vous allez commencer à perdre un tout petit peu de votre indifférence : les écrivains et les dramaturges, depuis des siècles, ont créé un tas de personnages, et certains d'entre eux sont devenus la tarte à la crème des manieurs de stylo ou de la caméra : le cocu, la belle-mère, les enfants terribles, le bourgeois qui veut marier sa fille, le chef de clinique (ah là là là, la série consacrée aux toubibs, de Slaughter à Soubéran !) le grand journaliste, le beau militaire (de « 3 de Saint-Cyr » à « Fort-Saganne ») le champion toutes catégories, etc.

Mais je vous défie de trouver un cocher parmi les héros de roman, de pièce ou de film ! Si : « Le courrier de Lyon », et encore !! Ce n'est pas une création littéraire, c'est une histoire vraie. Sinon, je le répète, nib de nib, que dalle : le conducteur des courriers « Caillard et Laffitte » au siècle dernier, le gus en haut du fiacre, le pépère dans son G 7, personne, parmi ces pisse-copie, ces écrivaillons soi-disant pleins d'idées et d'imagination n'a songé à nous mettre en valeur. Y compris Balzac. Y compris Hugo et Stendhal. Y compris **tous** les auteurs de polar. Nous ne sommes rien. Bon, je vais pas râler à longueur de page, mais j'ai le sentiment que j'inaugure, que je suis la première personne à attirer l'attention sur nous. Alors ? Est-ce que vous commencez à nous donner un visage ? Est-ce que la prochaine fois où vous crierez : « Taxi ! » vous n'y penserez pas, à ce que je vous suggère ? Sûr de sûr, je parie ma chemise que **même si vous ne prenez pas de taxi** vous allez accorder une minute d'intérêt à cette curieuse corporation, la corporation des gens qui attendent.

Poireauter ! Nom de nom que c'est long !... Le policier

qui se met en planque pour surprendre — ou pas — le mec à arrêter, a au moins un but, une possibilité de se concentrer sur l'individu qu'il guette. Mais nous ? On a choisi quoi, au fond ? L'attente. L'attente d'on ne sait qui pour aller on ne sait où. On est là, dans une file le long d'un trottoir, il y a un collègue devant, un collègue derrière. On est en façade d'une gare, d'un théâtre, d'un cabaret. Il fait nuit. On n'a pas envie de lire, et on n'a plus envie de fumer. On est carré sur son cul derrière le volant. On a depuis longtemps épuisé les conversations entre chauffeurs.

C'est vrai que les premiers temps du métier on sort de l'habitacle et on cause. Mais de quoi vous voulez que causent les chauffeurs de taxi ? Des faits divers qui nous sont tombés sur le râble on en a évidemment à la pelle, mais quand on se les a échangés cinquante fois ils sentent le rance. Alors quoi ? Parler du foyer ? Des enfants ? On l'a déjà fait, et puis on n'est pas forcément portés à la confidence. Reste l'attente. Et l'attente, croyez-moi, faut avoir les nerfs solides pour qu'elle ne devienne pas cauchemar. Cauchemar des cauchemars. Angoisse. Hantise. Est-ce qu'on va faire un client ? Est-ce qu'on va ramener suffisamment de fric ? Quel est le type qu'on chargera ? Combien d'heures à ne rien foutre ?

Le jour, évidemment, l'attente a une autre allure, du simple fait qu'il fasse jour. L'œil s'égare sur la vie et le grouillement de la vie. Mais la nuit ! Quatre-vingt-dix-sept pour cent des gens sont couchés. Ceux qui s'affairent entre dix heures du soir et deux heures du matin, c'est qu'ils ont des obligations ou des plaisirs hors des normes. Et comme la Mado — pour parler un peu d'elle en passant — est toujours prenante pour se placer hors des normes, il est... normal qu'elle soit fascinée par l'oiseau de nuit. Les gens de la nuit, c'est comme une autre race, comme des mutants ou des comédiens, comme des évadés du jour qui se sont dit : « Je ne peux faire “ ça ” que de nuit. »

Je mets de côté, évidemment, l'appel désespéré au taxi de ceux qui auraient pu, qui auraient préféré agir de jour. Ceux-là sont « dans la norme ». Mais le voyeur, le travesti, le gars-pas-très-régul, le fêtard, l'obsédé qui vient de lever une fille, c'est notre principal client. On ne peut pas conduire de nuit sans être en marge de l'interlope et du vicelard. Et cet univers « hors des normes » devient notre univers. Seulement, voilà. En plein jour, les clients se suivent assez rapidement et se ressemblent un peu. La nuit, **faut les attendre.** Et quelle silhouette « hors des normes » va surgir de la nuit ? Quelle complicité allons-nous établir avec elle ? J'ai parlé dans des pages précédentes des prostitués, mâles ou femelles, que j'ai ramenés à leur casbah vers le petit matin et qui, de flambants et bandants qu'ils étaient avant minuit sont devenus des minables à l'œil terne, à la gueule défaite, à la bouche amère, pas loin de sangloter, pas loin de l'envie de se flinguer. Je me rends compte à présent que je les aime, qu'il est dommage que je n'aie pu les confesser, les bercer, les consoler. Ils n'ont pas déçu mon attente, ils étaient imbibés de drame et de tristesse comme on est imbibé d'alcool.

Reste qu'ils sont rares, les clients de nuit. Je me souviens d'heures entières passées à interroger l'ombre. Et puis tout d'un coup sortait de cette ombre l'Inconnu, ou l'Inconnue, ou les Inconnus. Ouf ! une histoire allait commencer ! Dans quelques minutes, je serais partenaire, ou confidente, ou maquerelle, ou « sauveur », ou instrument du destin.

Tout bien pesé, je ne conserve de ces nuits d'immobilité aucune mélancolie. Je ne me suis pas paniquée quand je rentrais du vide. Mais j'ai à vous raconter — avant de consacrer quelques lignes juteuses à la guerre menée par les « jaunes » — l'effrayante histoire d'un de nos potes, qui était moins solide que la robuste normande que je suis. et dont le caberlot a mal résisté à la hantise nocturne.

Il était comme moi radio-taxi de nuit. Un garçon de trente-cinq ans, pas davantage. Marié. Pas de problèmes majeurs dans son foyer, à ma connaissance. Qu'est-ce qui a grandi dans son cerveau au fur et à mesure de ses planques, quelle araignée a tissé sa toile, quel cancer l'a rongé ? Il a perdu les pédales jour après jour. **Il n'attendait pas l'appel,** il se collait à son micro, il écoutait, il répondait en bégayant, il faisait sa course et pendant sa course il écoutait toujours. Rentré chez lui, une fois couché, il a commencé à rêver qu'on lui téléphonait, qu'on le tirait du lit pour lui donner un client. Il répondait même si on ne l'appelait pas. « Allô ? Allô, oui ! Oui, je suis là, j'y vais. »

La psychiatrie s'en est mêlée. On a fini par l'enfermer à Sainte-Anne. Il se croyait toujours dans son taxi. Il a demandé un téléphone. Sa famille lui en a payé un. On a fait semblant de le brancher sur un standard, et ce téléphone est devenu son jouet, il y entendait des voix et sans cesse obéissait à ces voix : « Oui ? Allô ? Oui, j'y vais. » Et les yeux fixes il s'installait à un volant imaginaire, scrutait une nuit imaginaire, faisait une virée imaginaire.

Il est encore enfermé à l'heure où j'écris ce livre. Et sans être fous comme lui, nous entendrons toute notre vie, une fois rentrés chez nous, la voix du standard.

Si maintenant vous avez pigé que les chauffeurs de taxi n'appartiennent pas au monde des zombies ou des extra-terrestres, vous allez peut-être me suivre dans la partie de bras de fer que j'ai menée auprès du Pouvoir pour conquérir ma place au soleil. Et la place au soleil des Jaunes.

Cette lutte a commencé avant moi — faut quand même pas que je me prenne pour Jeanne d'Arc. En fait, elle a commencé dès que des entrepreneurs de transports ont eu suffisamment d'oseille pour fabriquer des véhicules. Au siècle dernier, avant que n'existent les fiacres gérés par des patrons (« l'Urbaine » date de 1860 et quelque) chaque petit-bourgeois qui se sentait pousser du col et voulait singer les nobles avait **son** fiacre, **son** landau, **son** tilbury. Ça lui permettait de se baguenauder avec sa bourgeoise au Bois de Boulogne où il croisait d'autres voitures particulières, — certaines avec les « armes » du propriétaire peintes sur les portières comme au temps des carrosses : « Tiens ! La Païva ! Tiens, Blanche d'Antilly ! Tiens ! le Duc de Morny ! » Et le chic du chic du copurchic consistait à prêter son fiacre à des amis chers, à envoyer son fiacre à l'adresse de la bien-aimée pour qu'elle vienne retrouver son coquin, en voilette, le rideau tiré derrière la vitre.

Qui disait « fiacre particulier » disait « cocher particulier », bien sûr. (Ça existe encore, le chauffeur particulier, pour l'homme politique, le P.DG ou le milliardaire.) Mais avec les temps modernes est arrivée la vulgarisation du transport ; on a préféré « héler » un fiacre juste quand on en avait besoin et payer seulement le prix de la course, plutôt que d'avoir, à demeure, voiture et chevaux qui coûtaient les yeux de la tête.

D'où les compagnies de fiacres. Dans le Paris du Second Empire, vous voyez sur de vieilles photos les omnibus Madeleine-Bastille ou Orléans-Batignolles qui sillonnent les boulevards, mais vous apercevez aussi des centaines de fiacres. Et leur combat date de 1867.

Je ne vais pas m'attarder là-dessus (ma provision de naphtaline n'est pas suffisante) pour en arriver aux temps modernes, et même sur ce point-là je ne m'attarderai pas.

Quand vous prendrez un taxi, cherchez de l'œil ceux qui ont une plaque jaune à l'aile droite et une enseigne écrite en jaune. Les jaunes, ce sont ceux qui ont voulu être leurs propres patrons ; ceux qui ont payé leur matricule ; ceux qui ont tout de suite été considérés comme des révolutionnaires par les pouvoirs ; ceux à qui on a imposé des horaires, ceux qu'on a fini par emprisonner dans un ghetto barbelé de lois et d'empêchements. Le numéro jaune est devenu une étoile jaune. Il aurait fallu s'écraser, rentrer dans l'ornière, mais plus les années passaient plus les lois nous ceinturaient, nous étranglaient ; alors nous nous sommes dressés en masse contre la République, et la manifestation des Bourgeois de Calais n'est que l'une de ces révoltes. De Président en Président, de Premier Ministre en Premier Ministre, de « responsable » en « responsable », pendant vingt ans, flanqués de copains magnifiques de volonté, d'énergie, d'obstination forcenée, nous avons tenté de garder nos libertés, notre autonomie, notre personnalité. Des kilos de paperasses ! Des dizaines de convocations ! Des discussions de plusieurs heures ! (jusqu'à **dix-huit heures** consécutives) des réunions de taxis par centaines qui bloquaient des quartiers entiers ! Nous sommes allés jusqu'à nous présenter à Monsieur qui-de-droit **pour rendre nos cartes d'électeurs.** Jamais, dans aucune corporation, aucune profession, aucun métier, on n'a été aussi humilié. Ne pas pouvoir faire ce que nous voulions de notre propre et personnelle propriété nous ramenait avant 1789. Dans un de ces affrontements très durs — à la limite du supportable — on nous a dit« « La loi est la loi. Elle a été faite par la main des hommes. » J'ai répondu : « Ce qui a été fait par la main des hommes peut être défait par la main des hommes. » Mais pas moyen, pas moyen, pas moyen de sortir du ghetto. J'ai encore dans la tête les propos faussement aimables de M. Chirac. J'ai encore dans l'oreille le bafouillis de Defferre, à qui j'ai osé dire

« Ce que l'on conçoit bien s'énonce clairement
Et les mots pour le dire arrivent aisément. »

et qui s'est défilé.

Bref, n'étant ni des artisans, ni des commerçants, ni des ouvriers, ni des « professions libérales », nous sommes en train de barboter au milieu d'articles d'une législation aussi cinglée qu'un film de Godard ; on ne sait par quel bout la prendre. Nous en avons appelé au Conseil d'Etat. Mais si le Conseil d'Etat s'en fout comme les gouvernements s'en sont foutus, nous resterons englués dans ce filet visqueux de réglementations, de chantages et d'intimidation. Quand nous voudrons dételer, nous ne saurons pas quoi faire de nos numéros et de nos chignoles.

Moi, je sais ce que je ferai de moi, même quand j'aurai dételé, même quand j'aurai jeté mon taxi aux orties. Avec les copains vieillis sous le harnois, mais toujours aussi enragés, je continuerai à me battre pour les juifs que nous sommes devenus, contre la ségrégation, contre le magnifique jemenfoutisme des dirigeants de notre Douce France, qu'ils soient de droite, de gauche ou du centre.

En admettant que vous n'ayez pas tout à fait saisi les raisons de cette guerre de trente ans — et c'est votre droit de hausser les épaules — il y a une chose que vous aurez saisie et qui changera votre vision du monde pendant le temps très bref où vous serez assis sur nos banquettes arrière : c'est que la nuque du bonhomme qui conduit, là, devant vous, fait partie d'une tête d'être humain, qui a ses joies, ses peines, ses luttes. Qui a sa personnalité bien à lui.

Qui a — excusez le mot un peu trop grave pour le contenu de ce livre — sa dignité.

Il y a trois ans, la Mairie de Paris m'a convoquée. L'on devait me remettre la Médaille du Travail, « pour bons et loyaux services ». « Bons », d'accord. J'ai fait ce que fait tout « bon » chauffeur de taxi : conduire par le chemin le plus pratique et le plus court possible un client, même s'il n'est pas pressé. Ne pas forcer sur le kilométrage avec les provinciaux qui ne connaissent pas la capitale — quoiqu'il y en ait qui s'extasient autant sur la Samaritaine que sur Notre-Dame —. « Loyaux », je n'en sais rien. J'aime bien la Mairie de Paris. C'est un symbole, un lieu où il s'est passé des tas de choses depuis Etienne Marcel. Mais je me suis trop bagarrée contre la municipalité pour être considérée comme un « loyal » serviteur. Etre « loyal », c'est respecter la loi. Et la loi, pour nous, a toujours été un sac de nœuds. Nous ne demandions qu'à la transgresser, l'améliorer.

Je grinçais donc un peu en sachant que j'allais peut-être me retrouver pif contre pif avec l'inénarrable Frédéric Dupont. Mais quoi, la Médaille du Travail c'est ma légion d'honneur à moi ; et si un bonhomme assez maladroit de ses mains me l'épinglait sur le bréchet sans transpercer un de mes seins, pourquoi ne pas l'accepter ? En la refusant j'aurais passé pour une snobinarde de première catégorie.

Et puis je n'étais pas la seule à la recevoir. Nombre de copains étaient « bons », et la Mairie de Paris ne se souvenait plus s'ils avaient été « loyaux » ou pas.

Je m'étais faite toute pimpante, et les copains avaient acheté une cravate neuve. Ni eux ni moi n'avons craché sur le buffet froid dressé pour nous. Et cette anecdote n'aurait aucune saveur particulière si le nommé Frédéric Dupont n'était apparu à portée de ma main, un verre de champagne tendu vers moi.

Il a cillé légèrement, comme pour chercher dans ses souvenirs, et m'a dit : « Mais... nous nous connaissons !... » J'aurais pu répondre « Hélas oui, nous nous connaissons, et vous et les Princes qui nous gouvernent formez un joli bataillon d'incapables puisqu'il vous a fallu un demi-siècle pour légaliser notre condition ! » Mais ce jour-là j'avais la comprenette tournée vers l'indulgence plénière, et j'ai fait un sourire large comme une entrée de métro à M. Frédéric Dupont. Toutefois, ayant horreur de garder ma langue dans ma poche, je lui ai répondu : « Bien sûr, nous nous connaissons, et je vous informe que les Bourgeois de Calais sont toujours solides à leur poste. »

Il n'a pas pipé. Peut-être a-t-il de l'humour. Toujours est-il que M. Chirac, notre Etienne Marcel moderne, y est allé de son petit speach officiel. On voyait très bien que cet homme-là était habitué à trouver une argumentation pour chaque sujet, même s'il s'en foutait royalement. Il aurait eu l'air aussi convaincu s'il avait traité le problème de l'artichaut breton. Il n'a pas fait allusion aux Taxis de la Marne, mais franchement on n'en était pas loin. On l'a échappé belle !...

En réponse, nos délégués ont bafouillé quelques mots de revendication, qui sont passés au-dessus de la tête de

Chirac sans l'atteindre comme un vulgaire nuage radioactif ; puis les mêmes délégués ont balbutié des remerciements. Sourires crispés de part et d'autre, remises des médailles sans incident (mon sein gauche est toujours intact, merci) et bisous officiels pour broder le tout.

Très contents de nous être dit ce que nous devions nous dire, nous nous sommes séparés très mécontents de ne pas nous être dit ce que nous ne pouvions pas nous dire.

Les Bourgeois de Calais devront un jour se remettre en marche. Sans doute pour menacer d'étrangler quelqu'un avec la corde qu'ils auront au cou, car le sort des « taximen » reste à améliorer. Avec ou sans moi.

LES COMPAGNONS DE LA NUIT

Nous étions reliés par radio à un cordon ombilical appelé standard. Notre boulot n'était pas drôle, mais celui des standardistes ne prêtait pas non plus à rigoler. Nous étions sensibles, et elles nerveuses. Nous les engueulions, et elles nous le rendaient bien. Nous ne pouvions pas nous payer le luxe, évidemment, d'engager des conversations d'une demi-heure comme si le sort de la planète se trouvait en jeu ; nous disposions d'une minute pour nous insulter : tout était dans la variété : les chauffeurs de taxi ont un vocabulaire argotique puissant.

Quand on ne s'insultait pas on se mignotait, on se chouchoutait. Les plus coquins d'entre nous passaient (à distance) la brosse à reluire aux standardistes, pour qu'à force d'amabilité elles favorisent l'un plutôt que l'autre, et il existait un petit code qui, au cours des appels-radio, faisait comprendre au chouchou que c'était « lui » plutôt qu'un autre qui devait se rendre à telle adresse pour charger tel client. La vacherie organisée, le népotisme, le piston, quoi. J'ai l'air de râler alors que je devrais plutôt remiser mon stylo à ce sujet, car j'en ai profité plus qu'il ne fallait, et je suis sûre d'en avoir profité beaucoup moins que certains de mes petits potes, qui ne se contentaient pas d'avoir des voix causantes mais se rendaient carrément au standard pour faire des petits cadeaux aux standardistes.

Ça n'allait pas jusqu'au manteau de vison, sans quoi tchao les bénéfices, mais il y a eu des distributions de douceurs ou de bas Chesterfield qui en disent long sur la galanterie des conducteurs.

Il y en a même, — j'en connais — qui raccompagnaient la standardiste chez elle, au petit jour, et à ce genre d'heure-là je ne sais pas du tout quel genre de cadeaux on peut faire. Vraisemblablement des cadeaux réciproques. Mon respect de la vertu m'interdit d'en dire davantage.

Ah ! reparlons-en, de ce petit jour, ce jour blême à la Fellini, qui suit la nuit passée à attendre ! Il m'est impossible de me fourrer dans la peau d'un autre chauffeur pour savoir ce qu'il éprouvait au moment où il « décrochait », où il rentrait au garage alors que les éboueurs sortaient les poubelles. Je sais ce que je ressentais **moi,** moi Mado.

Moi, dès que je posais les mains sur mon cercle du zodiaque, sur ma roue enchantée, sur mon volant, j'établissais une coupure entre ma vie de citadine et celle que j'allais mener du soir à l'aube. Toutes mes amours, mes affections et mes emmerdes étaient désormais derrière moi, je les avais abandonnées, secouées de mon corps comme des flocons de neige en ouvrant la portière et en m'engouffrant sous mon toit d'acier. Le taxi devenait ma vie et ma demeure. Les êtres qui y prenaient place et m'offraient leur confiance m'appartenaient. Ils me devaient bien plus que de seulement me donner une adresse d'un ton sec et impersonnel. Ils n'étaient à la hauteur de notre collaboration que s'ils répondaient à ma fringale de curiosité. Et c'est bien vrai que j'oubliais ma vie extérieure ; dans le taxi je devenais « quelqu'un d'autre ». Il m'est arrivé de m'exciter sur des confidences et de me passionner alors que ma propre existence traversait une apocalypse. Un vrai dédoublement. Un oubli voulu et total de mon « autre » existence.

Cela ne se limitait jamais à un simple dialogue ; je me faisais un point d'honneur de plonger dans l'âme de mon « partner » et, si je le sentais préoccupé, de le couper de ses ennuis comme je m'étais coupée des miens. En fait je ne le lâchais pas, il devenait à la fois ma proie, mon bien, mon enfant, et je n'étais satisfaite (heureuse, parfois ; comblée, même) que si je l'avais fait accoucher de son problème.

Ne croyez pas pour autant que la banquette arrière du taxi de Mado est devenu le divan d'un étrange et insolite cabinet de psychanaliste. Certains clients, je sentais par avance qu'ils ne se plieraient à aucun interrogatoire. Ils étaient fermés comme des huîtres, et les huîtres on ne peut les ouvrir qu'avec un couteau. Moi j'ouvrais les cœurs avec des gants, si je puis dire. Que la plupart de mes collègues n'aient pas tiré de leur taxi du bout-de-la-nuit autant d'enseignements que j'en ai tirés, autant de secrets, autant de dialogues supérieurs en verve à ceux des meilleurs scénaristes, j'avoue que cela fait encore aujourd'hui mon étonnement. Mais je ne voulais pas que nuit rime avec ennui. Passer six ou huit heures à guetter dans l'ombre qu'un gus vous fasse « hep ! » et se limiter à ça, c'est n'avoir à la place du cerveau qu'un drelin-drelin.

Le meilleur moment, c'était quand le passager ou la passagère quittait son siège et me payait avec un sourire retrouvé, avec des yeux qui brillaient un peu et qui semblaient me dire « Merci. Ça va mieux. On ne se verra plus, et c'est dommage, madame. J'aurais eu encore des tas de trucs à vous confier... »

Il m'est arrivé de conclure ces sortes de complicités

nocturnes par des actes désintéressés qui prouvent bien qu'en dehors de ma recette-fric, je tenais à ma recette-cœur. Exemple : un client me disait un peu honteux « Je n'ai pas suffisamment sur moi », je répondais facilement « Vous inquiétez pas, je vous conduis quand même où vous voulez. »

— C' que t'es pomme, Mado ! Ah ben vrai, c'est pas croyable ! râlaient les copains.

Je leur faisais comprendre qu'entre Harpagon et saint François d'Assise il y avait toute une marge pour se forger une personnalité, et que ma personnalité à moi ne pouvait se forger que par des contacts profonds. N'étant ni journaliste, ni romancière, ni publiciste, j'établissais par le biais du seul instrument que je possédais mes rapports avec la société, et il se trouvait que cet instrument était un taxi.

A force de bien en jouer, d'un instrument de ce genre, on y devient virtuose — toute modestie mise à part —. Vous comprendrez que par discrétion, je ne peux citer ni les noms des hommes politiques de haut-rang que j'ai transportés ni a fortiori leurs propos — j'ai déjà « mouillé » un ministre en parlant des Ballets Roses, je m'arrête là — mais j'en ai entendu une bonne vingtaine reconstruire l'Europe dans mon dos, et quand je dis « politiques » je dois pour être complète ajouter « industriels », « banquiers », « grands patrons ». Je suis sûre, absolument sûre que nulle part ailleurs ils se laissaient aller au monologue interne, car nulle part ailleurs on ne leur donnait l'ombre et le voyage, et nulle part ailleurs ils n'avaient à faire à cette folle curiosité, à cette voracité d'informations. Le taxi, c'était la chambre noire où toutes les tempêtes sous un crâne aboutissent à des solutions ; c'était la cellule de Savonarole ; c'était un isolement temporaire, d'autant plus propre à la concentration des idées que la nuit aide puissamment à cette concentration.

D'autres fois, lorsque ces chefs, ces responsables, ces grands, ces princes avaient tout au contraire envie pour un court laps de temps — celui d'une course — de souffler, de respirer, de faire une trêve, de tailler un break de fraîcheur ou d'intimité dans leur purgatoire, bref, d'arrêter le match, j'obtenais d'eux des détails sur leur vie familiale ou sentimentale, et voilà qu'ils redevenaient de simples hommes, gênés aux entournures par leurs bonnes femmes, leurs belles maîtresses, leurs enfants tracassiers. Ils en étaient attendrissants.

Je n'ai jamais donné de conseils. Je n'étais pas là pour les aider à régenter la France, mais pour les écouter de toutes mes oreilles et en faire mon profit dans le sens le plus large du terme. Accumuler les expériences humaines m'a paru plus important que d'amasser les billets de mille.

Evidemment, au moment où je vais reconduire mon coursier à l'écurie, inéluctablement, définitivement, je me rends compte que le panier de la ménagère pourrait être un peu plus garni qu'il ne l'est, et qu'au lieu de me servir chez « Prolo » je pourrais aller chez « Aristo ». Mais je ne regrette rien. Je n'ai jamais manqué d'argent tout en n'en ayant pas de trop, et c'est même fou ce qu'à certaines heures — pendant que j'écris ce bouquin, par exemple — c'est fou ce que je me sens riche.

« Tout est relatif », comme dirait Einstein.

LES NUITS AMÉRICAINES

Depuis le temps de la Libération, et pendant bon nombre d'années, l'armée américaine a disposé de plusieurs bases aux environs de Paris, Evreux, Rouen, le Havre, — et plus loin, évidemment, par exemple à Châteauroux, c'est tout naturel ; mais Châteauroux, pour un Américain : c'est comme si un bataillon français campait à Eveleth, dans le fin fond du Minnesota !...

Pour tous ces jeunes militaires, les distractions que leur offraient Rouen, Evreux et le Havre ne devaient pas être suffisantes puisqu'ils assaillaient Paris. J'ignore ce qu'ils faisaient le jour puisque moi je sortais mon taxi la nuit, mais je sais que les musées fermaient à dix-huit heures et les music-hall ouvraient trois heures plus tard. Pour ceux qui abordaient Paris la nuit faute de savoir comment était la Vénus de Milo ils allaient contempler d'autres Vénus, avec les bras en plus et le postérieur à l'air. Ce n'est pas la même culture, mais on se cultive comme on peut. Les Folies-Bergères et le Lido sont les deux mamelles de Paris (Henri IV n'aurait pas été le dernier à y avoir Sa loge, entre parenthèses, si ç'a avait existé en son temps.)

Donc, les « guys » arrivaient par fournées toutes les nuits, en cars, en jeeps, en voitures, sachant qu'ils devaient être de retour au camp à six heures du matin. Excellents clients pour les taxis, et pas seulement pour des transbahutages dans Paris-by-night, mais pour des courses aussi intéressantes que Paris-Evreux ou Paris-Rouen. Le dollar pleuvait que ç'en était une bénédiction. Et pas seulement pour les chauffeurs de taxi ! Nous, le plus honnêtement du monde, nous faisions payer nos courses le prix qu'elles coûtaient, point à la ligne. Mais imaginez les fortunes qui se sont bâties entre 1945 et 1955 avec le marché noir des boîtes de corned-beef !!!...

J'ajoute qu'en dehors du profit normal que je retirais de mes trajets, j'avais un plaisir fou à discuter avec les enfants de Washington et de Benjamin Franklin. Mais sur ce plan-là j'étais légèrement frustrée. Un militaire — même s'il connaît Edgar Poe, Mark Twain, Faulkner, Steinbeck et Fitzgerald à la virgule près — n'a aucun désir de vous en entretenir quand il sort des bras d'une fille après avoir sifflé deux bouteilles de champ ! Surtout si regagnant sa base à deux heures il ne lui reste pour dormir que quatre heures maxima. La plupart du temps, on me collait dans mon taxi une grande carcasse déguingandée qui s'écroulait sans un mot sur ma banquette arrière et qui ronflait avec la puissance d'un moteur d'avion.

Les premières fois, je me demandais comment des hommes aussi profondément amortis dans les bras de Morphée pourraient me régler. Je n'ai pas eu à m'inquiéter. A l'arrivée, la sentinelle me demandait combien ça faisait et me payait recta.

Mieux encore : il est arrivé que ce soit le directeur de la boîte de nuit qui paye d'avance le parcours en introduisant le client dans le taxi. Il s'arrangeait ensuite avec la base. Les Etats-Unis ont parfois une guerre de retard, mais ils ont toujours eu une trésorerie d'avance.

Je n'ai encore pas compris, bien que quelques dizaines

d'années se soient écoulées depuis, pourquoi les murs de Paris ont commencé un jour à se couvrir de graffitis « U.S. GO HOME » ! « LES AMERLOQUES DEHORS » ! Sans ces grands garçons un peu frustres, la France se serait engluée dans l'Occupation. Elle les a acclamés à leur venue, elle les a dévalisés pendant leur séjour, elle a totalement oublié qu'ils l'avaient sauvée de la Gestapo, des rafles antijuives, des ponctions faites parmi les prolos pour le travail outre-Rhin, des razzias sur la viande et les produits laitiers. Eux, les « guys », ils ne prenaient pas, ils apportaient. Ah là là, l'ingratitude !...

Il m'est arrivé, plus tard, de conduire des passagers à Evreux. Ça me rajeunit.

(Ça me rajeunit ou ça me vieillit ?

Je vais réfléchir à la question.)

Ils sont des millions de Français à avoir assisté « en direct » à l'arrivée du premier homme sur la lune, confortablement installés chez eux.

Ce soir-là, Cognaq-Jay avait une très mauvaise communication téléphonique avec la Tour Eiffel, qui se trouve à quelques centaines de mètres, mais gardait un très bon contact avec les cosmonautes qui se trouvaient à quelques cinquante mille bornes de la terre. Et il en est toujours ainsi. Nous sommes allés poser une sonde sur la planète Mars et nous avons traversé la nuée de cailloux qui forment un anneau autour de Saturne, mais le problème de la réglementation des chauffeurs de taxi n'est toujours pas résolu.

Donc, toute la France savait que vers les deux heures du matin-heure-locale, Armstrong poserait son pied sur le sol lunaire. Tous les postes de télé étaient allumés. Toutes les vitrines des marchands de télé étaient éclairées.

... et tous les chauffeurs de taxi-du-bout-de-la-nuit travaillant depuis le soir jusqu'à l'aube, c'était tin-tin pour assister au spectacle.

J'étais en stationnement au bas de l'Avenue Georges V, et je ronchonnais comme un colonel d'Empire en retraite qui allait rater le déroulement de la bataille d'Austerlitz.

Mon fils Jean-Pierre a eu pitié.

Il m'a dit : « Si tu me jures de ne pas charger un client au moment précis où le Lem atterrit (ou plutôt " alunit ") je t'apporte un poste portatif et je te l'installe dans le taxi. »

Ainsi fut fait. Les gens de la nuit ont pu disposer d'une télé, et un peu avant l'heure l'étrange lucarne ouverte sur le cosmos était aussi entourée qu'une vedette : d'autres chauffeurs, des passants, des noctambules sortis du Crazy-Horse, des Américains fiers de leur « country ». Nous avons embouteillé l'avenue, l'œil rivé au soulier d'Armstrong, assistant dans la plus belle ville du Monde à l'événement le plus important de tous les temps.

Et je vais retirer de mon sac à souvenirs une histoire américaine qui n'a rien à faire avec les « guys », mais qui est bien de ce pays-là par la « marque de fabrique », si je puis dire.

Un homme d'affaires U.S.A., d'origine irlandaise, m'avait prise en sympathie.

A chaque fois qu'il se rendait en Angleterre, où il avait en toute simplicité quelques grandes usines de je-ne-sais-plus-quel-produit, il faisait un crochet par Paris, le crochet obligatoire du businessman dont l'œil s'allume dès qu'il parle de la capitale.

Celui-là n'était pas tellement porté sur la Vénus de Milo. Il devait connaître à fond les music-halls et avait sûrement épuisé les boîtes de nuit et de nus. Pour parachever sa culture, il lui fallait des prostituées bien de chez nous ; et comme il n'avait que trois jours d'escale tous les deux mois, il utilisait trois filles pendant les trois jours jusqu'à plus soif.

C'était réglé comme du papier à musique, et ça a duré ce que ça a duré : Trois jours, trois filles. Cet homme devait certainement sa fortune à une organisation systématique. Inutile de vous dire que ce n'est pas moi qui lui fournissais la clientèle. J'ai encore dans mes tiroirs un reste de morale bourgeoise que je sors de temps en temps de sa naphtaline : l'oncle Sam se faisait véhiculer dans mon taxi, entrait dans des boîtes de nuit et se choisissait une compagne selon ses propres critères. Le reste ne me regardait pas. Disons plutôt que le reste ne m'eût pas regardée si ce bon viveur ne m'avait confié qu'il s'entendait mal avec son épouse, que son fils était un crétin inapte à prendre sa succession, et qu'il en résultait chez lui une immense mélancolie. Comme quoi le plaisir n'est pas forcément la ribouldingue.

— J'ai beaucoup d'argent, pourtant ! me disait-il.

Un beau jour j'ai reçu un faire-part m'annonçant son décès. J'étais stupéfaite. J'ai pensé que mes coordonnées figuraient sur son carnet de rendez-vous, et que s'apercevant de la régularité de nos contacts (tous les deux mois pendant trois jours) sa famille m'avait assimilée à une relation d'affaires.

C'est pas tellement drôle, si on y réfléchit bien.

LA NUIT
DE BRUMMEL

Brummel, vous connaissez ? Non, pas la succursale-hommes du « Printemps ». Je parle de ce mec sensationnel qui vivait au siècle dernier à Londres ; copain comme cochon avec le roi des Angliches ; lanceur de modes dans la High Society ; beaucoup trop poli pour être malhonnête — si, si, vous avez bien lu, à un certain degré, la politesse devient une façon de vivre — bref, le dandy comme il n'en existe plus et c'est bien dommage.

Il paraît que Louis XIV, quand il lui arrivait de croiser une chambrière dans un des couloirs de Versailles, ôtait son grand chapeau et la saluait d'une petite révérence. Je ne dis pas que j'ai connu ces temps-là, puisque je suis née quelques siècles après madame de Sévigné, mais j'ai connu un temps où le moindre des clients, quand il prenait un taxi, disait d'emblée : « Vous voulez être assez gentille pour me conduire à tel endroit ? »

Oui, il y a eu une époque où on était quelqu'un. On a discuté entre nous pour savoir si notre profession ne nécessitait pas un uniforme. On y a renoncé, mais on se faisait un point d'honneur d'être correctement vêtus. Du reste, voilà pas très longtemps, l'homme allait au théâtre en complet veston et la dame mettait une jolie robe, et jusqu'à ces dix dernières années je n'ai pas eu à me plaindre de mes passagers : ils se « tenaient », comme on dit. Puis est venu le règne du papier gras, du sauciflard et du litre de rouge, sinon du calendo et de la rillette. J'exagère à peine ! Pas de casquette pour le chauffeur, mais pour le passager c'est tout juste s'il ne crachait pas sur la moquette. Pour ce qui est du langage, il est réduit à sa plus simple expression : « Taxi ? Tel endroit. » J'ajoute à ceci qu'on nous aimait autrefois. On ne nous aime plus. Qu'est-ce qu'on prend ! Il y a ceux qui n'arrivent pas à supporter que nous allions plus vite qu'eux parce que nous avons des « couloirs » réservés :

— T'en profites, hein, salope !

Ils vous lancent ce glaviot avec la haine sur le visage.

Il y a ceux qui nous taxent d'irrégularité dans la conduite parce que, habitués à toutes les manœuvres depuis des années, nous nous faufilons mieux qu'eux dans les bouchons :

— C'est vous qui devriez donner l'exemple ! Et vous conduisez comme des manches !...

La plus courue des invectives c'est « connard », et en ce qui me concerne c'est le féminin de connard, c'est-à-dire « connasse ».

Quant au client, dont j'ai déjà parlé quelques lignes plus haut, la plupart du temps il se rencoigne au fond du gourbi, hargneux. Il a la mâchoire serrée. On devine qu'il pense : « Pourvu que je ne me fasse pas arnaquer ! La blonde qui conduit, là devant moi, elle prend bien le chemin qu'il faut, j'espère !!! » Faut croire que le parigot a dix fois plus de soucis aujourd'hui qu'avant, qu'il est stressé par des tas de complications que nos pères ignoraient — et c'est vrai ! —... Alors, comment être aimable ? Pourquoi être poli ? C'est devenu un luxe. La galanterie n'en parlons pas, c'est beaucoup plus qu'un luxe, c'est du domaine du diamant trente-six carats.

Et comme Brummel a troqué ses pompes vernies contre des baskets, son langage fleuri contre les onomatopées de l'orang-outang, et son sourire contre un rictus, aucune raison que le chauffeur de taxi ne suive pas la ligne. J'ai des collègues qui conduisent en short, en maillot de corps, pas rasés, mal coiffés. Ils fument au volant, ont des conversations de trois syllabes maxima, et dégradent ainsi la profession. Qui de vous a connu Rachel Dorange ? Non, c'est trop vieux. Pour certains de mes lecteurs qui ont dans les soixante-cinq berges, au simple énoncé de ce nom ils verront par les yeux du souvenir une des dernières conductrices de fiacre de Paris. Vous pouvez aujourd'hui en chercher à la loupe, vous ne trouverez pas une seule voiture à cheval. Mais vers les années soixante, Rachel Dorange conduisait encore un landau découvert. Elle était vêtue d'une redingote grise à taille pincée et d'une longue robe d'amazone sous laquelle pointaient des bottes bien cirées. Brune, jolie, les cheveux en catogan sous un coquet chapeau melon, elle attirait le regard des touristes, et les étrangers préféraient visiter Paris au trot élégant de son cheval plutôt que de prendre un taxi. Elle faisait partie de toutes les rétrospectives 1900. Les « Actualités » la mitraillaient, elle était comme une illustration vivante de l'élégance et de la classe. Quand elle saluait, prenant du bout de ses doigts gantés son fameux chapeau melon, on aurait dit une duchesse authentique.

Je me demande si cette grande dame n'est pas morte dans la misère, — comme Brummel, d'ailleurs — car un certain jour, elle a paru dans un gala pour faire ses adieux, puis le temps l'a gommée, effacée des paysages parisiens, et j'ai su que l'on avait fait une souscription pour lui venir en aide.

J'ajoute un correctif à cette sourde colère que je ressens contre le manque de qualité humaine du client : Il y a tout de même des passagers pour qui prendre un taxi est un bonheur et une joie : c'est la famille d'ouvriers qui s'engouffre en entier sous mon toit, toute gaie, toute pimpante et endimanchée : elle a fait des économies pour se rendre dans mon carrosse à la fête des mères, ou à tel anniversaire d'un papi, ou à un réveillon, et elle a les bras chargés de paquets et de fleurs. Ceux-là, ces ouvriers, je les gobe, ils me plaisent, ils sentent bon et ils échangent des plaisanteries avec le chauffeur. Ils sont plus proche des délicatesses d'un Brummel que certains mondains arrogants. Toute la smala a des égards pour son chauffeur. A des moments pareils, je peux vous jurer que je grandis de quelques centimètres !

Adieu, Brummel. Salut Totor. Les temps changent.

LE BOUT-
DE-LA-NUIT

Le bout-de-la-nuit, ce n'est pas une expression que j'utilise pour faire un joli intertitre.

Elle n'est pas non plus empruntée à Louis-Ferdinand Céline.

C'est ainsi qu'on nous appelle, nous les « taxis » qui avons choisi la nuit : les « bout-de-la-nuit ».

Moi, on m'appelle « Mado du Bout-de-la-Nuit » dans la profession.

Dans quelques années, quand j'entrerai dans cette nuit qui nous attend au bout de nos jours, — un peu **avant** d'y entrer — j'emporterai de moi ma propre image : un taxi qui attend. Ou bien tapi dans l'ombre tous feux éteints, ou bien avec ses chromes, ses flancs et son capot bien lisses qui accrochent par éclats les néons des établissements nocturnes. Je reverrai Mado à son volant comme si j'étais spectatrice de ma propre existence.

Ce bilan, cet inventaire, je me le suis payé avant de dételer. Actuellement, je ne cours plus. Je me retire peu à peu du jeu. Je suis chez moi. J'ai des clients qui m'appellent — des habitués, des gens qui sont devenus des amis — et je les conduis où ils veulent. Mais comme c'est bizarre, cette envie que j'ai eu de refaire le parcours du combattant ; de retourner très exactement sur les lieux où j'ai le plus attendu, de repérer les silhouettes familières ou de retrouver les impressions les plus profondes, les plus aiguës.

J'ai décidé un soir d'attendre l'heure mauve et de marauder dans Paris toute seule — je veux dire sans me coltiner un client, quitte à le mettre au courant quand je m'arrêterais pour observer un point d'ancrage : « Non, excusez-moi, ce soir, je ne transporte personne ; je transporte mes souvenirs ! »

Et voilà Mado, alourdie, le cœur battant, avec derrière elle la banquette qui resterait vide, cette banquette qui était usée par tous les postérieurs : des postérieurs de bourgeois, de comédiens, de camés, de cadres, d'amoureux, de putes, d'Américains et de Nordafs', cetera cetera.

— Bon Dieu c'est vrai, je me disais, ta cahute a été une maison roulante, une gare de transit, un bordel, un confessionnal, un bureau, quoi encore ! ! !... un laboratoire pour toi qui aimais étudier le genre humain : un cinéma, un théâtre, une plaque tournante, un refuge. Faut absolument — j'ai l'air de radoter, hein ? mais pas du tout, j'y tiens ! — faut absolument qu'après avoir lu ce livre on **voie** un taxi autrement. Et que si on prend un taxi la nuit on ait un petit frisson comme si sur la banquette arrière on succédait au monsieur qui se faisait faire en secret ce que Maruschka Detmers a si bien fait pour des millions de spectateurs (je la cite à nouveau car je n'en suis pas encore revenue !).

Où j'en étais ? Ah oui ! Je quitte donc mon domicile, habillée impec selon mon habitude, je sors ma chignole, je me mets au volant, et je me propulse vers les Champs-Elysées. Quand je dis « propulse », comprenons-nous. S'il y a une nuit où j'ai envie de battre le record de lenteur, c'est bien celle-là. Il est dix heures du soir, et la plus belle avenue du monde devient un fleuve noir qui draine toute les races et toutes les conditions, à pied comme en voiture. Dire qu'il n'y en a pas un sur cent, de ces badauds, de ces racleurs de bitume, de ces ingénus des cinq continents, pas un sur cent qui suppose la vérité dissimulée derrière les façades ! Me voilà rue Pierre-Charron : l'encanaillement haut de gamme, l'arnaque chic, le plaisir un peu frelaté.

Le chasseur d'hôtel qui en a tellement vu qu'il n'a plus rien d'humain dans les yeux. Le serveur qui cherche la cliente à séduire. Le client riche qui… oh ! qu'est-ce que je vois ?… Un des plus vieux habitués du « Calavados » (Sûr !… Dieu me damne, Macpherson, si cet homme n'a pas au moins cent sept ans !) qui sort en titubant du restau, l'air digne comme s'il avait avalé un sabre en plus de ses douze whiskies. Ah, je l'ai connu, celui-là, et on avait l'impression que son existence se déroulait uniquement entre le « Calavados » et le cercle de jeu, et je suis revenue vingt ans en arrière, et je suis clouée à mon siège, bouche bée, et les serveurs sur le seuil regardent ironiquement l'honorable gentleman se diriger vers la rue François-Ier. Il tangue, il zigzague, toujours très droit, il vire au feu rouge pour traverser dans les clous ; déjà pompette à dix heures du soir, comment sera-t-il à deux heures du matin, quand il aura éclusé encore quelques godets et perdu quelques milliers de francs ?

J'en étais, quand cette vision fantomatique m'a interrompue, aux serveurs de boîtes ou de restaus de nuit qui décuplent leurs revenus en vampant les clientes. Vous voulez du salace ? En voilà. Est-ce que vous vous souvenez avoir vu en cinémathèque ces vieux films muets de l'époque où Mistinguett chantait « Mon Homme », et où l'on voyait des dames en manteau de fourrure se faire emmener rue de

Lappe, chez les Apaches, pour « en suer une » dans les bras d'un petit maquereau, afin d'éprouver un petit frisson faisandé ? Rien n'a changé. Bien sûr la rue de Lappe est morte, il n'y a plus dans le « Paris by night » de descentes en masse de touristes émoustillés vers des bals où les pierreuses et les souteneurs, les gerces et les demi-sels faisaient le décor. Non. L'encanaillement à cette belle époque 1900-1920 était professionnel, si l'on peut dire. Le « héros » de « Mon Homme » était bel et bien un mac qui battait sa gagneuse et à qui la gagneuse léchait les pieds (quand je dis les pieds, suivez mon regard). Mais de nos jours, la petite frappe qui pompe le fric d'une Américaine ou d'une provinciale n'est même pas du milieu. Il sert à table dans un restaurant huppé. Son mépris pour son client est visible à l'œil nu.

Moi, j'ai toujours respecté mon passager, quel qu'il soit. Non que ma morale soit complètement élastique, j en ai déjà parlé. Mais à partir du moment où je ne suis pas une sainte, je n'ai pas de discrédit à faire supporter à quelqu'un qui me fait confiance. Or, un restaurant est un lieu où « l'on fait confiance ». Paris a suffisamment mauvaise réputation pour les puritains outre-atlantique, pourquoi y ajouter la dégueulasserie ? Ah, le sourire de ces serveurs que j'ai surpris l'autre soir quand le vieil homme sortait de chez eux ! Méprisant. Un crachat. Une insulte. Alors que c'est grâce à des gens comme lui qu'ils s'emplissent les poches !

J'ai redémarré. Ils s'étaient aperçus que mon taxi stationnait devant leur porte. L'un d'eux s'était approché, mielleux : « Je peux quelque chose pour vous ? » J'avais répondu tout sec : « Non, rien », et quelques mètres plus loin je remontais vers l'Etoile. Je voulais revoir les entrées de cinémas, les grandes affiches, les lumières des vitrines, le trafic entre le Rond-Point et l'Arc de Triomphe, et ce manège des autos qui tournent autour du « Chant du Départ » (mieux éclairé que les autres bas-reliefs).

Avenue Foch, je stationne. Des filles stationnent comme moi, mais pour d'autres raisons. Autant celles qui hantent la rue Saint-Denis, les alentours de Mogador et de Saint-Lazare, la Place Pigalle et les rues avoisinantes ont à peine de quoi plaire à l'assoiffé d'amour, autant celles-là (comme leurs consœurs qui « font » le trottoir à la Madeleine) ont quelque chose d'infiniment séduisant. J'allais dire d' « honnête ». J'en ai tellement transportées, des putes, que je pourrais entrer dans un journal et faire un reportage sur elles. Les pôvres ! Elles perdent peu à peu leurs territoires. Pas celles de la rue Saint-Denis. Celles-là, depuis le Moyen Age, elles sont installées pour des centaines d'années encore, du Sébasto jusqu'au Châtelet, avec leurs chambres d'abattage et leurs petits proxos qui viennent chercher la recette le soir, une recette qui n'est pas forcément importante, car le client qui vient rôder de ce côté-là n'est pas très riche, et le prix de la passe est accessible. Mais avenue Foch les filles sont belles et le tarif relativement élevé. Si elles perdent peu à peu leur territoire ça n'est pas du tout à cause du tarif. C'est parce qu'elles sont grignotées par la prostitution masculine, les transsexuels brésiliens et la partouze à chaud qui devient de plus en plus fréquente, qui se répand jusque dans les classes populaires... et qui est gratuite. Il m'est arrivé cent fois, en stationnement, de voir glisser aux côtés de mon taxi des voitures particulières avec un couple à l'intérieur ; un couple légitime, souvent ; un couple qui cherche un autre couple en voiture, et qui lui fait comprendre par un discret appel de phares qu'il est d'accord pour la partie de jambes en l'air, dans un fourré du Bois ou ailleurs — au domicile de l'un d'eux, pourquoi pas ? —. Autant de perdu pour ces ravissantes que je viens d'apercevoir non loin de la rue Chalgrin, en short, en minijupe, aussi jolies que des starlets, et en mal de client à cause de la concurrence. Et puisque j'en suis à la rue Chalgrin, je repense à la dame suisse qui s'était payée une aventure avec un charmant homme dans un hôtel et y avait oublié ses bijoux. Des aventures de ce genre sont aussi une concurrence. Tout le monde sait que pour arrondir leurs fins de mois, des femmes mariées jouent les call-girls dans des établissements du type de ceux qui ont fait la gloire de Madame Claude, et pour un prix abordable.

« L'autre » concurrence, celle des garçons et des travestis, elle n'existait pas voilà seulement vingt ans. Je l'ai vue apparaître timidement, puis grandir, puis entrer dans les mœurs vers les années soixante. Quand on quitte la porte Dauphine et qu'on va jusqu'à la grande transversale qui mène de la Porte Maillot à la Cascade, près du pont de Suresnes, on voit aux croisements de très jeunes gens (et d'autres moins jeunes) en général en blouson et jeans, cigarette aux lèvres, l'attitude un peu déhanchée, en attente de l'amateur. Et il y a de plus en plus d'amateurs, justement, et si je l'assure c'est que j'en connais, de ces amateurs, qui me demandaient de rouler le plus lentement possible le long des arbres à peine éclairés, pour détailler un garçon, puis un autre, et choisir celui qui leur plaisait. Et c'est la rencontre. C'est la discussion à voix feutrée sur le prix. Où sont passés les mâles de ma jeunesse, les normands bons vivants, et bons baiseurs, qui **n'aimaient que les femmes,** qui semblaient descendre tout droit des héros de Maupassant ? Je ne sais pas si ceux-là lisent les journaux ou s'ils liront ce livre, mais s'ils le lisent ils seront bien forcés de me croire : le commerce hommes-hommes grandit, grandit, la tâche d'huile homo envahit le 16ᵉ, déborde sur le 8ᵉ, et ça n'est pas du tout semblable à ce que sont les formations de couples homosexuels qui mènent souvent à de vraies amours, à de vraies passions, à des « mariages » qui tiennent et qui forcent le respect. Non. Le voyageur que j'emmène à la recherche d'un jeune prostitué Rue Sainte-Anne, à deux pas de l'Opéra, était voici quelques heures à son bureau. Il a rejoint sa femme et ses enfants à la fin de la journée. Il a prétexté une réunion syndicale ou un conseil tardif imposé par le P-DG. Il est avocat, ingénieur, politicien, enseignant de Faculté. Il a tout simplement faim et soif d'**autre chose** que de sa jolie femme pourtant bien attirante. Il lui faut un garçon pour un soir, et un autre soir, et encore un autre soir, et l'habitude est prise.

Même tabac pour les travestis et les transsexuels. Les travestis, j'en ai déjà parlé. Ce soir où je fais ma dernière grande virée, je les aperçois, maquillés, emperruqués, dévoilant sous la robe fendue des jambes dont le galbe n'est pas celui de jambes féminines, on ne peut s'y tromper, ce sont des jambes d'hommes, longues bien sûr, mais musclées, et « la fille » chausse du 42, c'est visible. Autrefois, on avait un choix très simple. Ou la pute ou le travesti. Aujourd'hui, on y ajoute l'éphèbe et le brésilien. La samba brésilienne chère à Francis Lopez et Georges Guétary n'est plus dansée dans la nuit du Bois par des pépées sensationnelles qui réveilleraient un impuissant, mais par des êtres mi-girl-mi-boy, mi-Elle-mi-Lui, et ça marche encore mieux que la pépée ! Alors là j'en connais un bout (si je puis m'exprimer ainsi) et tant vaut la peine pour ma dernière nuit que je vide mon sac (j'allais dire mon taxi) !...

J'ai transbahuté au-delà de la Porte d'Auteuil plus de clients encore qu'au Bois de Boulogne. Et dans le cas où vous seriez un peu trop sains de corps et d'esprit pour ne pas piger de quoi il s'agit, j'ai ouvert mon Petit Robert (j'ai de bonnes lectures !) et j'y ai cherché la définition de « transsexuel ». Elle est (involontairement) assez drôle et je vous la livre : **Transsexuel :** (Psychiatrie) **Sentiment délirant d'appartenir au sexe opposé, malgré une morphologie sexuelle normale ; le plus souvent associé au désir de changer de sexe.**

Immédiatement après ce mot, dans le Petit Robert, il y a **Transsibérien,** ce qui est encore plus involontairement drôle, car pour moi qui n'ai jamais eu envie de changer de sexe — mais qui ai sur les hommes une opinion sans indulgence — l'étude de la transsexualité vaut le voyage. Ça n'est pas Vladivostock, c'est la planète Mars. Et au cours de mes « nocturnes » j'ai été catapultée sur ce terrain comme une sonde lancée par la Nasa.

J'ai casé les transs' dans le chapitre « Belles de Nuit », mais ces zigues-là sont-ils des Belles de Nuit ? Et à réfléchir, ces créatures aux seins splendides sont-ils des « Beaux de Nuit » ? Ni l'un ni l'autre. Comme c'est un phénomène récent, un produit d'importation, une industrie liée au milieu (on va en parler) un champ de bataille sanglant qui mène les enquêteurs et les curieux bien au-delà de la prostitution, que ça entre dans le monde de la chirurgie illégale, de la drogue, du drame sentimental, de la psychiatrie, de la folie, de la perversion sous toutes ses formes, on ne sait plus où on en est.

Si j'en parle, c'est qu'en définitive, au cours de mes milliers de virées, le problème m'apparaît comme étant celui qui m'a le plus fascinée. Le bout de la nuit, c'est ça : c'est la découverte de ce qui est particulier à la nuit, qui ne peut exister que la nuit : la négation de l'Ordre, qui lui, a besoin du plein jour. La transsexualité, c'est vraisemblablement aussi vieux que la Bible, ça tient aux origines d'Adam et Eve, c'est le rêve d'être double, c'est l'envie de contenter ce qui chez l'homme est féminin et masculin chez la femme. Mais pourquoi est-ce le Brésil qui a poussé la hantise jusqu'à offrir à l'amour pervers, **sur le marché,** des créatures entièrement fabriquées dans le but de résoudre l'insoluble, de pourvoir deux sexes en un ? Pourquoi presque uniquement des Brésiliens ? C'est qu'en fait le Carnaval de Rio est le plus grand bordel du monde depuis des années, et que l'idée d'envoyer dans toutes les nations d'occident les fruits sophistiqués de ce bordel ne pouvait naître qu'à Rio. Des hommes « bien », des bons bourgeois, m'ont dit qu'ils préféraient avoir chez eux, pour leurs magnétoscopes, des reportages sur le Carnaval de Rio que des cassettes érotiques. « Pour la bonne raison que jamais les plus osés, les plus effarants des films porno ne déchaîneront chez les mâles une excitation comparable à ce spectacle, qui est comme un éclatement du corps féminin, un feu d'artifice de la sexualité », m'a révélé un de mes passagers. Il a même parlé d'éblouissement. Moi qui me flatte d'être évoluée, à première vue je n'avais remarqué dans ces images qu'un énorme défilé de plumes, de quincaillerie clinquante et de bariolages, avec les plus beaux corps de bronze d'Amérique du Sud, c'est vrai. Mais à seconde vue j'ai remarqué les hommes-femmes, les groupes ambigüs qui suaient le vice, et j'ai su qu'au cours du Carnaval on commettait des viols et des meurtres tellement la tension sexuelle atteignait des sommets vertigineux.

C'est avec ces yeux neufs de Mado avertie — et une Mado avertie en vaut plus de deux, croyez-le — que j'aborde les transsexuels de l'Avenue d'Auteuil. Je sais qu'ils (elles) ont des employeurs, qu'une Maffia les tient solidement, que ces opérations qui les a faites femmes leur ont été payées par un Syndicat, que leurs horaires de travail, leurs vêtements, leurs transports — tout ça est réglé par une Caisse, une organisation très dure qui contrôle, qui exige du rendement.

Les purs du vice, les patrons « à l'ancienne » qui avaient la candeur de croire que ce trafic de beaux monstres ne « prendrait » pas, ne durerait pas, et que le français se contenterait de la bonne vieille tradition comme quoi les femelles sont faites pour les mâles, ceux-là ont dû déchanter. Et comme ça leur déplaisait que les transs' envahissent les abords de notre belle capitale, ils ont envoyé leurs nettoyeurs, et il s'est déroulé dans le noir des rixes et des réglements de compte sanglants. Dans un premier temps le commerce des transsexuels a reflué ; les gangs de patrons corses et arabes ont réussi à replacer leurs filles-filles entre la Porte d'Auteuil et Boulogne. Mais les patrons brésiliens sont revenus en force, ou plutôt en souplesse, car dans ce coin-là les voitures de flics passent souvent et il a fallu remplacer dans les batailles entre souteneurs le revolver trop bruyant par la lame de rasoir, la chaîne de vélo, le coup-de-poing américain et le couteau à cran d'arrêt, très silencieux et aussi concluants.

Résultats : les transs' brésiliens ont repris leur turf le long du périphérique Paris-Rouen qui à cet endroit-là disparaît sous terre, et j'ai pu remarquer, entre onze heures du soir et deux heures du matin, non seulement les longues et lentes files de voitures qui roulent à la queue-leu-leu dans l'ombre, comme des chenilles processionnaires — et dont certaines s'arrêtent pour que leur conducteur choisisse quelque belle statue de chair — mais **des camions.** Le routier et le transsexuel, qui l'aurait cru ? Hé bien pourtant c'est la réalité. Ce qui se passe dans le crâne des mecs les plus virils est aussi impénétrable que les voies de Dieu.

Moi aussi, tapie dans mon taxi, je vais m'approcher. Elles (ils) ont le corps des déesses flambantes du Carnaval de Rio. Les seins nus gonflés au silicone jaillissent hors des chemisiers, ces seins que la chirurgie esthétique a rendus parfaits. Ils sont l'orgueil des transs'. Ils ont l'air sculptés dans du marbre. Je les sais « fabriqués », comme tout un chacun le sait, comme le sait l'amateur qui les caressera tout à l'heure sans ignorer non plus que sa partenaire a été un homme et garde sa mentalité d'homme. Je sais — j'ai su, il n'y a pas longtemps — que le transs' qui « manque » au réglement très strict de son état et commet une faute impardonnable verra ses seins dégonflés comme des ballons d'enfant, jusqu'à la prochaine opération chirurgicale.

Oui, vraiment, ces monstres sont d'une beauté stupéfiante : les hanches sont féminines ; les jambes sont féminines ; les chevelures sont abondantes et sauvages comme des crinières ; les yeux brillent dans l'obscurité ; les lèvres sont ourlées, pulpeuses comme le sont celles des filles cariocas. On est en pleine fiction. Les « Mystères de l'Ouest parisien ». Et je quitte les lieux pour me réenfoncer dans le cœur de la capitale, et je m'aperçois que le manteau de la nuit qui m'entoure s'est doublé d'une cape de mélancolie. Je ne parviens pas à en découvrir le pourquoi. Parce qu'en une seule fois j'ai voulu revivre ce que j'ai vécu ? Ou parce que c'est tout de même attristant, ce gâchis de l'amour qui est pourtant la chose la plus saine et la plus belle de la vie ?

Place Blanche. Pigalle. Anvers. Je continue. Je n'irai pas jusqu'à Barbès, j'en conserve de trop mauvais souvenirs, comme d'une écume de ville arabe inquiétante, veule, grouillante de paumés. Je passe devant les restaurants, les cabarets de nus, les sex-shop et les cinémas X. Après les transs', quelle chute ! Les filles qui tapinent dans ce quartier, je n'en voudrais pas pour cirer mes chaussures ; je pense plutôt à celles, plus heureuses mais pas tellement payées, qui se montrent nues dans des spectacles minables (j'exclus le Moulin Rouge où la Beauté est bien représentée). J'en ai ramenées chez elles vers les deux heures. J'ai mangé avec elles des sandwiches, les tout derniers, ceux qui étaient sur l'étal des marchands maghrébins ou libanais depuis les sept heures du soir. Le jambon est tout sec à l'intérieur des deux tranches de pain qui a subi la chaleur des lampes allumées au-dessus du zinc. Je me souviens encore de ce goût de plâtre. Je me souviens aussi des réflexions des filles que je ramenais, épuisées, et qui s'endormaient presque sur le dossier de la banquette arrière. « Tu te rends compte, Mado ? C'est pas vivable. Je vais y laisser ma jeunesse et ma peau, je te jure ! »

— Pourquoi, ma poule ?

— Comment « pourquoi » ? Tu réalises pas ? Chaque représentation dure une heure et c'est permanent depuis l'après-midi. Je me fous à poil douze à quatorze fois, sous les projos, t'as chaud puis t'as froid tellement y a de courants d'air, t'as le régisseur qu'arrête pas de gueuler

« Pressons-nous ! », t'as le touriste la bouche ouverte comme un four qui en revient pas, t'as des jeunots qui ricanent dès qu'on remue les fesses, t'as l'obsédé qui est au premier rang, tout rouge, et tu devines ce qu'il fait ! Quel sale boulot !... Si c'était pas que j'ai un môme, ce que j'enverrais balader tout ça !

Cela me rappelle d'autres filles qui rentraient se coucher passées deux heures (trois, quatre heures, des fois). C'étaient celles qu'on appelle les « bouchonneuses ». Elles sont engagées par les boîtes de nuit pour tenir compagnie au visiteur, et d'une, et de deux, elles le poussent à consommer un peu plus que la bouteille de champagne déjà vendue au prix fort. Si elle parvient à « caser » deux bouteilles, elle touche un pourcentage sur cette bouteille, et ainsi de suite, et si elle tombe sur une joyeuse compagnie de gens décidés à boire elle peut bouchonner jusqu'à quatre ou cinq bouteilles. Ce qui n'est pas drôle dans l'histoire, c'est que la clientèle oblige souvent les filles à boire plusieurs coupes, et elles se détraquent l'estomac jusqu'au vomissement.

C'est évidemment pire avec le whisky, qui corrode les tripes. Dans ce cas-là, les filles se débrouillent d'être les complices du barman, qui leur apporte à table un verre rempli de « faux-whisky » : c'est du thé, un thé bien innocent. Ainsi les bouchonneuses évitent l'ulcère et la colique. Leur ivresse, quand elles appellent un taxi-du-bout-de-la-nuit, leur ivresse a une autre cause : c'est l'ivresse de la fatigue et de la tristesse. J'ai connu comme ça une petite bretonne, Simone. Quand je l'ai chargée à l'aube, elle ressemblait à Cendrillon au moment où elle va perdre sa robe de princesse pour revêtir ses vieilles nippes. Elle avait passé la nuit à table avec un buveur infatigable : un tonneau percé, le gars ! plus il entonnait de litres, plus il avait soif !

— Il avait dans sa poche un rouleau de billets, tu vois ce que je veux dire ? me confie Simone. Des billets de deux cents et de cinq cents francs enroulés ! Quand il a réglé son addition, il a tiré du rouleau plusieurs de ces billets ! Et il y en avait des tas d'autres, des tas, une fortune, quoi ! Et pendant qu'il payait je pensais à ma fille qui est en pension chez mes grands-parents. Yvette, elle s'appelle. Elle a sept ans. J'arrive à envoyer des mandats assez costauds, mais sans le bouchonnage ça serait pas suffisant. Quand le bonhomme m'a dit vers les deux heures : « On finit la nuit ensemble ? » J'ai failli dire « oui » à cause du rouleau de billets. Puis je me suis dit « Si ce bonhomme là me fait l'amour il voudra en avoir pour son argent. Et qu'est-ce qu'il va avoir entre les bras ? Une morte. « Je suis lasse à en mourir. J'ai dit « non ». Il a sorti son rouleau de billets, et j'ai redit « non ». Il a compris, il a été gentil. Pas au point de m'allonger un supplément, mais tout de même, il s'est conduit comme un être humain. A présent, après coup, je sais pas si je regrette pas d'avoir refusé sa proposition. Il avait l'air de m'avoir à la bonne. Il m'aurait pardonné de pas réagir pendant qu'il me baisait. Bon, tant pis, c'est trop tard, je peux pas le rattraper. De toute façon, à quoi ça ressemble, ça ? Hein ? A quoi ça ressemble ? Toi, quand tu rentres chez toi, je parie que tu retrouves un mari ou un copain ou un fils, tu comptes ta paye et tu rallumes le gaz pour manger un quelque chose : puis tu dors, tu récupères et tu recommences. Tout ça c'est sain, c'est un plaisir de vivre, même si au bout de la nuit t'es fatiguée. Mais moi, où ça me mène ? Regarde la tête que j'ai. Non, paye-toi-ça, regarde ma tête dans ton rétroviseur. Toi tu as l'air fraîche comme une rose, moi j'ai cent ans. J'ai l'air d'en avoir cent, alors que j'en ai vingt-six.

— Ne t'inquiète pas, tu es très mignonne. Repose-toi.

— « Repose-toi ! » qu'elle dit. Je serai bien forcée de me reposer quand j'aurai des poches sous les yeux ! Pour le moment ça va encore ! Je continue. Non, y a pas de solution ! Quand je suis arrivée à Paris on venait de me nommer Miss à un concours de beauté, j'ai cru que j'allais réussir comme mannequin. Ah ouah ! C'est plein comme un œuf, ce métier là ! Plein de Suédoises, d'Américaines, d'Anglaises et même de Négresses. Et comme je savais rien faire de mes dix doigts j'ai fait n'importe quoi puis j'ai voulu me marier. Pas de bol, je tombe sur un salaud qui me fabrique Yvette et qui se tire. Et me voilà bouchonneuse depuis des années. On est arrivés ? Combien je te dois ?

— Rien.

— Merci, Mado. Tu viens prendre un café chez moi ?

— Non. Va dormir.

On a beau avoir besoin d'argent, comme tout le monde. Il est des fois où on se sent bien riches par comparaison à certaines misères.

Vers le milieu de cette virée de nuit, — virée du Bilan, du Souvenir, de l'Attendrissement, de l'Amertume — j'ai filé vers Belleville.

Tout Paris a changé. Et spécialement du côté de Belleville, Paris est devenue une succursale de Chicago ou de San Francisco pour la drogue. Les histoires de drogués que j'ai vécues sont des contes de fées par rapport à celles que je pourrais vivre si je continuais le taxi. Il y a eu un pourrissement continuel des comportements, un cancer du cœur — cancer moral, j'entends — qui fait que, récemment encore, l'on pouvait considérer le drogué comme quelqu'un de sain au départ, mais que des tas de trucs avaient « précipité » vers la drogue. Une chute, en somme. Aujourd'hui, plus de chute, pour la bonne raison que les camés n'ont plus à tomber : ils sont **déjà** au fond du ravin. Ils ne se droguent pas **à partir** d'un incident, d'un accident, d'une mauvaise influence, d'un problème sentimental ou familial, non. Ils se droguent, point à la ligne. Ils se droguent parce qu'autour d'eux on se drogue. Parce qu'autour d'eux on se drogue comme on respire, comme on mange, comme on boit.

Moi, il y a une paye que je ne me demande plus **qui** est responsable : la civilisation, les gouvernants, la société, le Crédit Agricole, les papiers peints, Marx, la poêle Tefal, la Télé, le fils de ma concierge ? On a cherché partout et on ne trouve pas. Le fait est là : il y a de plus en plus des ombres parmi les ombres qui cherchent dans l'ombre, malgré les flics, malgré les inspecteurs en civil qui se sont faufilés dans le milieu, il y a des ombres qui tendent la main à d'autres ombres pour leur fourguer un petit sachet.

Je pense à la starlet dont je vous ai conté l'histoire. Les victimes sont des jeunes, et de plus en plus jeunes, et l'envie me prend de sortir de mon taxi, de me mettre à hurler casse-cou, de gifler, de casser des gueules en face de moi ; mais à quoi bon ? Sous mon poing j'aurais du mou, du flasque, du gélatineux, du nuage type-barbe-à-papa, de l'adolescent apeuré, du dealer-courant-d'air.

Une ombre vient vers moi. Probable que je stationne un peu trop longtemps.

— Qu'est-ce que vous... ? Ah, c'est vous, Mado ?

Je reconnais un très jeune inspecteur de la Brigade des Stups, à qui j'avais remis un jour un petit paquet trouvé sur ma banquette. Oh ! tout petit. Mais qui contenait de quoi shooter un régiment. Je lui dis le pourquoi de ma virée. Il hoche la tête quand je déplore que la drogue soit de plus en plus utilisée par les jeunots.

— Qu'est-ce que vous voulez qu'on fasse ? qu'on emballe tous les mineurs qui se cament ? On se met les parents à dos ! Et les parents en souffrent déjà tellement ! Pour ce qui est des vendeurs, c'est souvent des mineurs aussi. Pas si bêtes, les fourgues : ils ne courent plus aucun risque. Ils envoient des « intouchables » sur le terrain. Douze ans. Treize ans. Beaucoup sont passés chez le commissaire Lefèvre puis devant le Juge pour enfants. Mais la prison n'est pas une solution. Bon, excusez-moi, Mado, j'ai ma ronde à faire.

Je quitte Belleville. Je fais le Bois (travestis, putes et transs) et, un peu désolée, je traîne dans Boulogne, je prends la voie sur berge, et c'est bientôt le palais de Chaillot, la Tour, les quais jusqu'au Châtelet (clodos, touristes et sorties des théâtres) la rue de Rivoli (grands hôtels) les boulevards, l'Opéra (sorties de cinémas), Saint-Lazare. Là, à Saint-Lazare, surgit un souvenir totalement enfoui dans ma mémoire et tellement vieux qu'il me fait l'effet d'avoir été vécu par quelqu'un d'autre que moi. Bang ! je remonte vingt-cinq ans en arrière. Rue du Grenier Saint-Lazare, la visite obligatoire pour ceux qui veulent devenir chauffeurs de taxi. Papiers en main, pour les donner au quelconque toubib qui me les demandera. Je vois des hommes (probablement de futurs conducteurs comme moi) et des femmes d'assez mauvais genre (probablement des... oui, c'est ça). Je me dirige vers les hommes. Normal. Je vais faire partie de la corpo. J'entends une voix :

— Hé, vous, là-bas ! de l'autre côté !

« L'autre côté » ? C'est le côté des femmes. Des femmes de... (comme j'ai déjà dit). Je comprends mal cette ségrégation, surtout en France, en République et hors de chez les Mormons. Mais enfin, allons-y, j'obtempère, me voilà parmi les..., et je commence à en entendre de salées. Et elles me regardent, et elles me déshabillent des yeux, elles doivent s'interroger. (Sur quel trottoir est-ce qu'elles m'ont vue ? Quel rouleau de bitume ? Quelle avenue ?) Comme je suis bien coiffée, bien habillée, elles doivent me situer du côté de la rue Godot de Mauroy, jusqu'à ce qu'un « gentilhomme » saisisse mes papiers et balbutie : « Mais madame, pourquoi êtes-vous dans cette file ? Qui vous a mise parmi les filles en carte ? »

Et il me reconduisit parmi les hommes, avec toutes les excuses de l'Etat, de la préfecture et du gouvernement. Au tour des hommes de me regarder de travers. (« Elle ne vient tout de même pas passer la visite pour être chauffeur de taxi ? ») De mon côté, je panique. (« Ils ne vont tout de même pas me mettre toute nue au milieu des hommes comme dans un conseil de révision ? »)

Ça c'est bien passé, merci.

Voilà à quoi on s'expose quand on est la première femme chauffeur(euse) de taxi de France.

« Souvenirs, souvenirs » chantait Johnny. La nuit va se poursuivre, car il est encore très tôt quand je quitte la rue de Rome, mais moi j'ai décidé de ne pas poursuivre la nuit. J'en ai ma claque, j'ai le cafard, j'ai un goût amer et cendreux dans la bouche, et bizarrement mon taxi pèse des milliers de tonnes, il est lourd des milliers de passagers que j'ai transportés.

Jamais je n'aurais cru **réaliser** à quel point — mises à part quelques rares autres professions — nous les conducteurs de tous ces inconnus, nous étions à même d'étudier le monde entier, de nous en faire une idée exacte. Pour peu que nous ayons des yeux, des oreilles et un minimum de jugeote, évidemment. Nous sommes mieux placés que les employés de banque ou de gare, que les vendeurs de grands magasins, que les gens qui reçoivent des visiteurs, et même que les psychiatres. Nos clients viennent « chez nous » et se fient à nous. Et c'est ainsi une armée de quarante mille personnes qui défile dans ma tête. Quarante mille silhouettes nocturnes, et sur les quarante mille il y en a bien cinq cents au sujet de qui je me suis dit : « Mais qu'est-ce qu'il a ? Où va-t-il ? Pourquoi cette crainte sur le visage ? (Ou « Pourquoi cet espoir ? Pourquoi cet air buté, fermé ? Pourquoi ces yeux hagards ? Pourquoi ce sourire permanent ? ») J'observais non seulement les traits, mais les mains, désinvoltes, doigts serrés autour d'une cigarette, passant sur des joues mal rasées. Et les couples. Ah ! les couples ! Inouï ! Intimidés par le rétroviseur où mes yeux cadrés par un rectangle ont l'air d'observer à travers un judas, s'embrassant à perdre le souffle en se pétrissant comme des pains à mettre au four, échangeant des regards qui voulaient dire « Tout à l'heure, quand nous serons sortis de ce taxi, nous nous appartiendrons ! », se blottissant l'un contre l'autre, les yeux fermés, front contre front, scrutant la nuit avec angoisse parce qu'ils sont en situation irrégulière, se pétrifiant sur leur siège parce qu'ils viennent de se disputer ou de rompre — ou qu'ils **vont** rompre...

Anecdote au passage ; un couple. Tous les deux beaux comme il n'est pas permis : trente ans ; elle, sensationnelle ; lui, play-boy sans le vouloir (je dis ça parce qu'il parle de son métier de dessinateur industriel avec passion). Je les emmène au Palais, place Dauphine. Pas une minute, moi qui me crois psychologue, je ne peux deviner qu'ils y vont pour un divorce.

Puis j'entends :

Lui : On est encore à temps.

Elle : De...

Lui : « De » ? Tu te fous de moi ? De revenir en arrière.

Elle : Oh ! non !

Lui : « Oh ! non ! » C'est pas croyable ! C'est pas pensable !

(Je ne garantis en rien qu'ils ont dit exactement ça.) Je n'ai jamais couché avec Michel Audiard. Mais j'ai l'oreille américaine et ils avaient beau se chuchoter leurs répliques, grosso modo ils se disaient à peu près ces mots-là, des mots qui font d'autant plus mal que dans ces moments on n'a pas envie de faire de l'esprit. C'est plat, c'est banal. C'est la fin d'un vocabulaire autant que la fin d'une passion.

Lui : Réfléchis, quoi ! Tu me jures que tu ne connais personne ?

Elle : Non. Je n'ai personne. Je n'aime personne d'autre.

Lui : Alors, qu'est-ce que j'ai fait ? Tu me dis « C'est fini. C'est fini nous deux. »

Elle : Eh bien, oui, j'y peux rien. Je me suis détachée de toi, qu'est-ce que tu veux que je te dise ? C'est venu comme ça.

Lui : J'ai changé ? Je t'ai déçu ?

Elle : Tu es merveilleux.

Lui : Tu veux ma main sur ta figure ?

Elle : Je le dis parce que c'est vrai.

Lui : Bref, on casse tout, on fout tout en l'air, **tu** fous tout en l'air parce que je suis merveilleux et que je ne t'ai rien fait !!!

Elle : Voilà. Tu ne m'as rien fait.

Lui : Quoi ! ?

Elle : Tu peux me comprendre à demi-mot, non ?

Lui : Non.

Elle soupire, elle prend un grand temps, et puis elle lui dit ce que les femmes pourraient dire à beaucoup de compagnons de leur vie, mais qu'elles n'osent pas leur avouer parce que ça choque ces messieurs, ça les humilie, ça les révolte, ça leur fait comprendre que le mot « aimer » ça suppose des tas de choses que dans leur balourdise et leur machisme ils oublient.

Elle : ... C'était devenu... une mécanique.

Lui : Qu'est-ce qui était devenu une mécanique ?

Elle : Tous tes gestes... toute ta façon de... tu es sans surprises, tu es... J'aurais voulu que tu me... révèles... que tu me réveilles, que tu m'épanouisses.

Lui : Tu disais que j'étais merveilleux.

Elle : Oui. Toutes tes attentions, tes cadeaux, tes délicatesses, mais...

Lui : Tu voulais jouir à chaque fois.

Elle : ... Non, ce n'est pas... ce n'est pas tout à fait...

Lui : Bon, ça va. J'ai compris. Je me ferai projeter les quatre « Emmanuelle » en cassette vidéo. On recommence.

Elle : Non.

Je sais pourquoi j'ai choisi cette anecdote. C'est que

vraisemblablement, à un moment précis de ma vie, où j'attendais d'un homme toutes les nuances, toutes les délicatesses, toutes les révélations, j'aurais pu dire ça.

Je les ai déposés au Palais, ennemis pour toujours, lui blessé dans son orgueil de mâle, elle torturée de l'avoir fait souffrir. Et quand je les ai vus monter les marches, que je les ai imaginés devant le juge et l'avocat, j'ai repensé à d'autres couples que j'avais conduits là...

Il m'aurait fallu rester pour les attendre. (Ils sont peut-être ressortis réconciliés, ou tout au moins décidés à « remettre ça ».) Pour voir. Ils étaient si beaux tous les deux. Mais si je passais mon existence à suivre la destinée de mes clients, je ne ramènerais pas beaucoup d'écus dans mon escarcelle.

Au bout de cette nuit, j'ai battu le rappel de ces milliers de fantômes qui grâce à moi allaient d'un point à un autre d'une histoire sentimentale — pour le meilleur, pour le pire, pour le transitoire. Des couples illégitimes, des femmes ou des hommes qui s'étaient préparés à des rendez-vous comme pour une fête, des jeunes gens qui allaient louer leur première chambre d'amoureux, un homme qui venait de rompre, qui avait encore les yeux rouges, et qui m'a dit « Déposez-moi à n'importe quel bar, que je me saoule un bon coup. » Je l'ai laissé au Harry's Bar, rue Daunou. Au même Harry's Bar, une autre fois, j'ai chargé un sexagénaire type Barclay, qui venait de lever une toute jeune femme comme Barclay, qui continuait à la peloter dans mon taxi pour la séduire tout à fait, comme Barclay, qui s'est arrêté devant un immeuble somptueux qui aurait pu être celui de Barclay, qui l'a faite entrer avec des gestes de tombeur professionnel comme Barclay s'en est fait la réputation.

Cela dit, ce n'était pas Barclay.

En parlant de Barclay, grand remueur de Fric, je me souviens de tous les hommes d'affaires pressés que j'ai transportés. J'ai entendu dans mon dos des conversations qui avaient l'air de remettre tout le commerce du globe en question. J'ai assisté à des accords (chuchotés) qui manifestement précédaient des réunions importantes. J'ai même entendu une fois, entre deux bonshommes à attaché-case, des phrases terribles : « Il faut le « casser » aujourd'hui. Il faut lui faire quitter le conseil d'Administration. Il faut le liquider, le lessiver, l'empêcher de nuire définitivement. Moi je ne serai satisfait que quand ce salaud-là sera sur la paille et viendra me lécher les pieds. » Oui, dans mon dos j'ai assisté à des discussions féroces de ce genre, qui m'ont glacée. J'ai même entendu un jour : « S'il lui arrivait un bon accident mortel, ça arrangerait tout le monde. » Et souvent, quand je lâchais un homme à complet gris à Orly-Ouest ou à Roissy, avec au bout du bras cet attaché-case inévitable, je pensais « Qu'est-ce qu'il va vendre, celui-là ? Et où va-t-il proposer son outillage, son produit, son bâtiment, ses tuyaux ou ses mécanismes ? A Karachi ? A Pékin ? A Milan ? » Est-ce que je n'ai pas été payée par des poseurs de bombes ? Par des passeurs de drogue ? Par des criminels ?

Plus je vais dans mon récit, plus je me persuade que c'est nous qui participons le mieux, grâce à nos engins, à la grande Foire d'Empoigne, au grand Bordel, au grand Micmac politico-commercialo-artistico-terrestre. Et je n'ai pas encore parlé de notre participation (bien malgré nous) au grand lit de Douleurs — il ne s'agit plus de douleurs sentimentales, mais de **la** Douleur physique, de la Souffrance physique. On nous appelle à tous les accidents, tous les attentats, toutes les manifestations où l'homme tue l'homme. Une grande partie de mes nuits, je l'ai vécue dans les couinements des sirènes de police, au milieu des ambulances, des flics, des civières, des photographes de presse et des actualités. Pas d'anecdote particulière à raconter. Simplement à dire ma révolte contre les forces mauvaises d'où qu'elles viennent (qu'il s'agisse de la maladie qui sacrifie des créatures encore jeunes, ou de la mort qui frappe au hasard).

J'ai voulu — à ce sujet — que l'avant-dernier arrêt de mon bout-de-nuit soit un stationnement devant un Purgatoire. J'appelle Purgatoires les immenses alvéoles d'attente qui se nomment Broussais, Beaujon, Cochin, Saint-Louis, etc. et dont on sort guéris, sous examen ou les pieds devant. Je vois arriver des urgences. J'ai vu des confrères amener des familles, ou des couples, l'un soutenant l'autre, ou des gens seuls à l'air égaré. La nuit les avait terrassés alors que le jour les avait ménagés. Des dizaines, des centaines, j'en ai transportés. Pour eux aussi je me posais des questions : (« Mado, quand est-ce que tu ne te poses pas de questions ? Jamais. C'est ta nature. ») Est-ce que c'est grave ? Est-ce qu'ils vont en réchapper ?...

En fait, j'avais décidé de stopper ma nuit brusquement, de rentrer chez moi, de mâchonner mon cafard, d'arrêter cet inventaire. A quoi ça me servait ? A rien. Alors, pourquoi est-ce que j'étais toujours là dans les rues qui se vidaient peu à peu, qui n'avaient plus aucun intérêt, **que je connaissais toutes,** toutes, y compris les rues aux noms étrangers qui font rêver : la rue Git-le-Cœur, la rue **Dieu** — Une rue plus que modeste ; Dieu est moins gâté que Mozart, qui a une belle avenue dans le XVIe — la rue des Jeuneurs, la rue des Petits-Carreaux (parce que c'est la première qu'on ait pavée, sous Philippe-Auguste), la rue des Innocents, les rues de la Grange-aux-Belles et la Grange-Batelière (à cet endroit, une rivière passe sous Paris et coule sous l'Opéra), la rue Campagne-Première, les rues de la Grenade, de l'Olivier, de l'Arbalète, de la Colombe, des Glycines, des Orchidées, des Abbesses de la Pépinière, du Chemin-Vert, des Martyrs, des Filles-du-Calvaire, des Mauvais-Garçons, de l'Ouest, des Plantes, de la Glacière, des Vertus et du Vert-Galant !... Je les connais toutes, toutes, toute l'histoire de Paris se lève pour moi avec l'aube, tous les grands hommes de tous les pays ressuscitent, de Rubens à Kennedy : toute l'Histoire de France ressuscite avec eux, d'Alésia et Tolbiac à Sébastopol et la Crimée.

Et je me trouve vers les cinq heures gare de Lyon, avec les premiers trains de jour qui viennent d'arriver. Je n'y avais pas réfléchi, je suis venue là inconsciemment, mais ce n'est pas une mauvaise idée du tout pour l'extrémité du parcours d'être venue repérer, avec mon sacré œil inquisiteur, les ceuss qui se pointent à Paris pour la première fois. Tiens ! je vais m'en charger un. Le dernier. Les arrivants de Sports d'hiver ou de la Côte d'Azur ne m'intéressent pas. Ce qu'il me faut, c'est le voyageur de choix : celui qui **n'est jamais** venu à Paris. Le petit jeunot ou la petite audacieuse qui a vidé son livret de Caisse d'Epargne, qui a (ou non) son diplôme en poche, qui de toute façon s'est dit, le cœur battant : « Allez, j'y vais ! Je verrai bien. Je veux réussir. Je veux me la payer, cette grande ville, toute inaccessible qu'elle paraît. Je veux y vivre, et pourquoi pas y réussir. »

Je guette le Rastignac mâle ou femelle qui va poser ses valises au pied de la grande horloge. Et qu'est-ce que je vous disais ? C'est évident, c'est automatique, c'est obligatoire, puisqu'il y en a des dizaines comme ça qui viennent tenter leur chance : en voilà un ! — ou plutôt en voilà une — une petite brunette toute menue ! Elle a un sac-polochon. Elle le pose. Elle ne prend pas place dans la file des taxis. Elle cligne des yeux à la lumière de Paris. Elle a dû se dire : « Je verrai bien la Tour Eiffel, puisqu'elle fait trois cent mètres de haut. » Hé bien non, ma petite. Tu la verras, mais il y a d'abord à affronter toute cette masse de pierres, et ces bureaux, ces écoles, ces magasins, ces... Paris, quoi ! » et je glisse pour la cueillir.

— Taxi ?

— ... Oui. Je vais... Hôtel des Grands Hommes, place du Panthéon.

Ça c'est la meilleure ! J'ignorais que je ferais ma dernière course sur un gag pareil !...

— Vous connaissez Paris ?

— Non. C'est la première fois.

— Vous êtes étudiante ?

— Non. Je voudrais être styliste de mode. J'ai apporté des croquis. J'irai voir les grands couturiers.

Aïe aïe aïe la bagarre ! Cette mioche, mince comme un haricot vert, qui veut se faire sa place au soleil dans le milieu le plus fermé ! S'il vous plaît, Monsieur Saint-Laurent, Monsieur Cardin, Monsieur Azzaro, Monsieur Paco Rabanne, recevez-la bien. Elle est comme Mado au départ. La volonté de réussir !...

Je lui souhaite bonne chance. Le Panthéon est touché par un premier reflet de soleil. Je me dis : « Demain j'irai mettre un cierge à l'église pour elle.

Mais je sais que je ne le ferai pas.

Je sais que je vais semer cette foule, cette armée,

ces quarante mille passagers, me secouer de tous mes souvenirs, non pas pour les exorciser, mais pour les feuilleter un à un ; les plus marquants, les plus forts.

En écrivant un bouquin qui s'appellerait « Mado taxi de Nuit ».

Par exemple.

TABLE DES MATIÈRES

DIRECTEUR DE COLLECTION : René GUITTON
DIRECTION ARTISTIQUE : Joschi GUITTON
DIRECTION TECHNIQUE : Claude FAGNET

PHOTO DE COUVERTURE : Philippe GUERSAN

Achevé d'imprimer en octobre 1986
sur presse CAMERON
dans les ateliers de la S.E.P.C.
à Saint-Amand-Montrond (Cher)
pour le compte des éditions CARRERE

Nº d'édit. : 5004. Nº d'imp. : 2597-1711.
Dépôt légal : octobre 1986
Imprimé en France